ビルマ文学の風景

――軍事政権下をゆく

南田　みどり

本の泉社

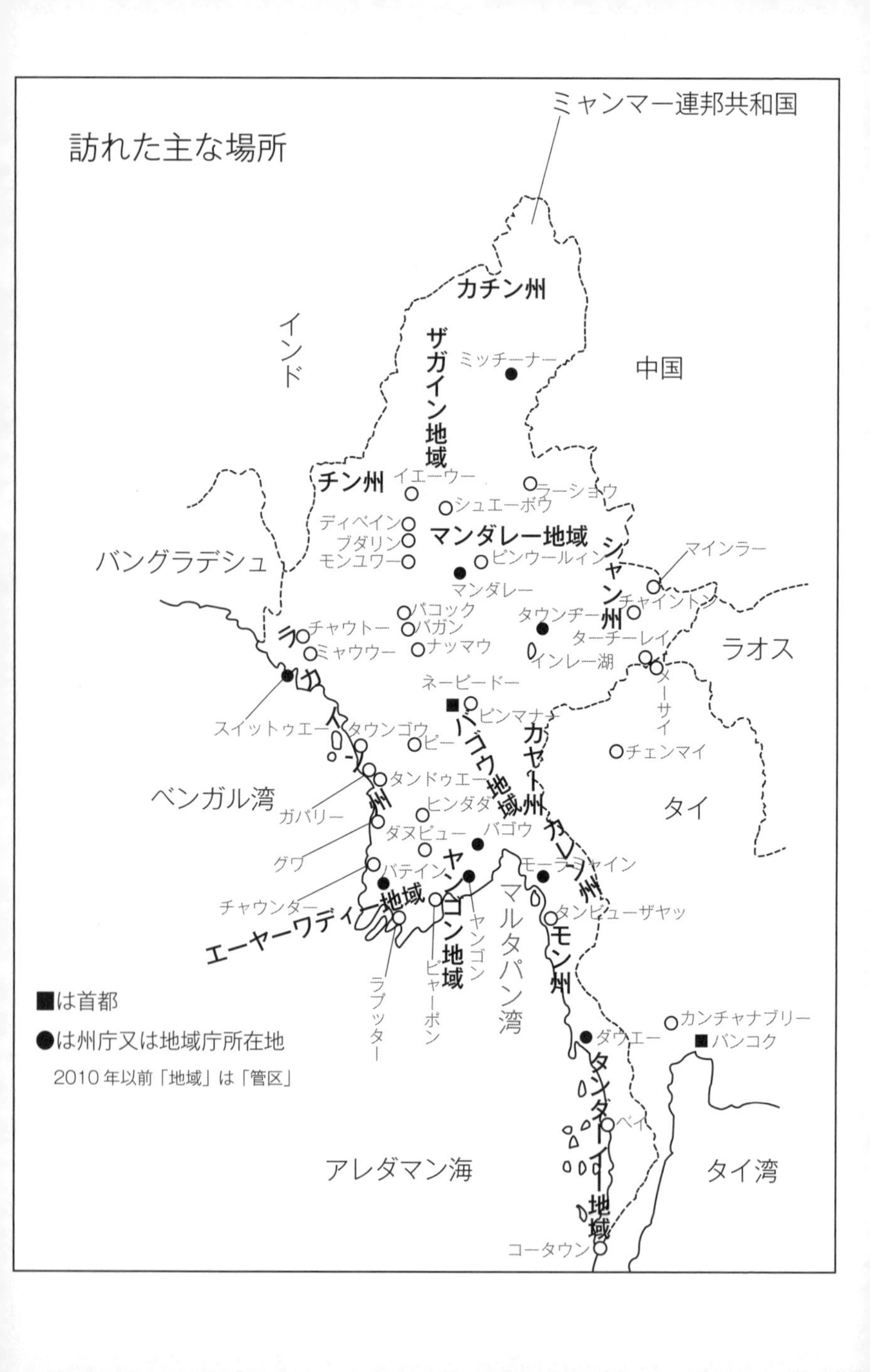

訪れた主な場所
ミャンマー連邦共和国
カチン州
ザガイン地域
ミッチーナー
インド
中国
チン州
イエーウー
ラーショウ
シュエーボウ
ディベイン
ブダリン
モンユワー
マンダレー地域
ピンウールィン
シャン州
マインラー
チャイントン
バングラデシュ
マンダレー
パコック
バガン
チャウトー
ミャウウー
ナッマウ
タウンヂー
ターチーレイ
インレー湖
ラオス
ラカイン州
ネーピードー
ピンマナ
メーサイ
スイットゥエー
タウンゴウ
ピー
バゴウ地域
カヤー州
チェンマイ
タンドゥエー
ベンガル湾
ガパリー
ヒンダダ
ダヌピュー
バゴウ
タイ
グワ
バテイン
ヤンゴン地域
モーラミャイン
カレン州
チャウンター
タンビューザヤッ
エーヤーワディー地域
ヤンゴン
ピャーポン
ラプッター
マルタパン湾
モン州
■は首都
●は州庁又は地域庁所在地
2010年以前「地域」は「管区」
カンチャナブリー
ダウエー
バンコク
タニンダーイー地域
ベイ
アンダマン海
タイ湾
コータウン

まえがき

わたしはひとりの生活者にすぎない。糧を得るために働き、生活を紡いできた。ただ、生活手段は、多数者といささか異なっていたかもしれない。大阪外国語大学（２００７年から大阪大学外国語学部）でビルマ語・ビルマ文学の教員を35年やってきたのだ。

ビルマ語・ビルマ文学を教える大学専任教員は、ビルマ（ミャンマー）では珍しくない。だがわが国では、三人の我が恩師を除くと、わたしひとりだけだった。大阪外国語大学ビルマ語学科に入学以来、こんな言葉をかけられるのが慣れっこになった。

「変わってますね」

いかにも日本人らしい反応だ。そんな言葉が自分自身を語っていることをご当人はご存じないのだろう。自分は変わり者ではない、自分は大多数の人と同じだ、自分は普通だ、そう思うことに安どする。そんなお方だとお見受けできる。他者を語る言葉は、とりもなおさず自己を語るのだ。

淡い関係の相手には、「あちらでは、子どもからお年寄りまで５５００万人がビルマ語をしゃべってますからね」と答えるに止める。関係を大切にしたい相手なら、「大多数の人と同じだから安心だなんて、思わないほうがいいですよ」と、踏み込んでおく。「大多数と同じことで安心できる人のほうが、面倒をやらかすんじゃないですか」とまでは言わない。

子どもの頃から本が友達だった。小学生の頃、祖父の遺した明治大正文学全集や、父が隠している週刊誌を読んでいた。中学の頃、母が買ってくれた『大地』（1931—35パール・バック1892—1973）に夢中になって以来、内外の小説を読み漁った。

この世の中に、自分と同じ顔を持つ人間が3人は存在すると、何かで読んだ。自分と同じ顔をして、異なる言葉をあやつり、異なる文化の中を生きて、死んでいく。そんな人たちに出会いたくなった。自立する手段としての進学先を選ぶとき、外国語大学が頭に浮かんだ。それに、わたしとよく似た人が住むところは、アジアに違いない。

中国語や朝鮮語の使い手は、日本にも多数居住する。あまり寒すぎる国も苦手だ。暖かい仏教国のタイかビルマなら、なじみやすいだろう。しかし、入学案内を読むと、タイ語学科の教官は、「タイ語の卒業生は現在海外で多数活躍している。即戦力となる男子を求む。女子はいらない」と書いておられる。わざわざ招かれざる客となるには及ばない。そこで、仏教国で社会主義国でもある不思議な国の公用語ビルマ語を選んだ。

当時はベトナム戦争に世界中の眼が釘付けだった。しかし、ビルマ国内でも、謎のベールの奥で同国人同士が血を流して久しかった。ある日、古い新聞を見ていると、詩人の死亡記事が目に入った。彼の死を政府も反政府軍も悼んでいた。詩人は、反英反植民地闘争、抗日闘争を経て、戦後の内戦の中で和平活動に奔走し、文学の父・和平の父と慕われたタキン・

コウドーマイン（1876―1964）だった。そこで、卒論では彼の作品と生涯を概観した。ビルマ文学界には行動する知識人が多そうだ。もっと読み続けたい。逸る気持ちはあったが、ひとまず生活者としての自己を確立するために社会に出た。

働きながら大学院へ舞い戻ったのは、4年後だった。詩は難解なので、小説に対象を変更した。選んだ作家は、ペンを武器に激動を駈け抜けようとしていたテインペーミン（1914―78）だ。研究者としての歩みが始まった。当時は両手の指に収まったビルマ研究者も、現在ではずいぶん増加した。その中でも、わたしは唯一の留学経験や長期滞在経験がない人間だったから、これまた「変わって」いたかもしれない。

大学院に入った時点で、子どもが一人いた。その後も、6年ごとに子どもを迎え、大中小3人を抱えるかまびすしさに加え、夫が海外駐在や海外出張で不在がちの核家族だった。わたしまでが長期間留守にはできない。1977年と1982年に、年末年始の休業日を利用して1週間ビルマへ走った。1993年に、かろうじて3回目の訪問にこぎつけた。その頃、夫も国内勤務になり、1995年からようやく毎年家を空けられるようになった。

ビルマに行けなかった間も、研究に不可欠な資料は、学生や卒業生やさらには面識もない方も含め、無数の方々が運んでくださった。やがて、テインペーミンの小説を読んで論文を書くだけでは済まなくなった。ビルマ文学全体、あるいは女性文学についてなど、講演や執筆を頼まれるようになった。小説の翻訳も始まった。読んだり書いたりするうちに、研究対象もじんわりと広がり、今に至っては、現代ビルマ小説に描かれた日本占領期をたどっている。

子どもの関係や趣味のサークルで、いつしか仕事に関係のない人との付き合いのほうが多くなった。「みどりさん、ミャンマーに行って、何やってはるの？」と聞かれると、容易には答えられない。基本的に三つくらいだろうか。第一に、論文執筆のための資料を収集し、関係者から聞き取りする。第二に、翻訳対象作品を選出するため、たくさんの作家に会って情報を集め、作品を収集する。第三に、既に読んだ作品や、これから翻訳しようとする作品に登場する風景や事物をこの眼で確かめる。すべてを一度にやるのは時間的に難しい。そろそろと気長にやってきた。

言論統制の厳しい軍事政権下では、現場に足を運び、直接話をして情報や資料を収集することが、最も安全で確実な方法だった。２０１１年の「民政移管」後、フェイスブックが爆発的に普及した。わたしにも、文学関係者を中心に、面識の有無にかかわらず９００名以上の友達ができた。ある程度の情報収集やコミュニケーションは可能となった。

２０２０年3月、45回目のビルマ訪問を終え、コロナ禍の中を無事帰国した。わたしに似た顔の人にはまだ会えていないが、有意義な話のできる相手には事欠かない。ほっこり余韻を反芻していたおりしも、渡航が禁止となった。資料を読んで論文の準備をしながら、災いが通り過ぎてくれるのを待とうとしていた4月、本の泉社の新舩海三郎さんから、『世界文学』に書いたものをまとめてそろそろ本にしませんかという思いがけないお話をいただいた。

テインペーミン、女性文学、日本占領期文学などを研究の柱に据えてきたものの、まとめることなど考えずに、気の赴くまま、資料を読んでは論文を書き散らかしてきた。どの柱も詰めが甘い。まだまだ調べたいことがある。しかしせっかくのお話だ。文学愛好者やビルマに関心のある読者に向けて、現段階でお届けできるものを見繕ってみた。

その結果、軍事政権下でビルマ文学がどのような試練をこうむらねばならなかったか、それに至るどのような文学的経緯があったのかについて、まとめることにした。まず第一章で、ビルマ文学の軍事政権下への道程について、1990年代までを中心に、今まで書き溜めた論文なども参照して書き下ろした。第二章以下では、わたしがビルマ訪問を定期的に開始してのち、1995年から2014年まで『世界文学』に書いた報告をベースにしている。そのほか、『グリオ』『東京新聞』『大阪外大教職員組合文集』『世界文学ニュース』『海燕』『季論21』『女たちのビルマ』『民主文学』などに書いたものを混ぜあわせて、加筆修正した。言論出版と軍事政権の関係をお考えいただく一助になれば、有難いことこのうえない。ビザが出なくなることを怖れて、ひっそりと発信してきたものが、不特定多数の眼に触れる機会を与えられたのは喜ばしい。軍事政権下の記憶は、風化させるに忍びないからである。

ビルマ文学の風景――軍事政権下をゆく　目次

目次

第三章　軍事政権下をゆく　2　稽留　153

目次

第一章　軍事政権下への文学的道程

1．「ビルマ文学」の周辺

ビルマ語文学

ここでいう「ビルマ文学」は、ビルマ語によって記述・表現された詩歌、戯曲、小説などの芸術的表象をさす。チベット・ビルマ語系のビルマ語は、多民族国家ミャンマー連邦の公用語で、住民の7割近くを占めるビルマ族の母語でもある。

ミャンマー連邦の面積は日本の1・8倍だ。東北から東にかけては中国とラオスに、さらに東から南端にかけてタイに、西北はインドとバングラデシュに囲まれる。西側にベンガル湾とアンダマン海が広がるが、国土のほぼ半分が山岳地帯だ。北端には、万年雪を抱いたヒマラヤに続く急峻な山々が聳(そび)える。南にかけて、エーヤーワディー（イラワジ）河[1]、タンルィン（サルウィン）河、スィッタウン（シッタン）河などが流れ、海に注ぐ。北部を除いて亜熱帯に属する。モンスーンの影響で雨季と乾期の差が明瞭だが、中央平原は寡雨の乾燥地帯だ。

その気候風土さながらに、住民も多様だ。135の民族が居住するといわれるが、異論もある。有史以来、人びとは山を越え、海を渡って到来し、定住した。ビルマ族は7世紀頃南

1　地名や民族名等の後の（　）内は、初出のみ英語呼称、日本占領期の呼称、ビルマ語による別の呼称などを入れている。

下し、8世紀頃に定住したというが、その前に多くの民族が到来している。最も早くには、モン族、パラウン族、ワ族が、次いでチン族、カチン族、ラカイン（ヤカイン、アラカン）族、ナガ（ナーガ）族、ピュー族（9世紀後半滅亡）が、さらにカレン（カイン）族、シャン族が到来していたらしい。彼らは固有の言語を持ち、独自の文化を育んできた。

この地は、民族の覇権抗争の場でもあった。11世紀、中央平原の第一次ビルマ族統一王朝が南部のモン族の王国を制覇し、南伝上座仏教とモン文化を導入した。13世紀後半に、この王朝が元によって壊滅すると、東北台地から中央平原に降りたシャン族がモン族の王国と抗争を続けた。16世紀、第二次ビルマ族統一王朝がモン族の王国を制覇するが、18世紀中葉、モン族軍の攻撃で滅亡する。この頃から、抗争に西欧列強の介入も始まった。時をおかず、モン族の王国を撃破した第三次ビルマ族統一王朝は、アラカン王国、アユタヤ、マニプール、アッサムまで領土を拡張した。しかし19世紀、三度の対英国戦争の後、ビルマ族の王国は終焉を迎える。

記述された「ビルマ文学」は、11世紀以来三度の統一王朝を築いたビルマ族の宮廷の庇護の下で、韻文を中心に、仏教文学の影響も受けて発展してきた。それら古典文学は主として、抗争の覇者ビルマ族の支配階級の文学であったともいえる[2]。

2　ビルマ古典文学については『ビルマ文学史』（1947、ウー・ペーマウンティン1888—1973　大野徹監訳　池田・コウンニュン・原田・堀田分担訳　井村文化事業社1992）参照。

「ミャンマー」文学⁉

「ビルマ」という呼称は、オランダ語からの借用語だといわれる。日本では明治初期から使用されてきた。「ビルマ」を意味するビルマ語には、「バマー」と「ミャンマー」がある。ともにビルマ族（バマー族、ミャンマー族）をさす同義語だ。それは12世紀の碑文には、「ムランマー」という民族名で、16世紀のポルトガル商人の手記では「ブラマー」という民族名で記されている。「ムランマー Mranmar」は、文語の「ミャンマー Myanmar」に転化した。「ムランマー」はまた、口語の「ブラマー Bramar」へ、そして「バマー Bamar」にも転化したという。

１８８６年に英国がインドの一州としてこの地を併合したとき、英語表記「バーマ Burma」が州名として使用された。ビルマ語表記では「バマー Bamar」と「ミャンマー Myanmar」が併用された。１９４８年の独立時も、国名の英語表記には「バーマ」が、ビルマ語表記は「バマー」と「ミャンマー」が継続して併用された。

つまるところ「ビルマ」と「ミャンマー」は同義語で、当地の多数派民族名を表すにすぎない。我々の「ニッポン（日出ずる処）」や「ジャパン（黄金の島ジパング）」と比べれば、「バマー」と「ミャンマー」の間のほうがよほど近しいはずだった。

１９８８年に「ビルマ式社会主義」の仮面をかなぐり捨て、暴力機構の素顔をさらして権力を握った国軍は、１９８９年6月18日に国内外における国名表記を「ミャンマー」に統一すると宣言した。同時に彼らは、地名の一部で併用していた英語表記を排して、ビルマ語表記に一本化した。たとえばラングーンはヤンゴンに、イラワジはエーヤーワディーに統一された。英語表記を排したことからは、「社会主義」を放棄した国軍が、英国植民地主義の残滓を排してビルマ・ナショナリズムを新たな支配の正当性として前面に押し出したことがうかがえる。

では、国名表記の統一もビルマ・ナショナリズムの発現だったのだろうか。軍事政権は国名表記統一にあたり、「バマー」は多数派民族ビルマ族をさし、「ミャンマー」はこの国の全住民をさすという理由を付与した。この新たな理由付けは、少なくともわたしには初耳だった。軍事政権・国家法秩序回復評議会は、１９９０年の総選挙で正式の国民代表を選ぶまでの暫定政権であることをもって自任していたはずだ。国名表記などという事項は、暫定政権の所掌範囲を超えている。まさしく、「我々が法である」と宣言して登場した政権ならではの理由付けにほかならない。「我々が言うのだから正しい」というわけらしい。

これを文学の呼称に援用すれば、どうなるだろうか。ビルマ族の母語であるビルマ語で記述された文学が「ビルマ文学」であることに変わりはない。そして「ミャンマー文学」とは、この国に住む全民族の言語で記述された全文学を包摂する実に壮大で豊饒な文学世界を意味することになるはずだ。公用語はビルマ語だが、シャン族、カチン族、カレン族、モン族など、国内に居住する多くの民族が、独自の言語・文学を持っている。

しかし、その後の軍事政権の扱いを見ていく限り、「ミャンマー」語・「ミャンマー」文学は、「ビルマ」語・「ビルマ」文学と同義的にしか使用されていないように見える。それは、彼らが「ミャンマー」を国名とした際の理由付けと矛盾するのではないだろうか。それは彼ら自身が、「ビルマ（バマー）」と「ミャンマー」は同義語だと認めてしまっていることになりはしまいか。こうした矛盾について、同様の指摘をするビルマ人識者も存在する。だが、軍事政権から必要にして十分な説明がなされた形跡はいまだ見出せない。これは、軍事政権の言行が発現する膨大な矛盾の中のほんの一例に過ぎない。

本書では、このような根拠に乏しい呼称の使用を避け、従来どおりビルマ語による記述文学をビルマ文学と称する。そして国名や国民の呼称は、１９８９年６月の「変更」以前はビルマ、ビルマ人、それ以降はミャンマー、ミャンマー国民と称するよう努めてみることにする。読み進めていただく際にいささかご面倒をおかけするが、ご容赦願いたい。

2. 軍事政権下のビルマ文学　そのルーツをたどって

「日本時代」は「暗黒時代」か？

第一次軍政の選挙管理内閣時代（１９５８―６０）とビルマ式社会主義時代（１９６２―８８）と軍事政権時代（１９８８―２０１０）を併せると、国軍の支配は半世紀に及ぶ。国軍の前身ビルマ独立軍は、国外に脱出して日本軍特務機関により訓練を受けた「三十人の同志」を母体として、１９４１年12月にタイで結成された。

日本占領期は、ビルマでは「日本時代」と呼ばれる。それは、ビルマ独立軍が日本軍と共にビルマ南部に侵入した１９４２年１月に始まる。日本軍は42年３月にヤンゴン（ラングーン）を、５月に第二の都市マンダレーを占領した。英国軍の撤退が完了した６月、日本軍は軍政を施行した。彼らは８月にビルマ人参加の行政機関を設置し、公用語をビルマ語に定めた。43年８月、彼らは日本軍政を「撤廃」し、ビルマに「独立」を与えた。44年７月の日本軍のインパール作戦敗退後、連合軍も攻勢に転じた。44年８月、ビルマ軍や共産党は密かに抗日統一戦線（パタパラ後にパサパラ）を結成した。45年３月の抗日統一戦線蜂起、５月の連合軍のヤンゴン制圧、日本軍の敗走を経て「日本時代」は終焉を迎える。

この時代は、文学史上見るべき作品のない「暗黒時代」だったとされる。日本軍の占領は、英領下で一定の発展を遂げていたビルマ文学の流れをせき止めたともいわれる。三年間の文学の「暗黒時代」は、半世紀に及んだ国軍支配下の文学とどのようにかかわるのだろうか。

当時、出版は日本軍の宣伝活動の一環と位置づけられた。出版物は事前検閲を受け、日本軍の宣伝に資すると認められたものに、用紙が配給された。用紙不足も深刻だった。当初は出版社手持ちの用紙が残っていたが、紙質は徐々に粗悪となった。印刷物の裏紙を用いた出版物まで登場した。そのうえ、度重なる空襲も出版業に打撃を与えた。

タキン・ルィン（１９１４―９６）は、日本占領期を諸方面から総合的に叙述した『日本時代のビルマ』（１９６８）のメディアの項で、小説９点を含む書籍18点を列挙したうえで、この時期の文学には「日本ファシズムのプロパガンダ」的役割と、「国民の道徳観を麻痺させる」役割が課せられたと述べる。しかし、その二つの役割に該当する作品名が具体的に挙げられるわけではない。列挙した書籍も「記録に頼ったもの」で、当時出版された書籍の完全なリストを入手することは困難だったというのだ[3]。

それに先立つ１９４６年、ダゴン・ターヤー（１９１９―２０１３）も、同年創刊の『ターヤー』誌掲載の評論の一部で日本占領期文学に言及した。彼は、この時代を検閲と用紙不足による文学の「暗黒時代」だったとする。彼はまた、占領期に発行された小説３点を挙げて批評した上で、当時は出版が不振で見るべき作品がなく、作家協会発行の機関誌『作家』は日本軍のプロパガンダ雑誌だったと述べる[4]。

このターヤー発言が、現在のところ最古の「暗黒時代」言説のようである。タキン・ルィンのみならず、その後の批評も、おおむねこの言説を踏襲しているように見受ける。ターヤーは、後述のように戦後文学における「進歩的」潮流の旗手だった。没後の現在もなお、崇拝者あるいは追随者は多い。論拠を明示しない断定は、今もビルマ文学界で珍しいことではない。また、特定の個人への過度の崇拝や神格化も、「進歩的」文学潮流内では日常化している。

---

3 「日本占領期におけるビルマ文学―小説の役割を中心に」（南田みどり『大阪大学世界言語研究センター論集』第３号２０１０）参照。

4 「１９４５年のビルマ文学～日本占領期から英領期へ～」（南田みどり『世界文学』No. １１８世界文学会（大阪外国語大学世界文学研究会とは別）２０１３）参照。

ダゴン・ターヤー　1995.8.7

「進歩的」作家から神と崇められるが、権威主義的ではなく、若々しく率直だった。彼もテインペーミンを批判した。

それはさておくとして、「暗黒時代」だったといわれる日本軍支配下の文学界の実像に迫る前に、一定の発展を遂げていたという植民地ビルマの文学を概観しておこう。

小説が文学界の主役に

１８８６年の植民地化はビルマ文学に大きな変化をもたらした。公用語は英語だったが、英語文学は育たなかった。ビルマ族社会では、王朝時代から寺院を中心に寺子屋教育が定着していた。ビルマ語によって記述する行為そのものも、英国の支配に抗するビルマ族ナショナリズムの育成につながった。

韻文から散文へ、そして散文小説が文学界の主流となるまでに数十年の歳月を要した。19世紀末から20世紀初頭にかけて、印刷技術の導入とともに多数印刷されたのは、詩歌を挿入した脚色前世譚劇や創作劇の脚本だった。それと並行してビルマ語新聞が創刊され、１９１０年代から20年代にかけては文芸誌多数が創刊されていく。その中から多くの小説が生まれた。編集者自身も作家が多かった。週刊文芸誌を発行する作家も現れた。

植民地権力は、ビルマ小説にさしたる注意を払わなかった。例えば彼らの行政報告によれば、１９３５―３６年度の登録出版物３１７点中ビルマ語の書物は１８７点で、その大半が小説だったという。そして、その多くが低俗な好色文学だったと述べられる。

たしかに、西欧小説の翻案は多数出版されていた。近代散文小説の始祖といわれる『マウン・インマウンとマ・メマー（男女の人名）』（１９０４、ジェイムス・ラチョー１８８６―

１９２０）[5]は、『モンテクリスト伯』（１８４４―４５、Ａ・デュマ１８０２―７０）を王朝時代の愛と冒険の物語に改変したものだ。近代散文の父と言われるピーモウニン（１８８３―１９４０）の女性小説『ネイーイー（女性名）』（１９２０）も、英国大衆小説の翻案といわれる。王朝時代の義賊の物語『タイワンソケイの黄金刀戦士』（１９２１、ゼーヤ１９００―８２）は『紅はこべ』（１９０５、Ｂ・Ｅ・オルツィ）の、女性小説『パンダーの町のマ・サーウ（女性名）』（１９３６、タキン・バタウン１９０１―８１）は『テス』（１８９１、Ｔ・ハーディー１８４０―１９２８）の改変だ。ただ、これらは、植民地権力の言う「低俗な好色文学」にはあたらない。

同様に、ミステリー、探偵、冒険ものを手がけたダゴン・シュエーミャー（１８９５―１９８２）やシュエーウダウン（１８８９―１９７３）の小説にも翻案は多い。翻案以外でも、風刺とユーモアのザワナ（１９１１―８３）、人情ものを得意とするトゥカ（１９１０―２００５）、恋愛ものに長けたテットゥン（１９０８―３６）なども登場し、１９３０年代の文学界は多様な小説に賑わっていた。

５　『　』内は長編、「　」内は短編の題名を、（　）内は出版年、著者名、生年没年を示す。女性作家は初出のみ横線を付す。なお、ビルマ人名に姓はなく通常、男性用冠称（若年マウン、壮年コウ、熟年・社会的高位者ウー、親愛ポウ、蔑称ガ）、女性用冠称（若年マ、ミ、中年・熟年・社会的高位者ドー）を使用する。その他ボウ（軍人）、タキン（タキン党員）のほか、筆名の場合、前にダゴン、ジャーネージョーなど雑誌名を使用する者もいれば、冠称を用いない者もいる。

写実とナショナリズム

1930年代は、文学の質的転換期でもあった。まず1930年に、日常的な事柄を平明に写実する「キッサン（時代を探る）」文学が現れた。古典詩の形式が踏襲されていた詩壇に、ラングーン大学出身のゾーヂー（1908—90）やミントゥウン（1909—2004）[6]はヨーロッパの詩風を持ち込み、日常を素材に簡明な定型詩でビルマ新体詩の礎を築いた。植民地官僚のテイッパン・マウン・ワ（1889—1942）も、随想的短編[7]を多数創作した。

一方反植民地闘争の担い手も、復古的仏教徒ナショナリストから近代的ナショナリストへ転換しつつあった。1920年に結成されたビルマ人団体総評議会（GCBA）が都市部を中心に活動を始めると、僧侶政治家たちも、人頭税拒否、地租反対運動で民衆を鼓舞した。農村部では両潮流の提携のもと、ウンターヌ・アティン（民族結社）の活動も活発化した。しかし1930年末の大規模な農民反乱の挫折は、これら復古的仏教徒ナショナリストの抵抗運動を終焉に導いた。

1930年に作家タキン・バタウンが結成したタキン党（我等ビルマ人協会）は、36年のラングーン大学学生ストライキの指導を契機に、反英反植民地主義を明確に打ち出す。彼らは37年、「ナガーニー（赤い龍）」読書クラブを創設して、マルクス主義はじめ外国の近代思

6　短編1点が土橋泰子訳で『世界名作短編選　東南アジア編』（新日本出版社1981）に所収。

7　1930年から41年までの短編を所収した訳書は『移りゆくのはこの世のことわり　マウン・ルーエイ物語』（高橋ゆり訳　てらいんく2000）。ほかに短編1点が土橋泰子訳で『世界名作短編選　東南アジア編』に所収。

テインペーミン　1978.1.5
この2日後執筆中脳卒中により昏倒。その8日後意識不明のまま入院先で死亡した。初対面にかかわらず率直に語ってくれた。ロングインタビューは『東より日出ずるが如く』下巻に所収。マウン・ターヤとサンサンヌエに期待していた。

想の翻訳出版紹介活動も始めた。38年の大規模な反英行動「1300年事件」では、彼らと労働者・農民との共闘も生じた。39年、タキン党内にマルクス主義学習サークルも結成された。そのひとつがビルマ共産党の前身とされる。

20年代の運動を反映した歴史小説『ビルマ勇士』（1931、ウー・ティンマウン1898―1966）や『伝奏官』（1932、シュエーセッチャー1912―78）に続いて、反英反植民地小説も登場する。ダゴン・キンキンレー（１９０４―８１）は『シュエースンニョウ（人名）』（１９３３）で、王朝末期の宮廷内紛を逃れ中緬国境で反英闘争に決起し、共産主義に接近する親子三代を描き、マハースエー（１９００―５３）は『我等が母』（１９３５）で、遺産相続問題を描きながら民族団結や連邦構想までも説いた。

政治と文学を車の両輪としたのは、テインペーミン（タキン・テインペー）とタキン・コウドーマインだった。テインペーミンは、１９３７年にナガーニー社から出したコウドーマイン伝の冒頭で、当時の文学が仏教文学の模倣を克服し、独創性に富むようになった反面、娯楽的傾向が強まったと警告を発した。そのうえで彼は、作家は傍観者であってはならず、民族の解放に貢献する作品を書くべきだと主張した。彼は『テッポンヂー（進歩僧）』（１９３７）で仏教界の退廃を批判し、『ストライキ学生』（１９３８―３９）で36年学生ストをルポルタージュ風に再現し、『現代の悪霊』（１９４１）で性病撲滅を訴えて、問題の根底に横たわる植民地体制を告発した。彼はラングーン大学時代にタキン党に加入し、１９３６年から38年までカルカッタに住み、新聞特派員の傍らカルカッタ大学で学んだ。１９３７年4月、ビルマはインドから分離し、英国の直轄領となっていた。この期間に彼はインド共産党と接触し、コミンテルンと連絡を取ってビルマ共産党の設立を援助するよう要望もしていた[8]。

一方タキン・コウドーマインは、占星術、緬方薬学、錬金術を修めた王政復古主義者で、かつては過去のビルマの栄光を謳歌した。やがて彼は、脚韻や語呂合わせを用いた独特の長詩や、仏典注釈書形式の散文韻文混合体で痛烈に反英思想を表現するに至る。そして58歳でタキン党に入り、独立闘争の長老格となった[9]。

その後の情勢の激化は、作家たちを創作から遠ざけ、激動の渦中に投じる。40年、植民地政府の取り締まり強化で、多数の活動家・知識人が逮捕された。逮捕を逃れ、外国の援助で独立を獲得すべく国外に脱出したタキン・アウンサン（1915―47）に、日本軍で諜報を担当する鈴木大佐が接触したことを契機として、41年2月にビルマ工作専門謀略機関・南機関が結成された。彼らは国内から30名の青年を脱出させ、武装訓練を施した。青年の大半がタキン党員だった。それら「三十人の同志」を母体とし、鈴木大佐を司令官とするビルマ独立軍が日本軍と共にビルマ領内に入ったとき、住民の目には両者がビルマを植民地支配か

8　当時のテインペーミンについては「ダベイフマウチャウンダー論」（南田みどり『ＳＴＵＤＩＵＭ』４大阪外国語大学大学院研究室１９７５）「テインペーミンにみる伝記文学―タキン・コドーフマインとのかかわりをめぐって」（同『外国語・外国文学研究』３大阪外国語大学修士会１９７９）「テインペーミンとテッポンヂー―最愛の長編小説の意義」（同『外国語・外国文学研究』４　１９８０）「１９３８～４１年のテインペーミン―闇と光のはざまで」（同『アジア太平洋論叢』第10号大阪外語大学アジア太平洋研究会２０００）も参照。

9　30年代文学はじめ総論は「二十世紀のビルマ文学」（南田みどり『世界文学』No.60世界文学会１９８３）「ビルマ文学」（同『東南アジア文学への招待』段々社２００１）等も参照。

ら解放する解放軍と映った。ほどなく日本軍は住民の憎悪の対象に転じる。だが日本軍がその馬脚を現せば、それだけビルマ独立軍の人気は高まっていった。42年5月には、すでにデルタ地帯でビルマ独立軍によるカレン族大量虐殺事件が生じていたのだったが[10]。

一方インドに脱出して抗日活動に入ったテインペーミンを除いて、作家たちのほとんどが国内にとどまった。日本軍の占領下で、執筆や出版や広報宣伝にかかわった人々は182名を数える[11]。作家たちはどのように動き、ビルマ軍とどのようにかかわったか。半世紀にわたる軍事政権下での文学の呻吟も、このあたりに端を発するようにみえる。

3. 日本占領期　その文学的遺産

作家協会「再建」

42年8月に行政府が設置されて、ビルマ語が公用語となると、9月に行政府に情報宣伝局

10　日本占領期傀儡政権総統を務めたバモー（1893―1977）の回想録『ビルマの夜明け』（1968、横堀洋一訳　太陽出版1973）ではデルタ地帯のみならず、ラカイン州での「インド人入植者」とラカイン族の紛争と独立軍とのかかわりや、独立軍の無頼漢的側面ならびに軍事主義化の可能性などにも言及。ただし英語書籍のみでビルマ語版は出版されていない。

11　「ビルマ作家たちの「日本時代」」（南田みどり『大阪大学世界言語研究センター論集』第7号2012）参照。

が設置され、出版は日本軍の宣伝活動の一環と位置づけられた。宣伝政策の基本は、日本軍政を民衆に浸透させること、すなわち大東亜共栄圏建設と大東亜戦争遂行の意義を理解させ、民衆を日本軍に協力させることだった。

作家協会結成も宣伝活動の一環と位置づけられた。戦時文化を通じて民心の安定を図る重要性を認識した軍宣伝班がビルマ作家に呼びかけて、作家協会を結成させたといわれる。たしかにビルマ作家協会は、すでに40年初頭に一旦設立された後、自然消滅していた。日本軍の意図とは別に、ビルマ作家側はこの機を利用して協会再建に動いた。

42年9月に再建された作家協会は、12月8日の「開戦記念日」に機関誌『作家』を創刊した。同誌は、作家たちを繋ぐ機関誌的役割にとどまらず、評論、小説、詩などを掲載し、当時唯一のビルマ語雑誌として一般にも愛読され、十数号まで刊行された[12]。

協会はまた、44年11月より年中行事として「ビルマ文学者の日」を定め、文士劇や講演会を開催した。文学講演会は現在も継承される。このほか現在も継承される行事に、文学賞の授与がある。たとえば、43年度は作家協会賞歴史部門で『三十人の同志』（ミャダウンニョウ１９１５―８３）、小説部門で『刀』（ミンスエー１９１０―４９？）が受賞した。英領時代も文学賞は存在したが、古典文学や仏典の現代語訳、英文社会科学書や文学作品の翻訳を授与の対象としていた。ビルマ語オリジナル作品を対象とした文学賞は、これが最初だった。

12　「日本占領期におけるビルマ作家協会機関誌『作家』の役割について」（南田みどり『大阪大学世界言語研究センター論集』第５号２０１１）も参照。

日本軍の宣伝活動の一環として結成された作家協会は、対日協力を装いながらこの機を活用し、戦後文学への礎石を築いたといえるだろう。

たしかに用紙不足はビルマ出版界のみならず、日本軍の宣伝活動にも打撃を与えた。出版事業が機能したのは、実質的に42年から44年の3年間に過ぎない。この3年間に書籍を発行した出版社は24社が確認される。その大半は英領期から活動していた出版社だった。有名作家が出版経営に携わったケースも少なくない。

確認できた3年間の出版書籍には、フィクション36点、ノンフィクション26点、翻訳9点がある。フィクションを除けば、日本に関する書籍が少なくない。それらには、日本語会話や民話のほか、英語からビルマ語訳された『武士道』（新渡戸稲造1900）、『日本文化の発展』（嘉治隆一1939）、『日本精神』（稲原勝治1943）、『麦と兵隊』『土と兵隊』（火野葦平1938）、『花と兵隊』（同1939）などがある。それに続くのが、ビルマ人の戦場ルポや体験記、ビルマ族の歴史文化関係の著作だった。そのほか栄養、健康、女性のたしなみなどビルマ作家の著す実用書も見られた。

出版書籍は前述の植民地時代の年間出版点数と比べれば、数的に大幅な後退はある。しかしそれらには、ビルマ人の民族精神昂揚や啓蒙を意図したものが少なくない。それは、日本軍の文化政策の基本を逸脱したものではなかった。文化政策の基本は、文化的にイギリス色を払拭し、日本文化を普及し、あわせてビルマ文化の振興を企図することだった。ビルマ出版界は、ここでも獲得した権利と機会を最大限に活用して出版に努めたといえる。

フィクションの世界

フィクションの中で多数を占めるのは娯楽的小説だった。中でもビルマ族男女の恋愛作品が多い。そして、書き手は英領時代から活躍していた作家たちだ。英領時代を舞台とする作品や、時代背景を明示しない作品も少なくない。それらには、ヤンアウン（1903―94）の『愛の苦悩』（1942―44）[13]や『肩身の狭い人』（1942―44）、『彼の妻』（1942、ザワナ）、『愛してはいる』（1942、トゥカ1910―2006）のようなシリアスもののほか、『作家』（1942、メーミョ・マウン1910―98）やマハースエーの「痛い恋人」や「別れないよ」（1943）のようなユーモアものがある。

日本占領期を舞台とする恋愛作品は、「恋人の歌声」や「愛したから」（1943、ボンチュエー1921―48）のようなシリアスものよりむしろ、マハースエーの『逆さま時代』「沙弥の問題」「気のふれた男」（以上1943）、『僕が君なら』『好きなものを選び取れ』「聴診器のために」（以上1944）や『疎開娘』（1943、ミンスエー）のようなユーモアものが多い。

恋愛作品以外では、ミステリー・冒険作品も見いだせた。そのうち『ワ・タロン（義賊名）』（1942、メーミョ・マウン）や「時の応報」（1942、ティーリマウン）などは、英領時代や明示されない時代を背景とする。日本占領期を舞台にしたものには、『知恵者』（1943、

13　出版年が明示されないが、この期間の出版と推測されている。

マハースエー）やダゴン・シュエーミャの「奇妙な夢」「蜂蜜とU字鋼」（以上1943）などがある。このうちマハースエーは、作家協会検閲担当執行委員を務め、出版社を経営し、作品も精力的に書いた。彼の占領期を背景とした作品には、世相風刺も控えめに挿入される。

これら娯楽的小説は、タキン・ルィンのいう「倫理道徳観を麻痺させる」類のものではなく、普遍的な人間の尊厳、誠意、あるいは勧善懲悪を提示し、戦時の読者につかの間の慰めを提供した。それらは、英領期の作品の枠組みを継承したものといえるだろう。

一方、「キッサン」文学の流れはひとたび中断されたかに見えた。その担い手の一人テイッパン・マウン・ワは、1942年6月に不慮の死を遂げた。ゾーヂーとミントゥウンは43年8月の「独立」後、教育衛生省教育局に所属し、ビルマ学芸院ビルマ語辞典ビルマ百科全書編集事業管理小委員会で編纂に従事した。そのほかミントゥウンは『作家』に子供向けの伝承民話を連載し、ゾーヂーは『ニッポン民話』（1943）翻訳者のひとりでもあった。

ナショナリズムの流れ

一方英領期のナショナリズムが生んだ反英反植民地文学の流れは、日本占領期には第一に啓蒙的役割を持つ作品群に転じた。それらは、ビルマ人の意識向上を啓発し、あるいはビルマ人の暗愚を風刺した。

マウン・ティン（1909―2009）は一幕ものコメディー『何が一番重要か』（1944年7―9月上演）で、県知事執務室に到来して自己の要求を主張する様々なビルマ人の姿を通して、ビルマ人同士の不和とエゴイズムを示し、団結の重要性をほのめかした。彼はまた、歴史劇『英雄の母』(1945年1月上演)で、1930年の反英農民反乱の敗残兵の逮捕と処刑をその母親との絡みで描き、既に進行中だった地下の抗日闘争と官憲のせめぎあいを暗示した。

寓意的中編『ルー村とル村』(1943、ニャーナ1902—69)は、精神的に荒廃した村を提示して、人間としての誇りを取り戻す重要性を訴えた。『残酷なことよ』(1943、タキン・ヌ1907—94)は、英領時代の愚直な農民がビルマ人官憲にとらわれ拷問を受け絶望のあまり自殺する顛末を描き、むしろ同胞の残酷さを冷徹に浮き彫りにした。書簡体小説『誓願男子』(1944、ウー・ラ1910—82)[14]は、父が子に真の祖国再建に尽くすよう求めた。

シュエーア(別名メーミョ・マウン)は、一攫千金を求める悪漢たちの冒険譚『新時代のヤンゴンとは』(1943)と『疎開とは』(1944)で、巧みに世相を風刺した。「説教師」(1943、トゥカ)も、若者に志願を呼びかける説教師を風刺的に描く。マンティン(1917—97)は、「競売」「昔々」(以上1943)で英領期の村人の不正行為を描き、「行き過ぎた親切」(1943)でビルマ青年日本語教師に思いを寄せる地主の娘たちの滑稽さを描いた。これら啓蒙的作品でも、日本軍

14　訳書に『ビルマの民話』(古橋政次・大野徹訳　大日本絵画1977)、短編1点が土橋泰子訳で『世界名作短編選　東南アジア編』所収。その他の訳書はp.55、p.70。

への協力や大東亜共栄圏の重要さは語られなかった。

こうして作家たちは、日本軍のプロパガンダを巧みに退けた。しかし彼らは、ビルマ軍のプロパガンダ作品を創造することにはやぶさかではなかった。反英反植民地文学の流れは、第二にビルマ軍のプロパガンダ作品に転じたといえる。

1942年12月上演の『勝利の旗』(ゾーヂー)は、冒頭でビルマ軍旗の由来を説き、続いて過去の反植民地闘争で生じた諸勢力の不和・競合を示し、最後に「三十人の同志」のビルマ脱出と独立軍結成までを描いて、軍旗に払うべき敬意を強調する。1944年2月上演の『新生ビルマ』(ニャーナ)は、初期の反英反植民地闘争、農民反乱の挫折、ビルマ独立軍の登場など、各時代のビルマ人の戦いと死を描いて、ビルマの民族的不団結が植民地支配を許したことを強調し、「異民族」に心を許さず、団結して「真の独立」を目指すよう説いた。

1942年7月、3万のビルマ独立軍は解散させられ、2800名から成るビルマ防衛軍が編成された。8月、ヤンゴンのミンガラードンに、日本軍将校や下士官が教官となった幹部候補生養成学校が設立された。期間は6ヶ月で、成績優秀者はビルマ防衛軍将校に任命され、成績抜群優秀者は、日本の陸軍士官学校に入学させられた。1943年4月には、付属少年訓練所も設立された。同年8月の「独立」で、アウンサンは国防大臣となり、9月に防衛軍はビルマ国民軍(国軍)と改称された。

日本占領期のビルマ文学は、ビルマ軍将兵という新たな形象を生み出した。『作家』創刊号から第11号には短編が44編掲載される。そのうち11編が、そうしたビルマ軍将兵を主要人物とする。その11編中7編は恋愛ものだった。軍人の息子のおかげで若い恋人と再婚できた父親を描く「国軍」（1943、ティンカー1909―97）などユーモラスなものもあれば、「美文」（1943、ヤンゴン・バスエー1918―86）など引き裂かれた愛の悲劇を描くものもある。恋愛ものにおける「英雄たち」の形象化は、読者のビルマ軍への親近感を増幅させる役割も果たしたことだろう。

中には、軍のために愛を捨てる「グラジオラス」（1943、イエーナンヂャウン・ミョウミン）や脱走兵となった友人を軍の名誉にかけて制裁する「同志」（1943、ダゴン・ミャッレーヌエー1911―91）などの滅私奉公的作品もある。これらは、ビルマ軍将兵向け教導作品ともいえる。

さらに、Greater Asia 賞受賞作「ボウ・アーシャ（人名）」（1943、シュエーペインタウン1908―61）の主人公のビルマ軍将校は、「独立ビルマ」が求める理想的人物として創造された。同賞は、Greater Asia 紙が「独立」を記念して「大東亜におけるビルマの役割」とのテーマで応募を募ったものだった。作者は主人公に「大東亜共栄圏建設と大東亜戦争の意義」を語らせる。しかしその序文で作者は、厳しい制約のため会心の作とならなかったことを吐露している。作家協会執行委員で『作家』責任編集者兼「独立」政府宣伝諮問委員のジャーネージョー・ウー・チッマウン（1912―46）も序を寄せ、この作品は「普通の小説ではない」ゆえに精読するよう勧めた。

作家協会賞長編部門受賞作『刀』（1943、ミンスエー）は、日本の武士道精神に傾倒しつつも「真の独立」に命を捧げ、満身創痍で出陣する主人公の姿で作品を閉じた[15]。また、歴史部門受賞作『三十人の同志』(1943、ミャダウンニョウ)は、ビルマ独立軍の核となった三十名の小伝から成る。それは、占領期当初謎に包まれていたビルマ独立軍指導者の全貌を明かし、ビルマ軍の格好のプロパガンダ書の様相を呈した。

作家たちは啓蒙的作品を通してビルマ人の覚醒を促し、ビルマ軍のプロパガンダ作品を通して、来るべき真の独立獲得闘争に向けて、その主力となるべき集団への期待を称揚した。ビルマ出版界は、第一に文化的にイギリス色を払拭し、第二に日本文化を普及し、第三にビルマ文化の振興を企図するという日本軍の文化政策の基本のうち、第一点と第三点を前面に立てて、「真の独立」に資する作品の出版に努めたといえる。

検閲はだれのため?

ところで、占領者日本人の姿はどのように描かれたのだろう。名前と顔を持つ日本人が登場する日本占領期の作品は、いまのところ見出せない。その理由として、検閲による統制と作家自身の自主規制が考えられる。ただ、注意深く読めば、日本人の影がおぼろげにうかがえる作品もある。

15 「「日本時代」のビルマ小説―『刀』をめぐって―」(南田みどり『世界文学』No.98世界文学会2003)も参照。なお日本占領期に関する日本側の詳細な叙述として『ビルマにおける日本軍政史の研究』(太田常蔵1967吉川弘文館)がある。

たとえば、ユーモア小説『新時代のヤンゴンとは』（1943、シュエーア）には、主人公にマッサージや椰子登りを命じ、「ウナギの様な」裸体で水浴する野蛮な日本兵たちの姿が見え隠れする。また女性小説『彼女』（1944、ジャーネージョー・ママレー1917―82）には、疲弊した日本兵の敗走や、彼らを恐れて戸締りするビルマ人たちが描かれる。

これらの作品を、日本軍の宣伝に資すると判断し、出版ならびに用紙調達を許可した検閲者は、何者だったのだろうか。検閲者がビルマ語を解する日本人であれば、日の目を見なかったと思われる箇所は、このほかの作品にも散見される。だが、1945年2月に大阪外事専門学校（元大阪大学外国語学部）にビルマ科が新設されるまでビルマ語を教える高等教育機関は日本に存在しなかった。検閲に携わっていたのは、日本語を解するビルマ人だった。その一人は、日本留学中に「三十人の同志」にリクルートされたコウ・サウン（軍人名ボウ・テインウィン1914―45）だった。彼がビルマ人の立場から検閲に手心を加えたことは、作家たちの回想録でも語られている。

ビルマ人検閲者たちの関心事は、むしろビルマ軍人の形象化だった。それは終戦直後の出版作品が明らかにする。ジャーネージョー・ママレーのデビュー作は前述の『彼女』とされるが、彼女はその前に『アピュー（女性名）』（1945）を書いていた。彼女はそれが出版不許可となることを予測し、日本占領期の出版を見合わせた。作品はしかし、タイプ印刷原稿のままひそかに回し読みされたという。作品では、スパイ容疑でビルマ独立軍に処刑されるアピューの高潔さと、彼女に言い寄る行政機関指導者や尋問者であるビルマ軍将校たちの野卑さが対比される。この作品には日本人が全く登場しない。にもかかわらず作者が検閲による不許可を予測したのは、ビルマ軍の否定的側面が描かれていたためだろう。

日本占領期に精力的に小説を執筆したマハースエーも、終戦直後出版した長編『戦地の愛と清流』(1945)の序文で、およそ次のようなことを明かしている。「独立」ビルマでは、ビルマ軍に関する著述のすべてにおいて、国防省関係当局に原稿を提出して出版許可を申請することが義務付けられていた。彼は、1944年に前記の作品を『ダウェー(タボイ)の戦闘魂』のタイトルで出版許可申請した。作品はビルマ南部のダウェー出身のビルマ軍兵士の手記の体裁を取り、祖国のために命を賭けて闘ってきた語り手がヤンゴンで恋に落ち、苦悩の末恋人と別離するまでを語る。国防省からは、軍事より恋愛を優先する主人公は軍人の範とはならない、ゆえに作品はビルマ軍人の士気を低下させるとの理由で、申請を却下する旨の通達があった。

同書には、主人公が幹部候補生時代に日本人教官からビンタをくらい、厳しい所持品検査を受ける場面も存在するが、これらの部分は検閲不許可の理由にはあげられない。マハースエーは、主人公が抗日闘争に参加する部分を加筆して、戦後に『戦地と愛の清流』のタイトルで出版したのだった。

日本占領期の3年間は、ビルマ軍が文学のプロパガンダ的役割を認識するに十分な期間だった。彼らは日本軍に範を取り、言論出版の自由の規制と検閲の効用をも学習し、実践した。日本占領期は、作家協会、文学賞、文学者の日の諸行事と共に、検閲制度をも後世に遺したといえるだろう。

4．被抑圧階級解放めざして

1945年という年

1945年1月、連合軍は西部のラカイン州における抗日蜂起を皮切りに同地を占領し、2月には､中部の要衝メイティーラ（メイクティラ）をも占領した。抗日統一戦線パサパラ（反ファシスト人民自由連盟）は、3月1日にアウンサン宅で一斉蜂起を決定した。3月8日にバトゥー少佐（1916—45）率いるビルマ軍部隊がマンダレーとシャン州で蜂起し、27日にパサパラが蜂起した。ビルマ国民軍はビルマ愛国軍と改称した。

この前後には、作家協会や東亜青年連盟などの翼賛組織への監視がさらに強まったが、日本軍と傀儡政権閣僚は4月23日から第三の都市モーラミャイン（モールメン）へ南下していった。占領期のビルマ語日刊紙と週3回刊の英字紙 Greater Asia 紙は廃刊された。

5月16日、アウンサンは第14軍のスリム少将と会見し、総督の直接統治を拒否して暫定政府の樹立を要求した。しかし17日に発表されたビルマ白書は、1935年ビルマ統治法第139条に基づいて1948年までビルマが統治されることを定めていた。

パサパラと英国側の認識の乖離が明白となる中で、新聞の発行が始動した。いずれの側からもメディアの重要性が認識されたためだろう。5月には日本占領期の日刊紙『ミャンマー・アリン（ビルマの光）』と傀儡政権宣伝局の『バマー・キッ（ビルマ時代）』が民間紙として再刊され、英国軍広報局も日刊英字紙『Rangoon Liberator』を創刊した。6月以降も双方からビルマ語紙英字紙の創刊が相次いだ。

作家協会は、8月29日に年次大会を開き、新執行部を選出した。8月から12月にかけても新聞創刊は相次いだ。9月1日にアウンサンは記者会見で、記事を書く際は十分事実を調査するよう要請した。取材合戦の過熱化がうかがえる。

8月以降『ジャーネージョー（卓越の週刊誌）』『ディードウ（ミミズクの一種）』など週刊誌の復刊、『トゥエータウ（血盟）』などの月刊誌の創刊が続いて、短編、長編掲載への道を開いた。同時に書籍の出版も再稼動した。

またアウンサンは8月に軍籍を離脱して、パサパラ総裁となった。同月パサパラはヤンゴンで集会を開き、総督の諮問機関・行政参事会へのビルマ人国民代表の参加、軍政撤廃・完全独立などを求める決議をした。10月に軍政が撤廃され、帰任したドーマンスミス総督は、行政参事会閣僚の原案をパサパラに示したが、11月にパサパラはそれを拒否して抗議集会を開いた。12月に総督は、パサパラを蚊帳の外に置いて行政参事会を発足させた。一方ビルマ愛国軍では、4700名が正規軍に編入され、残る3700名はアウンサンの指導のもと人民義勇軍を結成し、総督との対決姿勢を明確にした。

１９４５年の出版小説

45年に出版された小説の書き手は、おおむね日本占領期にも執筆していた者たちだった。彼らがより自由に筆を運んだのは言うまでもない。概観すれば、娯楽的作品のうち恋愛ものでは、『プィンリン（率直）邸』『ヤティーマン（適正カラット）』『人違い』などマハースエーの活躍が続く。ミステリー・冒険ものには、ダゴン・シュエーミャの『核スパイ』『ファシスト・タンタン（女性名）』のほか、『真のタキン』（タンスィン）『ビルマの赤い血』（ティッパン・アウンミン）など、対日協力を装いながら日本軍の裏をかくヒーローたちが活躍する娯楽抗日小説も登場する。ほかに、『初夜権』（トゥリヤ・ウー・テインマウン１８９８―１９６６）、『冒険者』（シュエーウダウン）などの歴史もの、『核』（ウー・アウンミン）などのＳＦものも登場した。

啓蒙・風刺的作品のうちで、寓意的なものには『黄金富豪』（ダゴン・キンキンレー）、『アパーの物語』（ザワナ）、『我権力者とならば』（メーミョ・マウン）がある。日本占領期を舞台とする悪漢ものは、『崩壊時代の南京虫』（イエートゥッ１９１３―４８）、『ジープ・レディー』（トゥカ）、『抱擁捜査』（シュエーア）などがある。また、マハースエーは、ビルマ人の農業への意識改革を目的に『黄金米』や『九百万の主』も著した。

日本占領期のビルマ軍のプロパガンダ的作品は、抗日作品の中に蘇った。民間人ゲリラの抗日をも加えて、抗日作品は戦後文学の一ジャンルを形成していくことになる。45年作品でビルマ軍将兵を闘争の主体としたものには、『真の革命部隊員』（イエートゥンリン１９１０頃

―62）、『尊き精神』（ミャミョウルィン1902―70）、『愛国軍兵士の日記』（ターガヤ・ガ・ソウ1915頃―98）、『チッウーの夜』（イエートゥッ）などがあり、民間人ゲリラものには、『回向は独立の後に』（ミャダウンニョウ）、『ゲリラ隊員』（ボンチュエー）などがある。

抗日作品の登場以外で45年文学に新たに生じた事象は、次のようにまとめられるだろう。第一に、『夜明け』（イエートゥッ）、『戦災』（シュエーペインタウン）に見られるように、戦争に翻弄される民衆像が写実された。日本占領期には、戦争の否定的側面を強調する受難者としての民衆像は公然と扱えなかった。第二に、『共産主義娘』（ティンカー）に登場する英領ビルマ正規軍人や共産主義女性、『ゲリラ9号』（シュエードン・ビーアウン1906―86）に登場するビルマ族ビルマ軍将校に愛されるカレン族ゲリラ女性など、日本占領期には「敵」とみなされ、形象化がはばかられた人物像が登場する。第三に、顔と名前を持つ日本人の明確な形象化がある。『ファシスト・タンタン』『ビルマの赤い血』『抱擁捜査』では色情狂的な、『夜明け』では残酷で野卑な将校が登場する。戯曲『新しい時代は明ける』（ティンペーミン）[16]では、色情狂的工場主、厭世的で自暴自棄な将校、大東亜共栄の理想を信奉する知識人将校、現実的なたたき上げ将校などの日本人像が対比的に描かれる。『ゲリラ9号』に至っては、カレン族ゲリラ女性とビルマ軍将校の脱出を助け、社会主義到来を願って割腹自殺

16　44年に作者の亡命先のインドで書かれ、英語に訳されて上演されたビルマ初の抗日文学で、45年にビルマ国内で出版。「戯曲、ティンペーミン「新しい時代は明ける」をめぐって」（南田みどり解説・訳『現代アジア社会の研究』大阪外国語大学アジア研究会1981）も参照。

する社会主義者の日本人将校が登場する[17]。

ビルマ軍の否定的側面を明らかにしたものは、前述の『アピュー』（ジャーネージョー・ママレー）にとどまった。45年文学は、ビルマ軍と作家たちの対日協力的側面をもはや深追いしない。彼らの対日協力は、いかなる総括もなされないまま置き去りにされた。抗日闘争へのかかわりとその「勝利の栄光」によって、それらはなし崩し的に帳消しにされ、歴史の谷間に葬り去られたのだった。

戦後文学の時代へ

総督の諮問機関・行政参事会への協力を拒否した抗日統一戦線・パサパラは、46年1月にアウンサン総裁の下で第1回全国大会を開き、植民地政府との対決姿勢を強化した。ストライキが全土に広がり、ドーマンスミス総督は更迭された。8月にランス新総督が着任するが、9月には警官や郵政労働者など政府官吏もストライキに起ち、ゼネスト状態に至った。パサパラと交渉したランスは、9月末にアウンサンを議長代理として実質的内閣の役割を果たす第二次行政参事会を発足させ、ゼネストは終結した。

文学界ではこの激動と転換の中、46年12月に詩人でもある作家ダゴン・ターヤーが雑誌『タ

17「1945年のビルマ文学～日本占領期から英領期へ～」（南田みどり『世界文学』No.118世界文学会2013）「「1945年のビルマ文学」補遺～戦後文学に向けたさらなる歩み」（同『世界文学』No.121同2015）も参照。

ーヤー（星座）』を創刊した。彼は、古い文学を捨て、資本主義体制を打破せよと訴え、「新文学」の創出を謳い、世界文学の進歩的潮流の紹介にも努めると共に、多くの新人作家を育てた。

46年末から47年1月にアウンサンは訪英し、アトリー首相と主権移譲に関する協定に調印した。彼は帰国後の2月、シャン州パンロンでカチン族やシャン族等と会談して、彼らの居住地域の独立ビルマ連邦加盟への承認をとりつけた。カレン族はこれに異を唱えて、4月の制憲議会選挙もボイコットした。6月の制憲議会が憲法の基本原則を承認して憲法策定に入った7月、アウンサンを含む7名の閣僚が右翼政治家の配下に射殺された。8月にタキン・ヌ（ウー・ヌ）が第三次行政参事会を組閣し、10月にアトリーと主権移譲に関する条約に調印した。12月に独立法案は英国議会を通過した。

文学界では、47年3月に出版されたデルタ農民の日本占領期の苦難を描く『ガ・バ』（マウン・ティン）[18]が反響を呼んでいた。6月には『シュマワ（見飽きず）』、7月には『パデーター（豊饒）』などの文芸雑誌の創刊も続いた。とりわけ後者は、テットゥ（1913―2003）、ティンデー（1916―80）、タードゥ（1918―91）など、政治性の希薄な作家の恋愛小説やミステリー小説を多数掲載した。雑誌の興隆は、さらに多くの新人作家を輩出した。また同年8月には、タキン・ヌを会長にビルマ文学の振興を目指すビルマ翻訳

18　訳書は『農民ガバ　ビルマ人の戦争体験』（河東田静雄訳　大同生命国際文化基金1992）

文学協会が設立された。

すでに46年3月、共産党から離脱した極左部分が赤旗共産党を結成して武装闘争に入っていた。合法社会に残った共産党多数派は白旗共産党と呼ばれたが、46年10月にはパサパラから除名されていた。48年1月にビルマ連邦が誕生したが、3月に白旗共産党も武装蜂起した。共産党書記長も務めたテインペーミンは、パサパラと党の団結を訴えて果たせず、党の武装蜂起時に離党した。48年7月には人民義勇軍の一部も蜂起した。これらがその後長期化する内戦の始まりだった。ビルマ作家の政治参加は植民地時代以来の伝統だったが、独立後も作家と監獄は至近距離にあった。戦後作家拘束の第一波は共産党蜂起直後に生じた。共産党との関わりの嫌疑による逮捕だったという。

文学界では、1月にテインペーミンが発表した評論「時代を後退させる作家たち」が波紋を呼んでいた。彼は、文学が写真のように社会を描くにとどまらず、被抑圧階級解放の武器となるべきだと主張した。そして彼は、植民地時代以降のビルマ小説を評し、当代小説の多くが娯楽作品か抗日を題材にした恋愛小説にとどまり、『ガ・バ』（1947、マウン・ティン）以外に優れた小説はまだ登場していないと述べて、さらなる論議を促した。テットウやティンカーは、文学における階級性重視に反発し、芸術性重視を説いた。チーリンはじめ若手作家は、テインペーミンの主張を支持した。

一方、ビルマ翻訳文学協会は、優れた単行本長編に授与するサーペーベイマン（文学殿堂賞を設置した。48年度は、知識人による農村改革を描く『空の下の地』（ミンアウン1916

―96）が受賞した。

49年1月にカレン族の、2月にモン族の武装組織が蜂起し、年末には、東北部のシャン州で中華人民共和国成立による国民党残党軍の侵入が開始した。主要都市は、各種反政府軍に制圧され、一時はヤンゴン政府と揶揄されるほどの状況も生じた。しかし、反政府軍相互の間に共闘は成立せず、権力奪取には至らなかった。政府は、英米の援助による軍備強化でこの事態を打開した。

流入する難民を抱えて肥大化する首都ヤンゴンで、文学界はさらに活発な論争に沸いた。テインペーミンは、当代の文学を反動文学、新ブルジョア文学、人民描写文学、人民文学に四分して、詳細な批評と提言を展開した。彼はまた、ダゴン・ターヤーらの「新文学」派が新奇な文体や新造語の詩作に精力を傾けているとして、その「ゆきすぎ」を反人民的だと批判した。彼の提言は、むしろ進歩的文学潮流内部に論争を巻き起こし、それは50年代まで尾を引いた。

愛と闘争の長編

46―49年に登場した小説の書き手の半数は、大戦後に執筆を始めた。また作品の半数以上は、政治性が希薄だった。それらのうち45年作品にも共通する傾向のものには、第一に『千五百の愛と命』（1947、ワズィヤー）、『戦いに勝つ宝』（1948、トーダースエー1919―95）などのミステリー小説がある。第二に、『ゲイ』（1946、ミャミョウルィン

1902―70)、「一本のブランデー」(1947、トーダースエー)などユーモア小説がある。第三にザワナによる『サヨナラ』『総督』(1946)などの風刺小説がある。45年作品に見出せなかった傾向としては、『金(きん)では動かず』(1947、イエートゥッ)、『ナイロン』(1949、タードゥ)、『お金』(1946、トゥカ)、『愛の借金は返せない』(1946、タンスエー1926―64)などの人情的恋愛長編がある。

このほか、45年以上に多様な階層の人生の断片を描写する写実的短編や中編が現れた。49年には、新文学派作家による「一枚の五チャット」(チョーアウン、1920―2000)、「質屋」(チーリン)、「教条」(ミャタンティン1929―1998)など民衆の苦難を描写する短編が登場した。また『ガ・バ』(1947、マウンティン)や『空の下の地』(1948、ミンアウン)のほかにも、農民の人生を描写する「牛車の音」(1949、アウンソウ1926―)、「ポウロン(人名)」(1947、マンティン)などが登場した。マンティンはキッサン文学の継承者ともいわれ、日本占領期の3年を、作者の分身を思わせる主人公に語らせる『その三年』(1946)をも著した。

一方、49年度サーペーベイマン賞に関して、ビルマ翻訳文学協会は、基準を満たしても論議を呼んだ作品は避けるという理由を付与して、授与を見送った。忌避された作品は、テインペーミンの愛と闘争の長編『ビルマ1946』[19]だった。それは、抗日統一戦線パサパラ

19　原題『開けゆく道』。『ビルマ1946　独立前夜の物語』(南田みどり訳　段々社2016)。2017年第54回日本翻訳特別賞、第2回咲耶出版大賞も受賞。

の団結の崩壊過程を、エーヤーワディー・デルタの町村に住む様々な階層と思想の人々の視点から描く。共産党員教師と社会党員軍人との愛を軸として、45年4月ごろから同年末までの第一部では、共産党・社会党（人民革命党の後身）の統合協議の挫折、共産党の右偏向による抗日・反英連続革命の挫折、共産党・社会党の不和による大衆組織の分裂が提示される。46年1月から同年9月末までの第二部では、植民地政府の経済復興体制がもたらす生活苦によるあらゆる階層の怒りがゼネストで頂点に達し、大衆闘争による権力奪取を回避したアウンサンが英国と妥協して入閣したことによる左翼勢力の落胆と亀裂が提示される。46年10月から47年5月までの第三部は、民族資本家や地主からの接近によるパサパラの変質、左翼勢力の不和、民衆の受難と犠牲を提示した後、分断を画策する地主に対して、町村のパサパラ、共産党、社会党、人民義勇軍、カレン族が共闘に決起する様で閉じられる。この作品は、同時代の政治問題に正面から切り込み、新しい小説の可能性を切り開くとともに、作者自ら提唱した人民文学の範をも示した。左翼団結なる問題解決がもはや現実に適合しないことを承知の上で彼は、はかない理想郷を地方の町村を舞台に虚構の中に構築したのだった。

この時期には、『ビルマ１９４６』のような愛と闘争の長編が多数登場した。それらは、娯楽的なものからプロパガンダ的なものまで、政治的に濃淡が見られた。その中には、『大臣と娘と』（１９４５—４９[20]、シュエーセッチャー）、『英雄女性兵士』（同、ヤンアウン）、『エ

20　書籍に明確な出版年が記されないが１９４５—４９の出版と推測されている。

ーエー』（1945—46連載、ジャーネージョー・ママレー）、『愛の粘り』（1949、マハースエー）のような日本占領期を舞台としたもの、『英雄同志』（1946、ヤンアウン）、『愛する国』（1947、ティンデー）、『紅蓮のキンピュー（女性名）』（1948、ジャーネージョー・ソーウー1919—91）、『甘い音楽』（1949、トゥカ）、『欲情の陽炎』（1946、マハースエー）、『忘れない愛しい人よ』（1948、ミンシン1927—86）などのように戦後を舞台にしたものがある。45年に続き、奔放な愛を精力的に書き続けたマハースエーは、未来小説『ぼくらの国あたしたちの国』（1947）も著した。これらのうち、ビルマ軍将兵が登場するものは、『英雄女性兵士』、『愛する国』、『甘い音楽』のみにとどまる。この時期のビルマ軍による抗日の栄光は、作家たちの関心事とはならなかったように見える。日本占領期の遺産としてのビルマ軍のプロパガンダ小説は、しばし文学界から遠ざかったと言えるだろう。

むしろ愛と闘争の長編には、主要人物の言動を通して左翼思想を正面から宣伝するものが登場した。ダゴン・ターヤーが「新文学期待の星」と呼んだバモー・ティンアウン（1920—78）は、『ポンマウンはただ一人』（1947）や『さらば愛しき人よ』（1948）で政治的会話に多数のページを割いた。ダゴン・ターヤー自身も、政治小説ではなく恋愛小説だと断り書きを添えた『ミャイン（女性名）』（1949）、近未来の革命政権下のビルマを描く「反乱者」「吸血悪神」（1949）を著した。これらは、新しいタイプのプロパガンダ小説として、いましばらくビルマ文学界で紡がれていく。また、45年作品に見られたような日本軍人やカレン族などの明確な他者表象は減少した。おしなべて、この時期の文学は、日本占領期の枠組を徐々に脱し、「戦後文学」と呼ぶにふさわしい発展を見せたと言える[21]。

１９４０年代末から、ビルマ全土は、政府軍であるビルマ国軍支配下の合法地帯と様々な反政府軍支配下の非合法地帯に分断された。そして、ビルマ文学は、合法地帯でのみ「発展」の道をたどっていく。

5. 戦後文学から50年代文学へ

50年代のビルマ社会と文学界

１９５０年、ビルマの国土は相変わらず、合法地帯と非合法地帯に分断されていた。さらにシャン州では、中国国民党残党軍と国軍との戦闘も続いていた。同年12月、ウー・ヌ首相が総裁を務めるパサパラ（反ファシスト人民自由連盟）では、主要構成組織の社会党が朝鮮戦争の評価をめぐって分裂し、左派が労農党を結成した。51年に、各地で戒厳令が解除され、12月に第１回総選挙でパサパラが圧勝すると、52年３月にウー・ヌを首相とする内閣が発足した。

21 「１９４６―４９年のビルマ文学と『ビルマ１９４６』」（南田みどり『世界文学』No.１２４世界文学会２０１６）も参照。

53年には、政治的思想的危険人物を最低2週間拘束できる50年発令緊急措置法第5条の適用による言論出版関係者の逮捕が増加した。活躍中だった小説家のタキン・ミャタン（1921―76）、バモー・ティンアウン、ドゥーウン（1908―89）、ジャーナリストのルードゥ・ウー・ラ（チーブワーイエー・ウー・ラ）も、非合法組織との接触容疑で逮捕された。同年9月、ウー・ヌは大学構内での政治活動を禁じ、非合法組織と接触した学生を拘留すると宣言した。逮捕された学生指導者の中には、後に小説を書くナッヌエー（1933―2011）やマウン・ターヤ（1930―2016）も含まれていた。これが戦後の作家拘束の第二波だった。

国民党残党軍掃討で米国との関係が悪化すると、ウー・ヌは54年に訪中して、平和共存・相互不可侵で周恩来と合意し、ビルマを社会主義国家と規定する一方、首都ヤンゴンで第六次仏典結集をも行った。同年、彼は日本と平和条約を締結し、賠償協定に調印した。55年、ビルマ労農党が中心となってパマニャタ（ビルマ連邦民族統一戦線）を結成し、政府に内戦停止を要求すると、ウー・ヌは5ヶ月有効の恩赦を公布した。56年、第二回総選挙で野党勢力・パマニャタは躍進し、ウー・ヌはパサパラ再建のため57年まで一年間首相の座を退いた。

文学界では、52年に国軍教育部が創刊した『ミャワディー（エメラルドの河）』が、『シュマワ』（47年創刊）とともに二大文芸月刊誌として長編短編多数を掲載し、多くの作家を育てた。また同年、「サーペーベイマン」賞に続き、『シュマワ』誌が「シュマワ一千チャット」賞コンテストを設置し、優れた新人小説に門戸を開いた。文学の階級性をめぐる論争も尾を

マウン・ターヤ　1995.8.1

饒舌に、文学界の内幕を語った。ただし、誤った情報もあった。多くの作家と引き合わせてくれたが、反感を持つ作家も少なくなかった。

引いた。文学を被抑圧階級解放の武器とみなす階級性重視派が芸術性重視派の優位に立ったかに見えたが、前者の間でも表現の方法等をめぐる論争が絶えなかった。作家協会執行部内でもしばしば改選がなされた。

58年にウー・ヌは首相に復帰したが、パサパラ内部では従来から燻っていた彼と社会党との対立が表面化した。その結果、パサパラはウー・ヌ支持の清廉派と社会党系の安定派に分裂した。ウー・ヌは反政府軍に内戦停止を呼びかけ、同年7月に再び恩赦令を公布した。こうした「混乱」に危機感を抱いた国軍が9月にヤンゴンを包囲すると、ウー・ヌはネーウィン将軍（１９１０―２００２）への政権移譲を宣言し、第一次軍政が開始した。

戦後の作家拘束の第三波が訪れた。軍事政権は恩赦令を撤廃し、与野党政治家、労働運動活動家、学生指導者ら多数を逮捕した。逮捕者には、タキン・ミャタン、バモー・ティンアウン、ミャタンティン、ティンソウ（１９２５―２００５）などの小説家や、多数のジャーナリストも含まれた。彼らは、ヤンゴンのインセイン刑務所からアンダマン海のコウコウ島に流刑となった。英領時代や議会制民主主義時代の政治・思想関係の囚人は一般囚人より優遇されたが、第一次軍政下でその待遇は劣化した。

一方非合法地帯では、59年に共産党軍と少数民族軍を中心にマダニャタ（民族民主統一戦線）が結成され、分断はさらに固定化されていく。

戦後文学の発展

50年代の小説を概観すれば、まず戦後文学の延長線上にある娯楽的作品があげられる。それらには『白い世界』（1950、ジャーネージョー・ティンスエー1917―82）などのSF小説、『鉄と血』（1951、ナンダ1919―82）などの歴史小説、『森と山裾』（1951、マハースエー）など社会問題を取り込んだ恋愛小説、『パパワディー（人名）』（1953、トーダースエー）などのユーモア小説がある。

戦後文学でも見られた農村改革小説には、『この河』+[22]（1953、グエーリン1912―89）、『グンポン（女性名）』*（1957、ドゥーウン）、『賢い息子』+（1954、セインセイン1928―72）などがある。農村改革にとどまらず、この時期には様々な社会改革小説が登場した。それらは、官僚機構の腐敗を批判する『お役人』*（1950、テットウ）、国軍の国民への対応を質す『隊内の愛しの君』*（1951、タードゥ）、被差別階層であるパゴダ奴隷の感慨を扱った『望み限りなく』（1955、キンニンユ1929―2003）[23]、西欧的価値観を排しビルマ的価値観の再評価を訴える『憎きにあらず』*（1955、ジャーネージョー・ママレー）などである。

そして、主張を排して様々な階層の人生を描写するビルマ式リアリズム・人生描写小説が、

22　+はシュマワ一千チャット賞受賞作品。*はサーペーベイマン賞受賞作品を示す。

23　短編は土橋泰子訳で『12のルビー』（マウン・ターヤ編土橋泰子、南田みどり、堀田桂子訳、段々社1989）、南田訳で『ミャンマー現代短編集1』（大同生命国際文化基金1995）に所収。

戦後文学以上に広がりと深まりをもって登場した。『マ・モウスエー（女性名）』（１９５２、タキン・ミャタン）、『共同体の奴隷』（１９５４、リンヨン・ティッルィン１９１７―９３）などは農民の人生を、『漁師』（１９５０―５５、チェーニー１９２２―７４）[24]はデルタの漁師の人生を、『無限の愛』（１９５３、ミャタンティン）は映画人の人生を、『愛する娘』（１９５０、ヤンアウン）は家庭人の人生を、『風とともに』[25]（１９５７、ルードゥ・ウー・ラ）は監獄に出入りを繰り返す若者の人生を描いた。

また、戦後文学では少数派だった女性作家も増加した。キンニンユの『涼季に咲く花』（１９５３）と『ムエー（女性名）』（１９５９）、ジャーネージョー・ママレーの『心』（１９５１）と『神の定めた相手』（１９５３）は女性の苦闘を描き、『意志』（１９５２、テッカトウ・チョーシン、１９３０―８７）はブルジョア的結婚を批判し、『惨めな帰宅』（１９５３、チーエー１９２９―２０１６）はビルマ実存主義文学の草分けといわれた。

日本占領期を扱う小説も多数登場した。『輪廻の向こう側』（１９５０、タンスエー）、『かけがえなき人』（１９５２、ユワディー・キンウー１９３０―）、『さらばメーよ』（１９５３、ミョウミン）、『尊き誠意』（１９５７、トゥリヤ・カンディー１９０１―５８）などは、日本占領

24　『チェイニイ短編集　漁師』（河東田静雄訳　大同生命国際文化基金２００７）。原作は１９５０年代に雑誌に掲載され１９７５年に出版。その後50年代の短編が発見され、２００１年に短編集が出版された。訳書は『喜びの木陰』（河東田静雄訳　大同生命国際文化基金２０１８）。

25　河東田静雄訳　井村文化事業社１９８２刊。

期を舞台とする恋愛小説だった。バモー・ティンアウンの『幽玄地』(1950)、『霞む銀の霧』(1951)、『反乱者』(1952)、『夜が明ける』(1952、コウコウ1922―92)、『生涯の伴侶』(1953、リンヨン・ティッルィン)、『エーヤーワディー河』(1958、タキン・ミャタン)、『愛の花園』(1952、リンヨンニー1926―94)、『同志と妹』(1959、ルードゥ・ウー・ラ)などは、抗日闘争を扱った。

これらの中で、『反乱者』、『同志と妹』にはビルマ軍将兵の抗日闘争が、『幽玄地』ではカレン族女性の、『夜が明ける』と『生涯の伴侶』では共産党員の抗日闘争が描かれる。さらに、「ヨシハラ」(1954、ニンウー1922―81)は戦争の狂気が生む被害と加害の重層性を、『ミスター・キタムラ』(1954、ソーウー)は侵略した側の民衆受難の記憶を、『慈愛』(1956、ジャーネージョー・ママレー)は復興中の日本の生活をも描くなど、日本人を主要人物とする特異な作品も登場した。

1951年から合法政党で活動し、58年から『ボウタタウン(前衛)』紙を主宰したテインペーミンは、当時の文学史上最長と言われた『東より日出ずるが如く』(1958)＊26を1953―57年に『ミャワディー』誌に連載していた。それは、長さのみならず内容的にも示唆に富む。そこでは1938年から42年を主な舞台に、反英非暴力闘争の弾圧後、闘士たちが武装闘争を指向する経緯と、日本軍侵略を容易にしたビルマ側の要因がたどられ、抗

26　南田みどり訳　井村文化事業社　上巻中巻1988、下巻1989刊。

日の萌芽で閉じられる。その枠組みは、彼が亡命中のインドで書いた英語ノンフィクション『ビルマで何が起こったか』（１９４３）[27]に重なる。そこで彼は、ビルマ独立軍が人民に奉仕する軍隊となる可能性を強調した。同様の主張が『東より日出ずるが如く』終結部近くにも見出せる。混迷する政界、進展しない和平の中で、抗日統一戦線の重要な一翼としてのビルマ軍が、彼の記憶の中で輝き続けたとすれば、「人民の軍隊」による和平と左翼統一と社会主義の実現という図式が導き出されたとしても不思議ではない。こうした意識は、おそらく彼ひとりの感慨ではなかったのだろう[28]。

もうひとつの狂気──内戦文学

日本占領期という狂気を深く掘り下げることもかなわぬうちに、文学界は内戦といういまひとつの狂気に直面していた。前述の作品にも内戦に関する叙述は見受けられた。例えば、『隊内の愛しの君』（１９５１、タードゥ）では、国軍兵士の視点で反政府軍との死闘が語られ、『エーヤーワディー河』（１９５８、タキン・ミャタン）は、主人公と生き別れの兄が反政府軍兵士となって妹の町を攻撃中に戦死して閉じられる。しかし、それらとは対照的に、政府ある

27　ビルマ語版未刊行。全訳・解説は「テインペーミン著『ビルマで何が起こったか』をめぐって」（南田みどり『大阪外国語大学アジア学論叢』創刊号　大阪外国語大学アジア研究会１９９０）。

28　『東より日出ずるが如く』に見る50年代の影」（南田みどり『大阪外国語大学アジア学論叢』第2号１９９２）も参照。

いは国軍と闘う側の視点で書かれた愛と闘争の小説も50年代には登場した。内戦の申し子であるそれらを「内戦文学」と呼ぶことも可能だろう。

「裏切り者だと！」（1950、テインペーミン）は、共産党の階級敵殲滅闘争に反対した有能な元農民指導者が赤色村で孤立し、妻も奪われ、身を隠すに至る悲劇を描く[29]。しかしこの時期には、このような革命勢力内部の矛盾を描く作品よりむしろ、共産党支配下の「解放区」への憧憬を描くものが多く見られた。

『愛するヌヌ（女性名）』（1950、リンヨンニー）では、成功した作家が曲折を経て愛する女性と「解放区」へ旅立つ。『ナンダパレー』（1950、テッカトウ・ナンダメイッ1922―86）は、空想好きな詩人の「解放区」における成長と、その恋人であるカレン族女性、詩人を密かに愛する革命家女性詩人ナンダパレーとのかかわりを描き、詩人の死で閉じる。『誠意の中心』（1951、ティンソウ）は、対英叛徒の遺児が抗日闘争を経て作家となる歩みに、姉の友で戦後売春を生業とする女性への愛をからませ、彼女の政治的目覚めと「解放区」行きで閉じる。

しかし、50年代後半には、「解放区」内の出来事や「解放区」との往来を明確に描く作品は減少し、同時代の合法社会における闘争に重点が移った。『知らしめよ』+（1956、マ

29　作品は『テインペーミン短編集』（南田みどり訳　大同生命国際文化基金2010）所収。「文学に見るビルマのデルタ農民―『開けゆく道』から「裏切り者だと！」へ」（南田みどり『世界文学』No.116世界文学会2012）も参照。

ウン・テインカ１９２７—２００５）では、公務員で小説家の主人公が、夫婦とも地下共産党員の先輩公務員女性に励まされて成長する。ネートゥエーニー（１９３０—２０１４）は、『至高のター』（１９５５）で反戦平和を願う詩人と進歩的公務員女性ターとの出会いと別れを、『ラインとター』（１９５７）で革命文学を愛する学生の運動の挫折と女性ラインとの別れを描いた。『前へ』（１９５６、テッカトウ・ウィン１９２９—８６）は木材労働者の待遇改善闘争と挫折を描き、『青』（１９５６、ナッヌエー）では学生運動に挫折した青年を愛する年上の女性が政治に目覚め、青年の子を単独出産するとともに青年の再生をも促す。

「内戦文学」の登場人物には文学関係者が多い。文学の階級性をめぐる論議も随所に展開される。そして彼らの逮捕や、逮捕を逃れて「解放区」への脱出など、合法地帯と非合法地帯の二領域の越境・往来も当たり前の如く描かれる。地上の闘争は地下勢力や武装勢力の闘争の延長線上にあり、地続きの二領域の境界は曖昧で、越境は後を絶たなかった。合法政界への失望も「解放区」への憧憬をかきたてた。内戦は、日本占領期の三年余を遥かに越える期間ビルマの大地を血に染めた。死者の数は現在に至るも公表されない。内戦の一方の当事者である反政府軍内では、様々な勢力が消長を繰り返した。そして、もう一方の当事者である国軍は、日本占領期と内戦という二つの狂気の時代を生き抜き、さらに強大化の道をたどり、やがて文学への介入を開始するに至るのだった[30]。

30　「１９５０年代のビルマ文学と日本占領期」（南田みどり『世界文学』No.１２７世界文学会２０１８）も参照。

6. 虚構による史実再編とそのゆくえ

社会主義という名の軍事官僚独裁政権

１９６０年も国土は合法地帯と非合法地帯に分断されたまま、合法地帯では2月の総選挙で、ウー・ヌ元首相率いるパサパラ清廉派が勝利した。58年以来の第一次軍政（ネーウィン選挙管理内閣）は終了した。ウー・ヌは3月に同派を連邦党と改称して、4月に新内閣を組閣する。しかし彼は、公約実現に当たり諸困難に直面した。少数民族の自治権拡大要求が高まり、61年8月の仏教国教化に向けた憲法改正以降は、仏教徒と非仏教徒の衝突・流血も生じたのだ。

与党・連邦党は62年1月に内紛で分裂した。国軍は、政府に統治能力がないとして、3月にクーデターを起こした。彼らは4月に基本綱領「ビルマ社会主義への道」を発表し、7月に単一政党・ビルマ社会主義計画党を設立した。翌63年2月、彼らは新経済政策を発表し、69年にかけて銀行、大商店、倉庫、工場、学校、映画館、中小企業、新聞社等を国有化した。彼らはまた、63年6月に外国語新聞社を閉鎖して、外国人宗教関係者への出国命令も下し、排外主義的色彩も強めていく。

彼らは作家運動にも介入した。まず62年11月、文化省が全作家を集めて国民文学会議を開催した。作家の糾合という文化省の意図に反して、会議は議論百出の後、ビルマ文学の現状と到達点を確認するにとどまった。作家運動においては、すでに60年に作家協会を出た集団が作家文学クラブを結成していた。彼らは63年9月に作家同盟と改称し、作家協会に統一を呼びかけたが、不調に終わった。そのような中で、64年3月に全政党の解散と団体の登録制を定めた民族統一防衛法が発効し、作家協会は64年に、作家同盟は65年に解散した。

それに先立つ63年4月、政権は政治犯釈放の恩赦令を公布し、6月に共産党・少数民族等反政府軍に和平交渉を提案した。しかし11月に交渉は決裂した。すでに62年7月にヤンゴン大学学生の反軍政デモが鎮圧されて以来、学生組織は非合法化されていた。しかし、63年11月にも学生デモが生じ、大学は1年閉鎖された。同時期に左翼や組合指導者が大量に逮捕された。逮捕の波は作家にも及び、ダゴン・ターヤー（1919－2013）は3ヶ月拘禁された。タキン・ミャタンは5ヶ月自宅軟禁され、ミャタンティンは68年まで6年間流刑された。これが戦後の作家拘束の第四波だった。それ以降も、断続的に拘束は続いた。

政権は文学界で飴と鞭を使い分けた。64年1月に彼らは、サーペーベイマン賞を62年度授与作品より芸術文学賞と改称する旨発表した。従来対象は長編小説のみだったが、長編、短編集、詩集、戯曲、翻訳、児童文学、文化芸術、政治、文芸の9部門各4位まで授与枠が広げられた。授与対象は、1．「ビルマ社会主義への道」の支持強化、2．真のビルマ文化の発展、3．愛国心の昂揚、4．品行の改善と思想的進歩、5．正当な知識の増進の5点に貢献する作品とされた。

65年、同賞は国民文学賞と改称され、ノンフィクション部門が増設された。69年、同部門が文系と理系に分割され、計11部門となって、授与作は各部門1点に縮小された。対象は、原稿・書籍双方から書籍のみに限定された。さらに、サーペーベイマン原稿賞が増設された。同賞には、長編、短編集、戯曲、文芸、翻訳、児童文学、文化芸術、政治、科学技術、社会の10部門に各3位まで授与枠が設けられた。全体的に賞金も増額された。

一方、67年に穀倉のエーヤーワディー・デルタで共産党やカレン族反政府軍の攻撃が活発化して米不足が生じた。鬱積した国民の不満は、6月の反華僑暴動となって噴出した。戒厳令下、中国は技術者を引き上げ、経済技術協力協定を中止した。さらに、タイに亡命したウー・ヌ元首相も、69年11月から反軍政運動を開始した。12月には再びヤンゴンとマンダレー等で学生の反政府デモが生じ、小・中・高と大学が閉鎖された。

抗日小説が花形だったころ

権力のてこ入れに揺れた60年代には、SF小説、ユーモア小説、同時代の社会改革小説や非抑圧階級解放のための闘争小説は減退した。「内戦文学」は姿を消した。代わって、砂糖ヤシ登りの労働者たちの闘いを描いて新しい「社会主義」の実験に期待する『初夏霞立つ頃』

＊31（1967、マウンマウンピュー1930—92）などのビルマ式社会主義小説、数代の家族の愛憎を描く『曲がり角が見えるだろう』（1962、ナッヌエー）や『ライン村』（1964、ミンチョー1933—91）などの大河小説、『雨の世の悪夢』（1962、テッカトウ・ポンナイン1930—2002）などの心理小説をはじめとして、多様な純文学が登場し、娯楽小説も多数出版され、一見文学界は活況を呈した。なかでも多く出版されたのが、日本占領期に言及した小説だった。

そのなかでも、軍人家族の視点から戦前戦後を描く『わが祖国』32（1961、キンスエーウー1933—2019）、ビルマ軍で抗日を戦う男の半生を描く『歴史が語るだろう』（1961、ティンサン1917—95）、ビルマ軍士官学校生の抗日体験を描く『赤地の中の白い星』（1964、チョーアウン）、ビルマ軍の抗日工作員が旅芸人一座で活躍する『初夏』（1968、ボウ・ターヤー1919—93）、抗日闘争を戦った軍人が戦後貧困の中で作家として成功する『同志アウンディン』（1962、バモー・ティンアウン）など、軍関係者を主要人物とする作品が増加した。

31　以下文学賞受賞作品の表示は、＊が芸術文学賞（62—64年）国民文学賞（65年以降）、＋がサーペーベイマン原稿賞受賞作品を示す。なお同書の訳書は『初夏　霞立つ頃』（マァウン・マァウン・ピュー河東田静雄訳　大同生命国際文化基金1990）。

32　訳書は田辺寿夫訳で井村文化事業社1982刊。短編は土橋泰子訳で『12のルビー』、南田訳で『ミャンマー現代短編集2』（大同生命国際文化基金1998）に所収。

インド脱出がかなわずマンダレーで日本占領期を迎えた医師の苦闘を描く『テッウエーとマ・チョー（男女の名）』＊（1961、ドクター・トゥンシュエー1914—82）、元泰緬鉄道情宣担当官が体験を語る『死の鉄路にて』（1963、リンヨン・ティッルィン）、農民の子が反英抗日闘争を経て独立直前に戦死する『土地奴隷の息子』（1964、マウン・ネーウィン1930—91）、油田地帯を舞台に抗日独立闘争から戦後に至る三兄弟の生きざまを描く『闘争の呼び声』＊（1965、テーマウン1927—）など、様々な階層の人々の抗日体験も描かれた。

日本人女性とビルマ軍人の愛を描く『勝利の旗翻り』（1962、ボウ・ターヤー）、ビルマ女性と日本軍人の愛にその娘の戦後の苦闘を加えた恋愛・活劇『日本へ行くわ、ついて来る？』（1964、テッカトウ・ハンウィンアウン1936—）などの娯楽的色彩の強い恋愛小説も登場した。

日本人女性とビルマ軍人との恋愛小説はすでに50年代の『尊い贈り物』（1955、ボウ・ターヤー）に見いだせたが、日本軍人とビルマ女性の恋愛小説は、60年代に初めて登場した。とりわけ『ピィン（女性名）』＊（1963、マ・レーロン1935—91）は、キリスト教徒で英国留学経験を持ち、ビルマ語にも堪能な日本人将校を登場させる。彼は、同じキリスト教徒ビルマ族女性の主人公を愛し、抗日活動中の彼女の弟と恋人の命を救うが、抗日部隊との戦闘で戦死する。さらに舞台は戦後に移り、抗日後共産軍に入った恋人を主人公が説得して投降させることで閉じられる。60年文学の中で共産党員形象は、投降者のみが市民権を得ることになる。

分断社会の他者表象

少数民族の形象も60年代に増加した。たとえば、父系制のチン族男性と結婚したビルマ族女性の苦悩と挫折を描く『山脈なんて崩してしまいたい』＊（1966、セインセイン）、ビルマ族男性との愛や反政府軍に入った弟の「更生」に悩むシャン族女性を描く『霞たなびくところ』＊（1967、マ・ニンプエー1946―）[33]などである。

なかでも、抗日闘争における民族友好を謳う作品が少なくない。たとえば、『命・血・汗』（1961、リンヨン・ティッルィン）や『本当の出来事』（1965、同）、『山地の闘い』（1963、バモー・ティンアウン）は、カレン族と民衆の共闘を描く。『蛮地』（1968、マウン・ネーウィン）は、共闘後の両者の友情の崩壊をも描く。『血の川は溢れ』＊（1964、ミャワズィー1921―93）と『緬暦12月』（1966、ティンサン）は、ビルマ軍人が指導する抗日におけるカレン族との共闘を描く。136部隊員[34]と少数民族女性の恋愛ものもある。『迎えておくれソー（女性名）』（1961、テッカトウ・ナンダメイッ）はビルマ族・英国人混血男

33　短編は大野徹訳で『現代ビルマ短編小説集』下巻（井村文化事業社1983）、南田みどり訳で『12のルビー』、『ミャンマー現代短編集1』に所収。

34　英国の内閣直属の特殊作戦局指導下の特殊部隊で、インドで訓練を受け、日本占領期初期より山岳地帯にも降下していた。

性とカチン族やシャン族女性との、『夜が明ければ』（１９６２、ソーウー）、『涼期』（１９６３、ヤウンニー１９３１―８５）、『３月27日』（１９６６テッカトウ・ハンウィンアウン）はビルマ族男性とカレン族女性との愛を描く。『３月27日』と『涼期』では、男性はのちにビルマ軍に入り、女性は反政府軍に入るが投降して、「幸せな結末」が示される。

抗日統一戦線のいまひとつの主力だった共産党が非合法地帯に追いやられた分断社会で、ビルマ軍将兵を形象化し、ビルマ軍主導の抗日を強調することは、ビルマ軍の対日協力を隠蔽し、ビルマ軍こそ抗日の立役者であるという神話を構築することに貢献した。

一方、他者表象としての少数民族像の多くが、作中ではビルマ族と友好的に連帯した。しかし、現実にはビルマ族と少数民族の抗日共闘は希少だった。日本占領期には前述のようにカレン族虐殺も生じ、ビルマ族文化至上主義と非ビルマ族蔑視の情意も増幅され、戦後の問題に連なった節がある。

虚構に例外的共闘を練りこむことは、読者に日本占領期の民族友好が現実に多数存在したかのような幻想を与える。それは、歴史を題材にした安易な虚構の、現実に及ぼす危険な反作用ともいうべきものだろう。社会主義という名の軍事官僚独裁政権は、抗日闘争におけるビルマ軍主導と民族友好という二つの神話の構築によって、史実再編に挑んだ[35]。

政治体制の転換と権力による文学へのテコ入れに揺れた60年代、文学はそれ以前とは異な

35「虚構による史実再編の時代―ビルマ60年代文学に見る日本占領期―」（南田みどり『世界文学』No.１２９世界文学会２０１９）も参照。

る変容をとげた。作家の多くは50年代から活躍していたが、中でもミンチョー、チョーアウン、ナッヌエー、マウン・ネーウィンらは、「ビルマ社会主義文学」理論形成にも努めた。連合軍・136部隊と協力した元共産党書記長のテインペーミンもビルマ式社会主義に協力した。だが、彼は貧乏作家の視点から50年代を舞台に修道院に預けられた娘の養育をめぐる階層の異なる父母の争いを『ティーダーピョン（女性名）』＊（1968）で描くなど、被抑圧階級解放闘争を正面から書くことは回避するようになる[36]。一方、政治的主張を排して様々な階層の日常を描写する写実の系譜・人生描写小説の書き手は地味ながらも60年代文学界で執筆を続けていた。恋愛小説の旗手として名を馳せていたマウン・ターヤが、タクシー運転手の一日を活写した『路上にたたずみむせび泣く』＊（1969）[37]を契機に、人生描写作家に転じたことも、それを象徴する出来事だったといえる。

揺れる分断社会

70年代も、国土は分断されたまま、合法地帯では住民が経済停滞による生活破壊に呻吟し、学生による圧制への抵抗も続いた。70年11月に東南アジア競技大会の入場方式を不満とする

36　「事実と虚構のはざまで―テインペーミン60年代の二長編―」（南田みどり『大阪外国語大学アジア学論叢』第3号1993）も参照。

37　南田みどり訳　井村文化事業社1982刊。「文学に見るビルマ青年労働者像マウンターヤ作「路上に立ちてむせび泣く」の場合」（南田みどり『大阪外国語大学学報』57　1982）も参照。

学生デモが生じ、12月にはヤンゴン大学創立50周年式典で学生と警官の衝突が生じた。デモは飛び火して、71年1月まで全大学が再び閉鎖された。政権は71年6月7月にビルマ社会主義計画党第一回大会を開き、9月に「民政」移管に向けた新憲法起草に着手した。72年4月にネーウィン革命評議会議長以下評議会員21名が軍籍を離脱した。73年12月の国民投票に基づき、74年1月にビルマ社会主義連邦共和国憲法が公布された。2月にかけて人民議会と各級人民評議会選挙が実施され、3月に第一回人民議会が開催されて、形式的には民政移管が完了した。

政権は経済停滞脱却を模索して、71年10月に着手した第一次4か年計画を74年4月に第二次4か年計画に切り替えた。だが配給米不足と物価高で、5月にマンダレーとヤンゴンの国営企業労働者のストライキが生じ、6月には全国の小・中・高・大学が無期限閉鎖された。さらに、11月に米国で死亡した前国連事務総長ウー・タン（ウー・タント１９０９―７４）の遺体が12月に帰還すると、埋葬をめぐり学生・僧侶と警官が衝突して、ヤンゴン管区に戒厳令が施行された。

74年4月に国家の治安・防衛に関する情報収集のため設置された情報局は、デモやストライキが共産党の工作によるものだと発表した。75年2月には、社会主義体制の破壊を防止する破壊活動防止法が公布された。5月に学校が再開されるが、6月にヤンゴンで大学生のデモが生じ、ヤンゴンとマンダレーの大学が閉鎖された。76年1月に大学は再開されるが、3月に文豪タキン・コウドーマイン生誕百年祭でヤンゴン大学生のデモが生じ、首謀者の学生が6月に処刑された。逮捕を逃れて「解放区」に入る若者も後を絶たなかった。

政権中枢でもひび割れが生じた。76年3月にネーウィン大統領の片腕と目されていたティンウー国防大臣（1933―）が辞任した。7月には軍の将校を中心としたネーウィン暗殺未遂事件が生じ、ティンウーはこれに連座したとして有罪判決を受けた。8月にはチョーゾー元准将（1919―2012）が「解放区」に入った。77年9月から11月にかけては、3名の大臣が解任された。

非合法地帯では、最大の反政府勢力であるビルマ共産党（白旗共産党）が、70年5月より東北のシャン州に勢力を伸ばし、75年3月に中央部を走るバゴウ（ペグー）山地の戦闘で議長と書記長を失った後は、同州へ拠点を移しつつあった。5月に同党は、カレン民族同盟など少数民族軍と連邦民族民主戦線を結成し、77年1月にはカチン独立機構とも共闘を成立させた。また赤旗共産党は、同年11月の党首タキン・ソウ（1907―89）の逮捕後も抵抗をつづけた。一方69年結成の元首相ウー・ヌ派反政府軍は、78年に多数が投降して弱体化への道をたどった。

統制強化と文学界の変化

ビルマ社会主義計画党は、すでに66年に文学労働者連盟結成を目指して、規約策定に着手していたが、77年6月に大半の作家を擁する同連盟を発足させた。「文学振興」めざして65年に始まった様々な文学シンポジウムは70年代にも継承され、ビルマ式社会主義の立場から文学全体の過去と現在の総括がなされた。

文学への統制は強化された。新憲法153条で謳われる言語表現や思想信条の自由は、少数民族との団結や国家の治安や社会主義体制護持に抵触しない限りにおいて認められ、抵触した場合は法的措置が執行された。これに基づき、75年頃から事前検閲が始まった。79年には、事前検閲の手続きを詳細に定めた「文学とマスメディアに関する原則」が発行された。「文学振興」の陰の統制強化は、文学界に変化をもたらした。

第一の変化は、60年代に受賞者多数を出した国民文学賞の小説部門受賞状況に現れた。長編部門は73年、75年、76年、79年、短編集部門は73年、77年、79年の受賞作が空白となった。作家たちが執筆を手控え、水準を満たす作品が枯渇してきたためでもある。

第二の変化は、政治的主張を排して同時代の様々な階層の人生の日常を描写する人生描写小説の増加だった。自伝的作品の『茶色い犬』[38]（1973、ミンチョー）、河に生きる男たちの生活と意見『サルウィン河の筏乗り』[39]（1975、ルードゥ・ウー・ラ）、大卒夫婦の新婚

38　河東田静雄訳　井村文化事業社1984刊。短編二編が大野徹訳で『現代ビルマ短編小説集』上巻（井村文化事業社1983）所収。
39　河東田静雄訳　新宿書房1986刊。

生活の破綻の経緯『道なき道を手探りで』＊40（1974、モウモウ〈インヤー〉41 1945―90）、エリート家庭の子供たちの孤独な日常『欠けているところを埋めてください』42（1974、マ・サンダー1947―）、女性検事と売春女性の関わり描く『雨漏りしそうな折り畳み傘』43（1977、サンサンヌエ〈ターヤーワディー〉1945―）、物売りの生活とその周辺『それを言うとマウン・ターヤの言いすぎだ』44（1979、マウン・ターヤ）など枚挙にいとまがない。

第三の変化は、厳しい検閲にもかかわらず、恋愛ものやアクションものなど、大衆娯楽小説多数が出版許可されたことだ。この現象は検閲制度と密接に関わるものだった。検閲の手順は次の通りだ。書き終えた作品は、タイプ印刷の原稿と表紙の絵を添え情報省検閲局に提

40　土橋泰子訳で井村文化事業社1982刊。同じ作者の『母（何物にも代えがたし）』（1978）も所収。短編が同じ訳者で『婦人之友』1989年8月号、『12のルビー』、南田訳で『グリオ』Vol.4（平凡社1992）にも所収。

41　作者名の後の〈　〉内も筆名の一部分。出身地や学位が記されることが多いが、インヤーは作者が居住したヤンゴン大学学寮名。

42　堀田桂子訳で井村文化事業社1986刊。　同じ作者の『ラングーン駅四時三十五分発』（1983）も所収。短編が同じ訳者で『12のルビー』、南田訳で『ミャンマー現代短編集2』にも所収。

43　高松光男訳で井村文化事業社1984刊。

44　田辺寿夫訳で新宿書房1983刊。マウン・ターヤの短編をも収録した「マウン・ターヤの犬たち」（南田みどり『世界文学』1大阪外国語大学世界文学研究会1995）も参照。

出する。そこで不適当と判断されれば、出版不許可となる。検閲に通れば、次は紙の割り当ての問題がある。極端な物資不足は紙においても例外ではない。紙の配給を待って作品は日の目を見るのだった。

一方1979年社会主義計画党発行の「文学とマスメディアに関する原則」には、個人出版社向けの禁止事項が載っている。禁止事項としてたとえば、作家に盗作させること、二重帳簿による脱税、交易公社から配給される印刷用紙の闇への横流し、出版許可証を借金のかたにとることなどがあげられる。こうした一節から、出版業界における不正腐敗の横行もうかがえる。

これは、国有化により企業を締め出された華僑印僑資本が、出版業界に流入したことによるという。利潤本位の経営は、売れ行きの良い娯楽小説大量出版の原動力ともなり、良心的作家封じ込めをもくろむ政権と奇妙な和音を奏でていった。

専業作家は少なく、圧倒的多数が定職を持つ兼業作家だ。生活破壊は多くの作家から、闇に葬られるかもしれない作品を書き続ける精神力と余力を奪いつつあった。筆一本で食べるには、娯楽作品を乱発するのが早道だった。娯楽作品の作者名は女性が多かったが、男性ゴーストライターの手になるものが大半だった。人生描写女性作家の進出ともあいまって、70年代から80年代は「女性作家時代」とも揶揄された。

神話の継承・左翼の撤退

第四の変化は、そうした動きの中で抗日小説が文学界花形の座を撤退したことだ。抗日小説のうち国軍を抗日の主力となす神話を継承するものは、たとえば『わが民族国家』（1973、タキン・ミャタン）や『鮮血の叫び』（1973、ボウ・ターヤー）のように愛と闘争を描くもの、『革命短編集』＊（1975、ミャライン1922―90）のように元軍人の視点で抗日時代を懐古する小品集がある。第二の神話ともいえる国軍と少数民族の共闘を強調するものでは、『鳴り響く勝利・震える悲しみ』＋（1971、タントゥンティッ1938―）がモン族・英国人混血女性とビルマ族医師との愛に、グルカ族、カレン族、ビルマ軍人らの共闘をからませ、『新緑芽吹き夏に酔う』（1977、ボウ・ターヤー）は、ビルマ軍人とカレン族やシャン族女性との愛に、彼らの共闘をからめる。

抗日におけるビルマ軍の主導、少数民族とビルマ軍との共闘という二つの神話を具現する抗日小説は、いわば「愛国小説」ともいうべき潮流に転化しつつあった。作品の時代背景も、日本占領期から戦後に移行しつつあった。そして、反政府軍と闘い、国家を「分裂」から守る国軍の役割が強調されていく。その中で、『大変だ！　団結しよう』＊（1970、チョーアウン）のような同時代愛国小説が誕生していった。そこでは、4年にわたる橋梁建設工事の建設技師を主人公に、労働者集めと組織化、宿舎建設・測定・橋梁建設から反政府軍の襲撃を撃退して完成に至る過程が描かれた。

第五の変化は、40年代末から文学の階級性を説いた左翼的潮流の文学界からの完全撤退だ

ルードゥ・ドー・アマー　1999.8.9
毎夕6時から海外放送を聴く。その直前に、かけこんで歓談できた。

った。それは、作家の受難と深くかかわる。たとえばバモー・ティンアウンへの執筆禁止令は、1965年から72年1月まで続いた。文学に階級性の概念を導入したテインペーミンは、ビルマ社会主義計画党員となったが、75年10月に大統領給与や退職金引き上げに反対する論説を書き、論説委員の座を追われた。その後小説世界に回帰した彼は、随想的私小説に作風を変えた[45]。ルードゥ・ドー・

45　「小世界の「自由」―テインペーミン最後の長編小説の意味―」（南田みどり『外国語・外国文学研究』21978）も参照。

アマー（1915―2008）[46]は、78年8月に逮捕寸前の息子を「解放区」へ逃亡させた咎で、1年間拘留された。人生描写長編で人気を博していたナインウィンスエー（1941―95）は、地下組織との接触の疑いによる逮捕を逃れ、78年に「解放区」に逃れた。

それに先立つ74年、「労働者の世界観に基づく革命的文学批評」を目指す『雨季に先立つ嵐』が出版された。そこでは、13名の元政治囚作家が共同で5点の文学を批評した。うち3点が73年出版の小説だった。その作者たちも拘束・流刑等を経験していた。元政治囚作家たちは、一人のジャーナリストの良心的行動と政治的感慨の軌跡を戦前戦後にかけてたどった『エーヤーワディー河の上で』（1973、バモー・ティンアウン）を、史実と乖離があり、主人公の行動は労働者・農民・人民の闘いを無視した個人的英雄行為だと批判した。

彼らはまた、絶海の孤島に漂着した男たちのサバイバルを通して現代社会を透視させた『剣の山を越え火の海を渡る』[47]（1973、ミャタンティン）が、荷担ぎ労働者と密輸船主との闘いに重点を置いたがゆえに、階級闘争を軽視した改良小説だと批判した。同書は官製ジャ

46　訳書は『ビルマの民衆文化』（1975土橋泰子訳　新宿書房1994）、論説は「ルードゥ・ドー・アマーとは何者か」（南田みどり『アジア現代女性史』第7号アジア現代女性史研究会2012）。『ミャンマー現代短編集2』にも序文所収。

47　『剣の山を越え火の海を渡る』（南田みどり訳　井村文化事業社1983）。「「剣の山」から「奸計の国」へ」（南田みどり『大阪外国語大学学報』70―2　1985）も参照。短編は南田訳で『ミャンマー現代短編集2』に所収。

左から評論家マウン・ターノウ、作家ミャタンティン、詩人ティンモウ
1978.1.5　彼らは猛烈にテインペーミンを批判した。当時彼らはクメール・ルージュを支持しているともらした。中国共産党とそれに追随するビルマ共産党の影響がうかがえた。

ーナリズムからは、「社会主義リアリズムの手本」「労働者の指導性を描く」「階級闘争を描く」等々と絶賛されていた。

さらに彼らは、日本軍将校の父とビルマ族女性の間に生まれた異母弟の行方を日本人女性が捜索する『血』[48]（1973、ジャーネージョー・ママレー）を、ファシスト日本の侵略性を隠蔽し、ビルマ人民の反ファシズム・反植民地精神を後退させ、日本ファシズム・軍国主義を免罪すると批判した。同書は初版

48　訳書は『血の絆』（原田正春訳　毎日新聞社1978）。

７０００部が７日で売り切れるベストセラー小説だった。

いわば仲間内にたいする容赦のないこの批判書は、出版の２、３か月後に発禁となり、以後左翼的潮流は鳴りを潜める。批判された３名のうちミャタンティンは75年を境に長編小説の筆を折り、翻訳作家として大作を手掛けていく[49]。

7. 冬の時代の抵抗文学

日本の援助と「新たな」軍事政権

１９５４年11月、日本とビルマ連邦の間に、平和条約と賠償及び経済協力に関する協定が結ばれた。その後、フィリピンやインドネシアに対して条件の良い賠償協定が結ばれたので、ビルマ側からの要求にもとづき、賠償金支払いが終わった65年から77年まで、新たに経済及び技術協力が供与された。さらに日本はＯＤＡを推進し、68年から有償資金協力を、75年からは無償資金協力も始めた。日本の供与は、二国間援助総額でトップを占めた。

70年代後半から政権は、経済停滞の突破口として援助受け取りを積極化させた。日本の対

49　「虚構による史実再編のゆくえ―70年代ビルマの日本占領期関連小説―」（南田みどり『世界文学』No.１３１世界文学会２０２０）も参照。ミャタンティンは１９７７年度、１９８８年度、１９９２年度、１９９５年度国民文学賞を翻訳部門で受賞した。

ビルマ援助も急速に伸びた。民間外資導入が認められない社会主義政権下で、日本企業の進出はＯＤＡプロジェクト関連に限られた。それは日本側に長期的利益をもたらし、ビルマ側に政権の延命をもたらした。

１９８１年11月にネーウィンは大統領を辞職し、ビルマ社会主義計画党議長として「院政」をつかさどった。そして、80年代に始まった債務返済が、財政を圧迫していく。援助は蘇生薬に過ぎなかったのだ。１９６４年に続く二度目の高額紙幣廃止令が、闇商人に打撃を与えるという名目で１９８５年11月に発令された。１９８７年9月には三度目の高額紙幣廃止令が発令された。抜き打ちの廃止令は、闇商人よりむしろ民衆の生活に大きな打撃を与えた。１９８７年12月、国連総会はビルマを最貧国に認定した。

１９８８年3月にヤンゴンで学生デモが発生し、全国的デモに拡大した。7月、ビルマ社会主義計画党は党大会を開き、ネーウィン議長とサンユ大統領（１９１８—９６）が辞任し、セインルィン議長（１９２４—２００４）が選出された。8月、ヤンゴンに戒厳令が発令されるが、学生と市民のゼネストは全国的規模で展開した。非合法地帯住民に向けられていた銃口が、合法地帯の住民にも向けられた。治安警察と軍隊は各地でデモ隊に無差別発砲し、一説には１５００名の死者を出した。セインルィンは2週間余で議長・大統領を辞任した。

政権は譲歩したかに見せた。戒厳令が解除され、新議長マウンマウン博士（１９２４—９４）は、複数政党制の国民投票実施を発表した。しかし9月、民主化勢力の足並みの乱れに乗じた国軍は、「騒乱」の収拾を名目としたクーデターで全権を掌握した。彼らは、１９９０年の総選挙までの暫定政権だというふれこみで　軍事政権・国家法秩序回復評議会を設置した。アウンサンスーチー（１９４５―）を書記長とする国民民主連盟やビルマ社会主義計画党を改称した国民統一党などが政党登録し、選挙活動に入った。

他方10月、多くの学生、市民が国境地帯の反政府軍の拠点へ脱出した。分断社会に新たな風が舞い、合法地帯の住民と非合法地帯の住民が同じ地平に立ったかに見えた。彼らの連帯によって、11月に、国境地帯で全ビルマ学生民主戦線やビルマ民主同盟が結成された。

１９８９年２月、日本政府は軍事政権を正式に承認し、ＯＤＡの継続案件の一部も再開した。４月、中国国境を拠点としていたビルマ共産党が内部崩壊した。７月、国民民主連盟のティンウー議長（元国防大臣）とアウンサンスーチー書記長が自宅軟禁され、活動家多数が逮捕された。１９９０年５月の総選挙では、国民民主連盟が83パーセントを獲得して圧勝した。しかし強気の軍事政権は、政権の座に居座った。12月には、カレン民族同盟の拠点タイ国境のマナプローでビルマ連邦国民暫定政府が結成された。国軍はこの地帯に攻撃を集中した。多数のカレン族難民が発生した。92年４月、国家法秩序回復評議会議長はソーマウン（１９２８―９７）からタンシュエー（１９３３―）に代わった。

１９９３年１月に軍事政権は、選出議員とは異なる「各階層」代表による国民会議を招集し、憲法草案起草に着手した。代表となった国民民主連盟議員もいったん出席したが、95年11月以後はボイコットした。93年９月には軍事政権の翼賛組織・連邦団結発展協会が結成された。94年１月に国軍はカチン独立機構と停戦協定に調印した。３月に日本政府は無償資金協力を再開した。12月、カレン民族同盟内で民主カイン仏教徒軍を結成した部分が反乱を起こし、95年1月に国軍とともにマナプローを攻撃して陥落させた。3月、ティンウー国民民主連盟元議長らが釈放され、日本政府は10億円の無償資金協力を表明した。7月、アウンサンスーチーは自宅軟禁を解除され、日本政府は16億円の無償資金協力を表明した。

「人間による人間の搾取」撤廃を謳ったビルマ式社会主義は、経済界から外国勢力を排して経済のビルマ化に努めた。しかし、マルクス・レーニン型ではない社会主義を指向することを言明したとはいえ、社会主義的枠組みは自由な利潤追求の足枷になる。国軍は民主化運動による「混乱」を格好の口実として、「社会主義」を放棄し、大手を振って市場経済への堡塁を固めたといえる。そして、日本政府はその理解者であり続けた。

「女性作家時代」

たしかにビルマ文学界で、女性作家は長らく少数派だった。植民地時代の代表的女性作家は、1920年代から戦後まで活躍したダゴン・キンキンレーだ。彼女は学校教育を受けず、深窓で祖父の薫陶を受けた。近代教育を受けた女性作家の誕生は、おおむね第二次大戦を待たねばならなかった。

第一世代ともいうべき女性作家たちは1940年代、50年代の激動の中で執筆を始めた。もっとも闘争的な作家はジャーネージョー・ママレーだろう。彼女は18歳で独立闘争に参加し、戦後も世界平和協議会副議長や作家協会会長を務めた。軍事政権による拘禁中も、女性

左はキンニンユ　右はサンサンヌエ〈ターヤーワディー〉　2001.8.24
出獄後間もないサンサンヌエ宅へキンニンユが同行してくれた。

のビルマ的生き方を問う『胸苦しくも香り』（１９７３）を書いて気骨を示した。一方、抗日体験を持つキンニンユは苦学の末作家となり、中流家庭を中心に愛と人生をつづってきた。医師のチーエーは、実存主義的詩人として戦後文学界に風穴を開けた。さらに『彼・夫・私』（１９７３）で数名の視点からけだるい有閑女性の現在と過去を描き、渡英後も『鏡の暗闇―ソウとカイン』（２０００）、『鏡の暗闇―新しい光の白い家』（２００１）などで、年下の若者への愛と年上の男性との結婚を共存させる女性を描いた。

彼女たちは、主として自分たちの属する階層とその周辺の女性たちを描いた。それにたいしてセインセインは、持ち前の正義感から社会的テーマに取り組み、少なからぬ文学賞も受賞した。しかし、『迷路の旅』（１９７０）[50]で19歳に発病したハンセン氏病との戦いと治癒の経過を克明にたどった2年後、完治していたにもかかわらず、

50　大野徹訳で井村文化事業社１９８５刊。

自殺ともとれる死に方で旅立った。

重厚な第一世代作品に接してきた第二世代は、キンスエーウー、マ・レーロン、マ・ニンプエーなどで、60年代に執筆を始めている。彼女らはビルマ式社会主義建設を意識して、社会的歴史的テーマに挑んだ。70年代から女性作家が浮上したのは、世界的なフェミニズムの流れとはかかわらない。小説を書かなくなった男たちにかわって、生活の場から書き続け、名誉欲とは無縁で、失うものもない女たちが生き残ったに過ぎない。

70年代に登場した第三世代は、ビルマ式社会主義下で教育を受け、その理想と現実のギャップを体験していた。そのため、過去の女性作家たちのように、底辺の民衆を高所から描くのではなく、彼らと同じ目の高さで日常を描こうと努めた。「人生描写小説」と銘打たれたその作品群は、明確な主張を避け、複数の視点を用いたり、時の流れを錯綜させたり、一見わかりにくい手法で検閲の目をかわすしたたかさを備えていた。

彼女たちが愛読した過去の女性作品のように、有産家庭の知的女性も登場するが、新しいヒロインたちは、敬虔な信仰に裏打ちされた健気さなどもはやない。個性的で，激情的で、自己に対しても否定的にあがく。それは、閉塞社会における作者自身の姿だった。第三世代は、怒りのサンサンヌエ〈ターヤーワディー〉、嗤いのマ・サンダー、憂いのモウモウ〈インヤー〉に代表される。とりわけモウモウは、受賞作不毛の70年代に長編で、80年代に短編集で3回、計4回文学賞を受賞した。彼女は男性優位の枠組みの中で結婚の中の愛にこだわり続ける自己を投影した作品のほか、自己を離れ、日常から時代を写す作品も著した。彼女たちの作品は、全国民の貧困化による生活困難と綻び行くビルマ式社会主義の現実をかすかに垣間見させた。

第四世代は70年代末から80年代に書き始めた。ヌヌイー〈インワ〉（１９５７―）[51]は１９８４年から短編を書き、闇酒売り、霊媒師、歌手、理髪師など、現場の取材を徹底し、底辺の様々な庶民の悲哀をつづった。１９７９年から短編を書く医師作家ジューー（１９５８―）[52]はむしろ自己の周辺の階層の内面描写を中心に描き、チーエーの再来ともいわれた。『思い出に』（１９８７）は、医学生の非婚恋愛を描いて、長老作家から背徳作品の烙印を受けたが、20代30代の知識人層から圧倒的な支持を受けた。この世代には同じ医師作家のウィンウィンラッ（１９５１―２００６）[53]、ミャナウンニョウ（１９４９―）[54]、マ・ティーダー〈サ

51　短編は堀田桂子訳で『12のルビー』、南田みどり訳で『ミャンマー現代短編集１』に所収。１９９４年度国民文学賞を長編部門で受賞。

52　短編は堀田桂子訳で『早稲田文学』６月号（１９８５）、『12のルビー』、徳竹礼圭訳で『世界のわかものよ』（第30号大阪外国語大学間谷祭実行委員会１９９４）に、南田訳で『ミャンマー現代短編集１』、『東南アジア文学への招待』に所収。『ミャンマー現代女性短編集』（南田みどり編・訳　大同生命国際文化基金２００１）にも解説を寄せている。

53　短編は南田訳で『12のルビー』所収。

54　短編は堀田桂子訳で『12のルビー』、南田訳で『ミャンマー現代短編集１』に所収。

ンヂャウン〉（1966―）[55]のほか、キンミャズィン（1956―）、ミ・チャンウエー（1953―）などがいる[56]。

90年代から書き始めた第五世代は、医師作家ニョウケッチョー（1977―）とスエーイエーリン（1954―）のほか、ケッセインキン（1963―）[57]、キンキントゥー（1962―）などがいるが、その後も日常の周辺を精力的に描き続けたのはキンキントゥーだけだった[58]。「女性作家の時代」なる用語は90年代には消滅しつつあった。1994年にサンサンヌエ〈ターヤーワディー〉が4度目の逮捕で文学界を去り、1995年にモウモウ〈インヤー〉がわずか45歳で病死し、マ・サンダーが次第に軍事政権支持に向かったためでもあった[59]。

「短編黄金時代」と詩人たち

人生描写長編の撤退には前述のような外的要因のほかに、それ自身が内包する要因もある。

55　短編は南田訳で『ミャンマー現代女性短編集』と「二〇年の孤独―マ・ティーダー（サンヂャウン）作品紹介―」（南田みどり『世界文学』3大阪外国語大学世界文学研究会1997）に所収。

56　短編は南田訳でそれぞれ『現代ミャンマー短編集2』、『ミャンマー現代女性短編集』に所収。

57　いずれも南田訳で『ミャンマー現代女性短編集』に所収。

58　短編集は『買いもの籠』（斎藤紋子訳　大同生命国際文化基金2014）。短編2編は南田訳で『民主文学』（2002年1月号）に所収。2003年度国民文学賞を短編集部門で受賞。

59　南田みどり「雪解けを待つ赤い石たち」（『女たちの世界文学　ぬりかえられた女性像』松香堂1990）も参照。

サンサンヌエ〈ターヤーワディー〉が貧乏作家の日常を憤怒の権化のような妻の視点で描いた『コウコウ・カンヤーザー（男性名）』（１９７８）の巻末には、評論家アウンティン（１９１６―２０１４）の批判とサンサンヌエの反論が収録される。アウンティンはこの作品の魅力が細部の性格描写にあり、それらが光りすぎて筋の起伏に乏しいことが読者を疲労させると指摘した。彼はまた、作品が怒りのオンパレードで、その原因も出口も見いだせないと述べる。サンサンヌエは、出口は示す必要もないし、示すことがこの作品の任務でもないと反論した。日常的怒りの根底に横たわるのは、往々にして生活困難であり、そうした民衆生活の苦境をもたらしたのはビルマ式社会主義体制にほかならない。このことは周知の事実である。しかし、困難打開の出口を明示することは、当時の文学の手に余る任務だった。

人生描写長編の多くは、同時代を生きる多数者を見舞う貧困や、それによる人間関係の破綻や、人間の醜さや、人生の不条理などの描写に努めた。一方サンサンヌエは、人物描写を重視したが、主題抜きで描写のみに終始することを戒めた。彼女の80年代の長編は筋の流れにも苦慮した節がある。しかし、主人公たちの苦闘が実を結ぶ結末は、過酷すぎる現実にほど遠く、蓋然性を欠く。さりとて、出口の見いだせない結末は、読者を消耗させる。しかも、個性的な人物をめぐる複雑な人間模様や、彼らのエピソード多数の挿入は、筋の展開を疎外し、長編全体が粗削りで雑駁な印象を与える危険性をはらみがちだった。主題への彼女のこだわりにもかかわらず、人生描写長編は主題を行間の奥深く埋没させ、細部の真実の描写や人物の丹念な描写に向かわざるを得なかった。細部の描写のみが光り、重苦しさが残るのは、検閲の網の目を縫って時代の真実を描き出そうとするすべての人生描写長編に共通する現象だった[60]。

長編の撤退は国民文学賞受賞状況からもうかがえる。80年代の長編部門は、80―87年と89年に、短編集部門は83年89年に受賞作が空白だった。80年代半ば以降、人生描写小説は、日常を断片的に描写する短編が本領を発揮するに至る。男性作家の撤退が「女性作家時代」を生んだように、長編の減少は雑誌掲載短編を浮上させ、「短編黄金時代」なる呼称が登場した。とりわけ88年、国軍が民主化闘争を封じ込める9月までの短期間は、新刊雑誌で百花繚乱となり、男女作家による人生描写短編が多数掲載された。マウン・ターヤが創刊した『ターヤ』誌も、ヌヌイー〈インワ〉による契約愛人を務める女子大生の独白「かぐわしき接吻を」（2月）、サンサンヌエによる夫婦喧嘩の会話小説「誰のせいだって」（4月）などの問題作[61]を掲載した。

「短編黄金時代」とは、言論統制と貧困が生み出した小説の運命への、作家たちの最大限の抵抗を込めた呼称でもあった。88年以降の軍事政権時代の短編は、市場経済導入と「情報公開」時代の民衆の受難を語る。その多くは語りの文体を用いる。ウィンウィンミン〈ナンド

60　短編1編と随筆1編も「憤怒の女性作家―サンサンヌエ〈ターヤーワディー〉」（南田みどり『世界文学』4 大阪外国語大学世界文学研究会1999）に所収。
61　ともに南田訳で『ミャンマー現代短編集1』所収。

ーシェ〉（１９５９―）の「蝉」（１９９０）[62]は物売りの少女の視点で、ウィンスィードゥー（１９４７―９４）の「国中安泰」（１９８８）は老人の独白で、コウ・ヨウクン（１９５５―）の「ああ……笛吹きよ」（１９９０）[63]は四人の独白の連環で日常を語る。しかし、現実には民衆がかくも饒舌に自己を語るはずもない。この饒舌さは、作者が民衆に憑依してその口を借りて語ったともいえるだろう。

「輿入れ支度」（１９９１、ネーウィンミン１９５２―）[64]や「新しい町」（１９８８、チョーズワーテッ、１９５７―）[65]のように小地域の描写に国家を投影した野心作もある。「一頭の馬」（１９８９、マウン・ティンスィン１９５０―２０１２）[66]のような魔術的作品もあれば、「夢の河」（１９９０、パインソウウェー１９４４―２０２０）[67]のような詩的心理小説もある。

１９９０年代前半は、「人生描写」派と「モダン」派の論争が誌上をにぎわせた。小説の世界では、ジュー、チョーズワーテッ、パインソウウェーをモダン派に分類する向きもある。

62　南田訳で『ミャンマー現代短編集１』所収。そのほか、短編が川口裕子・西山愛訳で『世界のわかものよ』第33号（１９９７）、南田訳で『グリオ』Vol.９（１９９５）に所収。
63　二作とも南田訳で『ミャンマー現代短編集１』に所収。後者の作者は１９８７年度国民文学賞短編集部門受賞。
64　南田訳で『ミャンマー現代短編集１』に所収。作者は国民文学賞を１９９２年度短編集部門で２０１０年度翻訳（文芸）部門で受賞。
65　南田訳で『ミャンマー現代短編集２』に所収。
66　右に同じ。
67　南田訳で『ミャンマー現代短編集１』に所収。

マウン・ティンスィンやミンヌエーソウ（１９５７—２０１２）[68]は題材に応じて筆を使い分ける中間派だ。「モダン」派を公言する少数派は、ターヤー・ミンウェー（１９６８—２００７）だった。

実のところ、「モダン」を牽引したのは詩人たちであった。第二次大戦後の詩壇は、「キッサン」派と「新文学」派に分かれた。後者は前者を階級的視点に欠けると批判した。しかし両者とも四音節押韻形式の影響下にあった。その後現れた革命詩やビルマ社会主義礼賛詩もその枠を超えるものではなかった。１９６０年代後半「モダン」と呼ばれる自由韻詩が初めて登場したが、詩壇は難色を示した。反対者たちは、階級的視点の欠如を指弾するとともに、ビルマが伝統的に誇る詩の技法を重視すべきだと主張した。四音節詩が勢力を挽回したかに見えたが、「モダン」詩はビルマ式社会主義に閉塞を感じる若者の心をとらえた。１９７０年代後半から１９８０年代にかけて、手書きの「モダン」詩集が出回った。１９８０年代、「モダン」詩の書き手はさらに増加した。

１９９０年代、それは詩壇の主流となった。形式は、自由韻詩、無韻詩、実験的散文詩の三種類に分類される。その思想的背景も多様だ。巨匠ティッサーニー（１９４６—）とアウンチェイン（１９４８—）を頂点に、ゼーヤーリン（１９５８—）とマウン・ピエミン（１９５８—）が続く。１９９０年代にデビューしたのは、実験的散文詩のモウゾー（１９７９—）、へ

68　短編は南田訳で『ミャンマー現代短編集２』に所収。

インミャッゾー（１９７０―）、ルーサン（１９７０―）たちだ。なお、ニョウピャーワイン（１９８０―）とチーゾーエー（１９７７―）らは厳冬の21世紀にデビューした[69]。

１９９０年代後半以降、「短編黄金時代」が鳴りを潜めた厳冬の時代に、最も熱く語り、書き続けるのが詩人集団だった。彼らは文学の熱心な読み手でもあった。そして詩人予備軍は多数に上り、ビルマ詩のすそ野は計り知れない。詩を書く者たちは、いつの間にか文学界で侮りがたい勢力となっていたのだ。

「人生描写」という名のビルマ式リアリズムも「モダン」という名のビルマ式モダニズムも、社会主義という名の軍事官僚独裁政権の申し子だった。それらは冬の時代の証言録として、ビルマ文学史上精査されるべきものだろう。人生描写小説の旗手マウン・ターヤはすでに１９８９年に、１９７５年以降をビルマ文学の暗黒時代だと呼んでいた。かつて文学史上の暗黒時代と呼ばれたのは、日本軍支配下の１９４２年から45年の3年間だった。とすれば、１９７５年以降は文学史上第二の暗黒時代ということになる。第二の暗黒時代をもたらしたものは、第一の暗黒時代をもたらしたものと歴史的鉱脈を一にする。この事実は重く受け止められねばならない。

69　これらの詩人の作品は南田訳で『二十一世紀ミャンマー作品集』（大同生命国際文化基金２０１５）所収。彼らのうちアウンチェインの詩は『東南アジア文学への招待』にも所収。

モザイク鏡

他者は自己を映す鏡だ。かかわりを持つ他者が増せば、それだけ多様な自己が鏡のモザイクを形成していく。その一片一片には、かつて生き方を模索してひもといた文学たちもはめこまれるだろう。なかでもビルマ文学は、自己の生きざまを厳しく問いかける手ごわい一片だった。それは、ビルマ伝統工芸の金箔にはめ込まれたモザイク鏡を連想させる。「発展」せざる社会のエネルギーの渦動に惹かれ、わたしは現代ビルマの長編と向き合ってきた。英国の植民地支配、日本の占領、内戦、クーデター……渦動のなかで、作家たちは民衆の苦難の歴史の語り部の任を果たしていくかにみえた。その不屈の抵抗精神や恐るべき楽観性は、驚異的でさえあった。

軍事官僚独裁政権の支配は、ビルマ文学の内容と形式に変化をもたらした。生きざまを問うスケールの大きい長編は撤退した。国軍の支配を合理化する新しい神話が誕生した。そして、民衆の様々な生活の描写が浮上し、やがて、人びとの苦しみをも描きすぎることなく、日常の細部を控えめに語るだけの作品が増した。次第に、短編が長編にとってかわっていった。それらの短編には、難解な語句が用いられるわけではないのに、その解読は我々外国人読者の頭痛の種となった。

貧困と言論弾圧が対をなして、もの書く人びとを襲った。検閲は俗悪な娯楽作品に寛容で、現実をありのままに書く作品に厳酷だった。過酷で凄絶な現実社会が、虚構の世界を圧倒した。闇に葬られた真実たちの屍は、作家たちの心の奥深く沈み、時たま行間にひっそりとさまよい出た。

ビルマ社会の貧困や抑圧は、文学も飽和状態に見えるこちら側の世界の「繁栄」と表裏一体をなすかのようだった。過去の侵略と搾取、現在の権力の周辺だけを潤す援助や開発。同時代人の苦悩の営みの中に透視される我々の醜悪な姿。それらを見据えることからも、腐乱に向かうこちら側の世界の再生の手掛かりを見つけられるのではなかろうか。行間にひそむ、描かれなかった真実の読み取りに呻吟しつつ、自己の生きざまを省察する日々が続いた。

第二章以下はそのようなわたしが、モザイク鏡の小片の堆積の中に分け入っていった旅の記録である。ビルマ文学が軍事政権の渦動の中に身を置く90年代で第一章をひとまず閉じ、それが渦動を跋渉してゆく90年代からわたしの旅は始まる。

第二章　軍事政権下をゆく

1　渦動

1. 強権政治と開放経済と貧困と　1993

とらわれびと

ビルマ暦新年の水祭りを控えた4月、炎天下の昼下がりのこと。車はヤンゴン市街地を北上し、大学通りを走っていた。生垣に囲まれ樹木の生い茂る庭園の奥に、洋館が佇む。

「右手前方、よく注意して」

同乗者が言ったとたん、ひとっこ一人いないと思われた歩道に銃を構えた国軍兵士が現れた。数メートル置きに立つ堅牢な歩哨所にも、武装兵士が5、6人ずつ配備される。門の中にも兵士の姿が。写真でお馴染みの洋館は深閑としている。

そこには、民主化運動指導者アウンサンスーチーが1989年7月以来軟禁されている。厳重な警戒振りは、依然として絶大な彼女の影響力を物語る。時折、ハンストを決行して生命の危険が伝えられるほかは、何の発信も許されない静かなたたかいが、心ある人びとへの限りない励ましとなっている。

「ミャンマーにもはや政治囚はいない」(91年11月)、「すべての政治囚を釈放する」(92年4月)と述べて、軍事政権は92年9月に夜間外出禁止令も解除した。

一説には政治囚は数千名。だが、正確なところはわからない。文学関係者の間でも、監獄と背中合わせの人びとは多い。わたしが会っただけでも、出獄したばかりの新聞記者、出獄後売文で食べられず妻に養われる評論家、これ以上書けば身の安全はないと軍情報部から脅され書けなくなった小説家、逮捕された雑誌編集長の後を継いだ公務員の兄、一札入れて出獄するも思いのたけを作品に練りこむ小説家など、枚挙にいとまがない。

現在も、小説家、詩人、お笑い芸人、多数の学生指導者が拘禁・服役中だ。中には健康状態を危ぶまれる者も少なくない。また、政治活動ではなく、横領や詐欺罪などをでっち上げて逮捕するのも政権のやり口らしい。「政治囚存在せず」は、ファシスト流の詭弁にほかならない。

ファシズムの亡霊

毎晩6時から、報道番組を中心としたカラーテレビの放映がある。その合間に、連日同じコマーシャルや祖国賛歌が流れる。それでもカラーが珍しいのか、ホテルの従業員たちは、客そっちのけで、食い入るように画面を見つめていた。

報道のバックに流れる曲は日本の軍歌に似る。日本の軍歌だという人もいるが、わたしは軍歌に詳しくない。ただ、国軍の前身・ビルマ独立軍の生みの親は、日本軍の特務機関・南機関だ。ビルマの歴史教科書は、日本ファシストの侵略を厳しく糾弾するが、南機関員の一部は、独立の恩人として、１９８１年に叙勲されている。日本がビルマにとって戦後最大の援助国となったのも、そうした事情がからむ。

「日本軍は酷かったが、秩序も正しかった。武装強盗団（ダコイト）も出なくなった」

列車で隣り合わせた年輩男性はそう述べた上で、仇敵・英国の男性と結婚したアウンサンスーチーを非国民だと非難した。民族排外主義と新秩序の導入は、一部の人びとの情念に訴えかける。日本ファシズムの亡霊はなお、軍事政権下のミャンマーを跋扈する。

軍国主義下の重苦しさは水面下を流れ、大都会は極彩色の華やぎに満ちていた。今回の二週間の個人旅行には、国営旅行社のガイドを同行させることが義務付けられていた。ガイドは、定められたコースを厳守した。おかげで、軍事政権が外国人に見せたい事物が確認できた。

軍事政権「国家法秩序回復評議会」の名称に倣い、ヤンゴンも「秩序」正しき都市に変貌中なのか。道路や公園が整備され、新築中の低層ビルが目に付いた。建築資材は中国製だという。

ホテルでは結婚披露宴が挙行され、パゴダでは沙弥式の行列が練り歩き、モダンな柄のロンヂーを短めにはいた色白の娘や家族連れが闊歩する。郊外の道路脇では、若い男女が寄付を募る。鉄道沿いの集落は真新しい白い柵で囲まれる。市場にはモノが溢れる。１９８７年に国連が最貧国に認定したことが信じられないほどだ。ただ、道路整備は軍用車の走行円滑化のためだという噂もある。

ビルマ暦新年のこの時期は、地方からの御上りさんも多い。それも当て込んだ道路脇の募金活動は、地域からの強制動員らしい。鉄道沿線の家屋の柵も、自費による強制取り付けだという。映画好きの友人が語った。

「つまりだね、インド映画に似てるんだ。映画の中は絢爛豪華で、外側の民衆は飢えているってわけさ」

金・金・金

強権下の開放経済は、貧富の差を拡大させた。百人中九十人までが貧しいという。幸運な一割に属するのは、前政権時代からの特権を駆使する高級軍人、事業を営むその一族、彼らと結託し「自由化」で市民権を得た事業家・クローニーだ。宝石やヘロインを資金源に、反政府武装闘争を展開後、軍事政権と停戦した少数民族グループの動きも活発らしい。

シャン州に近い古都マンダレーは、かつてのゆったりした落ち着きもどこへやら。1984年の大火以来、中国系商人の土地買収が進み、新しい建造物が建ち、町全体がからりと活気に包まれていた。交通費節約のため自転車が増加した。その間を、荷物や人を満載した軽トラックが疾走する。山岳用に改造したこれら日本製中古車は、一昼夜かけて中国国境へ向かう。ビルマ式社会主義時代に影の経済を支えた国境貿易も合法化された。ミャンマーから生鮮食品が送られ、中国からは日用品が入ってくるという。

メディアは「金儲けする自由」を喧伝し、表紙に札束をデザインした経済紙が飛ぶように売れる。その中味はお堅い経済学ではなく、世界情勢やサクセス・ストーリーが満載だ。経済誌記者のひとりは語った。

「以前は海外の情報も制限されていたんだ。今は、可能な限り事実を提供するだけだよ」

一方国内情報は、依然として厳しい統制下にある。物価は数倍に上昇し、すべてがかつての闇市価格となった。公務員の給与引き上げも、焼け石に水だ。日本での就労を望む人も多い。とはいえ、1989年に1万チャットだったブローカーへの支払いが、今では30—40万チャット。大枚はたき、保障もない日本の3K（きつい・危険・汚い）生活の方が、ミャンマー3K生活よりまだましというわけだろうか。ちなみに、中堅公務員の月給が千チャット。これは、4人家族の一ヶ月の食費に相当する額だとか。1ドルは公定では6チャットだが、闇では百チャットだ。多数者は知恵をめぐらせてやりくりしつつ、黙々と働くしかない。生活闘争に使われるエネルギーは、再び大きな力に結実するのだろうか。

「この子の名前はね、エーチャン（和平）スーチーってんだ。88年の生まれよ」

市場で若い商人が、小さな娘のスーチーを抱いて微笑んだ。アウンサンスーチーは今も希望だ。ミャンマーの民衆は、針の穴ほどの光さえ見えていれば、耐えることなどお手のもの。何しろ、三十年余もの間、抑圧と貧困の闇の中に身を置いてきたのだったから。

2．アウンサンスーチー「解放」の波紋　1995

ヤンゴン・大学通り

7月のある昼下がり。自宅前の門の上に上半身をのぞかせ、アウンサンスーチーがマイクを握っている。慈母のような微笑が、警護の若者たちの固い表情と対照的だ。彼女は聴衆に語りかける。

「毎日ここに立つのは大変だから、月曜と金曜は休ませてくださいよね」

聴衆は口々に不満を述べ立てる。

「だめです、だめです」

「毎日お出ましください」

双方の間に暖かい空気が流れる。笑い声、拍手、歓声の渦に身を置くと、人びとの愉悦が伝わってくる。熟年男性がやおら立ち上がった。

「アウンサンスーチーさんに、防災偈文を唱えたい」

マイクが回され彼が偈を唱えている間、彼女は合掌瞑目して聞き入る。解散後家路をたどる人びとの表情には、高僧の説法の聴聞後のような爽快さが漂っていた。

6年に及ぶ軟禁が解除されたのは、残念ながら民主化闘争の果実ではない。一説に三百名余りといわれる良心の囚人は、まだ獄中にある。この「解放」は、民主化闘争を封じ込め、経済開放を餌に多くの反政府軍グループと停戦し、今なお着々と軍備を増強し、長期支配への布石を打つ軍事政権・国家法秩序回復評議会の自信を物語る。またそれは、彼らが外国からさらなる援助を引き出すための賭けでもあった。突然の「解放」が、真っ先に日本大使に伝えられたことは、彼らが最大の援助国の心証を十分意識していたことを物語る。実際、この「解放」が「日本のお蔭」だという囁きを、少なからず耳にした。

せっかくなのでアウンサンスーチーに会って帰ることにした。監視状況が予測できず、「9年ぶりに会って旧交を温め、本を進呈したい」というメモを門の覗き穴から差し込んでみた。翌日宿に、「明日1時半から5分だけ」という伝言が入り、意外にすんなり再会が実現した。

翌日、門を入ると両側に机があった。右は記帳所だ。左側の机にカメラを向けると、座っていた男が顔をそむけた。それが秘密警察氏だと、後に知った。それ以外は支持者ばかりだという。報道で見慣れた洋館に入ってすぐの部屋に、彼女が座っていた。写真やテレビで見たような固さはない。6年の幽閉で丸くなったのだろうか、快活にしゃべり、5分の約束が14分に延びた。日本の人びとや政府に伝えたいことがあるかと問うと、彼女は言った。

「この国の表面ばかり見ずに、民衆の暮らしをゆっくり時間をかけて観察してから、何をなすべきかを判断して欲しいわ。苦労なくして民主主義を獲得した日本人は、その獲得に悪戦苦闘するビルマ人に十分な思いやりを持っていただきたいの」

再会を約束して屋敷を後にした。アウンサンスーチー訪問に始まった95年夏の28日間の旅は、彼女の注文どおり多数者の生活をしかと観察すべく、悪路をなめるように移動し、１０

0名近い作家と会い、語らう旅となった。

八月のマンダレー

雨季だったが、降雨量には地域差がある。マンダレーは雨が少ない。いったん太陽が顔を覗かせると、うだるような暑さだ。相変わらず自転車も多い。1時間くらいはなんのその。老若男女ともに、ロンジーの裾をひるがえし、少々の雨なら傘も差さず、猛スピードで飛ばす。最近増加しつつあるバイクは、庶民にはまだ高嶺の花だ。貧乏人相手の貸し自転車業まである。

ヤンゴンとの違いは他にもある。活発な商業活動の中心的担い手が華人なのだ。生活苦に喘ぐ庶民を尻目に、新興住宅地に立ち並ぶ瀟洒な邸宅は、華人か少数民族の富豪か、高級軍事官僚の所有らしい。そして、モニュメント好きの軍事政権がビルマ族王朝の栄光再現目指し復元中の王宮も、1996年の観光年新名所となる筈だ。

観光年に向けて「色直し」も進行中だ。名所旧跡はきれいに塗り替えられ、付近の道路は整備される。沿道の家屋は柵に白ペンキを塗り、トタン屋根に替え、道路拡張で一部が削り取られる。費用は住民持ちだ。貧乏人の住居は町外れの新開地に強制移住させられ、墓場もごっそり移転した。中規模のホテルが多数建築中だった。

「96年に観光客が押し寄せるものか。まじめな観光客など来るわけないよ」

そう囁く作家もいる。お隣のタイでは1987年の観光年以来、買春観光客が急増し、エイズが蔓延した。すでにミャンマーとの国境地帯では性産業が繁盛し、働く女性の8割がHIV陽性らしい。タイの二の舞になるのは百も承知で、軍事政権は女たちを鉄砲玉に使って外貨を獲得したいのだという作家もいる。

マンダレーは、作家の結束の強さでも有名だ。その拠点ルードゥ(人民)出版社は、商業地域の一角にある。作家たちから母と慕われる社主ルードゥ・ドー・アマーは、80に手が届くというのにかくしゃくとして、雑誌に評論や小説の翻訳を執筆中だ。ビルマ共産党員だった上の息子は中国文化大革命時にジャングルで粛清され、中の息子は今も非合法のビルマ共産党員として北京に住み、短編作家の末息子は獄中にある。まさにビルマ版肝っ玉おっ母だ。

8月6日、彼女は同社に30名近い作家を集めてくれた。その日が原爆記念日であることにも言及しながら、彼女は文学による両国の友好と平和への貢献を説いた。ヤンゴンでは、作家を個別に訪ね歩かねばならなかったことを思えば、このゴッドマザーの威力が推し量られる。その点でも、この町はユニークなのだった。

未来に希望をつないで

アウンサンスーチーは10月、国民民主連盟書記長に復帰した。しかし軍事政権は、突然の「解放」後も、彼女の存在を国内の報道から抹殺している。彼女に関する報道は、彼女への批判(誹謗中傷)を除いて、一切禁じられている。マスコミは連日、政権幹部がビルマ各地を訪れ、国民と「対話」する様や、パゴダに参拝して高僧に額づく姿を報じる。彼らの演説を聞く人びとの表情は能面のようで、アウンサンスーチー邸前と大違いだ。

軍事政権パフォーマンスの舞台裏の苦労は、並大抵ではない。ある地方都市では、政権幹部が通るので道路が閉鎖され、我々の車も足止めを食らった。小中学校では制服姿の子どもたちが校庭に整列し、炎天下彼らの到着を待たされていた。この日のための練習や掃除などで、何日分かの授業が犠牲になったという。制服が買えない子どもたちは、校舎裏にひっそり集められていた。このような茶番劇を憎悪しながらも、人びとは耐え忍ぶ。ちょうど、テレビでは、「おしん」が大人気だった。

一方、アウンサンスーチー邸前の集会は週2日に減ったが、翌日BBCラジオで放送され、ビデオにも収められて家庭で再生される。彼女の写真や肖像画を飾る家庭もある。ある少女は、宝物のように大切にしている何百枚もの写真をこっそり見せてくれた。

アウンサンスーチー人気は、軍事政権幹部の背徳的行動への反発の裏返しでもある。軍事政権幹部一族とその周辺で利権を貪る一握りの事業家・クローニーを除き、大多数の人びとが彼女に変わらぬ信頼を寄せている。タイで翻訳出版され、密かに持ち込まれた彼女の英語の論文・演説集『恐怖からの解放』[1]を読んで、人権や政治に関して「目からウロコだった」と語る作家も少なくない。

それでも、軍事力の前で大多数の人権が踏みにじられた現況は、容易に変わりそうにない。

1　『自由』（ヤンソン由美子訳　集英社1991）

アウンサンスーチー自身が流血の再発を恐れ、慎重に行動するよう繰り返し説いている。そして、彼女の「解放」後も逮捕者は増えこそすれ、獄中作家の誰それが釈放されたという話も聞かない。「希望はあるの?」と、1993年春に作家たちに問いかけると、「君はどう思う?」と逆に聞き返されて、絶句してしまった。しかし今回は、「ある。いつか、必ず」という頼もしい答えが少なからず返ってきた。そのためにも、日本はじめ外国の民衆の温かい支援が重要だと、彼らは語るのだった。

3. 女たちをたずねて 1996

何かお手伝いできる?

アウンサンスーチーの伝記[2]を書かねばならなくなった。参考文献もさほど出版されていない。足と口と耳に物言わせて、聞いて回るしかない。しかし、伝記を書くとは迂闊に言えない。少し前の7月、某女性誌がアウンサンスーチーにインタビューをした。記者が、東京から彼女に関する記事をファックスでホテルに送ってもらおうとしたら、ファックスは届かず、室内が見事に捜索されていたという。

2 南田みどり「孔雀は飛翔するか」(『アジアの女性指導者たち』山崎朋子編 筑摩書房1997)

1回限りの取材なら、それだけの無防備も許されるだろう。しかしこちらは、長年築いた信頼関係を基礎に、研究を続けていく身だ。言動には細心の注意が必要だ。おまけに、ここは新聞のニュースよりも巷の噂に信憑性があるほどの噂社会なのだ。わたしが誰に会ったかはすぐ伝わる。訪問の目的を話せば、尾行も付きかねない。話してくれる人も、話せなくなる。誰にも迷惑をかけず、事を運ぶのが長く付き合うコツではないか。

「何かお手伝いできる？　誰に会いたいの？」

そう聞く人には、女性について調べていると答えることにした。信頼できる人には女性指導者について調べたいと答え、女性たちを紹介してもらった。より信頼できる人たちからは、アウンサンスーチー関係の情報を集めた。

女性指導者については、旧活動家としか会えなかった。アウンサンスーチーのもとで活動する若い女性たちは、地方へオルグに出ていた。88年民主化闘争時、学生指導部の一員で、塾講師をしている女性たちにも人を介して会見を申し入れたが、尾行がついていて会えなかった。結局会えたのは、アウンサンスーチーだけだった。

それでも、一ヶ月遅ければ、アウンサンスーチーにも会えないところだった。9月末から、自宅前道路は封鎖され、土日の演説会が禁じられたのだから。雨季のヤンゴンで2週間、様々な女性にインタビューできただけでも、幸運だったと言わねばならない。

女性と政治活動

ビルマ仏教徒慣習法が、女性の結婚・離婚・財産所有における比較的男女対等な立場を保護しているため、この国では女性の独自要求を掲げる運動が育たなかったといわれる。英国植民地時代から、女性の政治活動は、おおむね男性組織の別動隊的役割を果たしてきた。そのため女性組織も、男性主導型組織の離合集散に翻弄されてきた。

家庭外労働による経済的自立と慣習法による「平等」は、権力に巧みに利用されてきた。女性のエネルギーが経済活動と家庭運営に向けられ、政治の表舞台から撤退したことが、ある意味で軍事政権の長期支配を許容してきたのではないか。

そんなことを考えながら、旧女性活動家たちの話を聞いた。たとえば、キンチーチー（1921—2020）は、日本軍支配下でアジア青年連盟[3]に加盟後、ビルマ共産党にオルグされ、1944年1月から抗日闘争に参加した。仏教徒であったが、共産主義を抵抗なく受け容れた。青年連盟指導者をつとめるかたわら、44年11月に結成された抗日女性部隊の副隊長となった。45年7月のビルマ共産党第2回大会で中央委員に選出され、党本部に勤務した。46年7月結成の党傘下の女性コングレス書記長もつとめた。しかし、党内の派閥抗争やセクト主義に嫌気がさし、48年3月に党が武装革命路線に転じると、自然に政治活動から離れた。ちなみに、夫は作家テインペーミンだ。彼だけが、党内で信頼に足る同志だったとい

3　日本軍政下1942年6月結成の東亜青年連盟。青年2万を擁し、後に抗日の隠れ蓑となる。

左からヌヌイー〈インワ〉、トーパヤーレー、キンミョウニュン、キンメー
後の絵はチッカウンとキンミョウニュン　1996.8.27
当時ヌヌイーは共産党の女たちを小説に書きたがっていた。

う。夫は党と決別後も政治活動を続けたが、彼女は政治的見識を具えつつも、活動とは無縁の人生を送った。

キンミョウニュン（1923―2018）の政治とのかかわりは、もっと激烈だ。抗日闘争に加わった頃は、さほど活動熱心ではなかった。彼女はアウンサン将軍の熱烈な崇拝者で、将軍と共産党との関係がまだ良好だった45年、党の学習会に参加してすぐに共産主義を信奉した。48年3月には、夫チッカウン（1920―68）とともに地下活動に入った。「解放区」で2子を亡くした。その後生まれた2子を抱えていた55年、国軍に逮捕され、57年まで服役した。党幹部となっていた夫は、入れ違いに57年に逮捕され、63年まで服役した。その後彼は戦闘地域に戻り、68年に戦死した。「前科者」への世間の風は冷たかった。彼女は転職を重ね、20回も転居したが、誰の情けにもすがらず自力で生活できたのが誇りだという。今は、共産主義が正しいか正しくないか考えたくもないけれど、因果応報だけは信じると、淡々と語った。

キンメー（１９２７—２０１５）は、日本軍支配下で日本語を学び、日本語学校教師となった。抗日闘争に多少のかかわりを持った時、夫と知り合った。結婚後は活動を退いて、夫を支えた。夫は、ビルマ王朝最後の王・ティーボーの孫に当たるトーパヤーレー（１９２６—２００６）だ。彼は強烈な民族主義者で、ビルマ式社会主義時代には「人民民主主義革命党」なる地下組織を結成し、67年から70年まで獄中にあった。88年の民主化闘争でも逮捕され、89年から92年まで獄中にあった。この時は、高校生だった彼らの孫も逮捕されている。キンメーは、母から政治活動を禁じられて育った。政治家に知り合いは多いが、「政治はややこしいもの」と考えている。立派な女性とは、「自分のことを何も考えず、夫が良くても悪くてもつきあい、夫が困難に陥ったときも、決して裏切らないもの」だという。

彼女たちに共通するのは、夫の政治活動に運命を左右されながらも、夫を見限ってこなかったことだろうか。議会制民主主義時代をとっても、女性の政治参加は少ない。たとえば、１９５１年の独立後初の選挙では、女性議員は２３９議席中１名、56年第二回選挙では２５０議席中２名だった。ビルマ式社会主義時代の70年、第一回ビルマ社会主義計画党大会の代議員825名中女性は8名、「民政移管」後の74年の人民議会選挙では450議席中9名が女性だった[4]。

女性を縛る見えない鎖は他にもある。ビルマ仏教（南伝上座仏教）では、男性は出家して最高の境地である涅槃に達することができるが、女性は出家して尼僧にはなれず、より低位の沙弥尼の存在しか許されない。女が涅槃に達したければ、現世で男児を生んで出家させたり、パゴダ建立などして功徳を積み、来世で男に転生して出家するしかない。現世での積徳は現世ではなく、来世で報われる。だから、女は現世の経済活動や家庭運営で男以上に頑張る。女の過度の頑張りが男の甘えと怠惰を、ひいては国軍の迷走まで助長するのではないかとすら思えてくる。男が出家や布施で積徳すれば悪事は帳消しとなり、来世も男子に転生できるという思い込みから、殺し、奪い、犯し、国軍も破戒の限りを尽くすのだろうか。

財産所有で男女「平等」を誇るビルマ仏教徒慣習法は、男が複数の妻を持つことは許容し、その逆は許さなかった。離婚は認められるが、世間は離婚した女を家庭建設の敗北者と見なして蔑む。強く優しく美しく装う仏教徒女性の心の中には、経典の中の賢女たちが理想像として擦り込まれている。よき来世を目指す女たちの過度の頑張りは、とりもなおさず、彼女

4　「囚われのフェミニズム―ビルマ女性運動の系譜―」（南田みどり『女の性と生』大阪外国語大学女性研究者ネットワーク　嵯峨野書院1997）

たちが内なる男性優位思想に取り込まれていることを物語る[5]。

母親は息子たちのコントロールより、むしろ娘たちに品位を保つよう、身を慎むよう諭す。性的被害に遭っても、世間は加害者より被害者に隙があったと往々にしてみなす。性犯罪を防止するには、「夜道を女性が一人歩きしているのを見かけても襲ってはだめよ。女性を敬いなさいよ」と、賢母がマザコン息子どもに諭すほうが手っ取り早いだろうに。ビルマの世間自体が男性優位思想を内包しているといえるだろう。

軍事政権下の女たち

聞き取りの中で、日本軍支配下のビルマには、日本人向け「慰安所」だけでなく、ビルマ軍専用「慰安所」がヤンゴンに一箇所あったという話を耳にした。ビルマ独立軍が、1942年に日本軍とビルマ入りしたとき、ビルマ兵の中に性病が蔓延したという。士気にかかわる問題なので、日本軍にあやかり「慰安所」を設置することが提案され、43年8月にアウンサン将軍の命令で開設された。プロ女性が集められたが、定員を満たさず、一般女性が騙されて拉致されたケースもあったという。

わたしが日本軍の侵略を詫びると、「今の国軍の方が日本軍よりよほどひどい」という慰

5 「ビルマ　賢女幻想の呪縛からの解放を求めて」（南田みどり『地球のおんなたち』大阪外国語大学女性研究者ネットワーク　嵯峨野書院1996）。なお2014年8月、民族宗教保護法を構成する四法のひとつ「一夫一婦法」が連邦議会で承認された。

めがよく返ってくる。日本軍を手本に肥大化した国軍の支配下で、女たちが被る被害は計り知れない。反政府軍と戦闘中、国軍は行く先々で男女をポーターや地雷よけに徴用し、女たちには夜の相手までさせるという。日本占領期同様、兵士によるレイプも後を絶たない。

28歳のキンキンスィーは、10歳の娘の母だ。夫とは20歳で離婚し、姉夫婦の家に身を寄せる。元はヤンゴン市街地近くに住んでいたが、96年11月に始まる観光年の都市改造計画のあおりで、郊外へ移住させられた。職を転々としたが、はかばかしくない。商売の元手作りのために短期限定で、夜の街に立つ。ショートが200チャット、一晩相手すれば1000チャット入る。ただし、組織がかなり中間搾取するようだ。ビルマ語もろくにしゃべれない客が多いという。同業者の中には、客から身ぐるみはがれた者もいるらしい。危険は一杯だ。彼女自身も病気治療中だという。家人には、病院の夜勤看護助手をしていると伝えて「出勤」する。「娘の成績がとてもいいの」と、表情をなごませた。

言論出版の暗黒時代といわれたのは日本軍占領期だったが、現在の状況はそれをしのぐ。作家カリャー〈ウェイザー・ティッパン〉（1938―2019）[6]宅を訪れると、階段隅に雑誌が山と積まれていた。彼女が編集長を務める月刊『カリャー』誌が検閲で不許可になり、刷り直しが求められたのだ。たしか1年前は、検閲不許可部分だけ、黒あるいは銀色マーカーで消していた。同一頁に抹消箇所が多すぎる場合は、頁ごと破りとっていた。それが国外

6　短編は南田訳で『ミャンマー現代女性短編集』所収。

カリャー〈ウェイザー・テイッパン〉 1996.8.27
一家総出で、自宅兼仕事場で雑誌や単行本を刷る。

でも話題になったので、言論弾圧の証拠隠滅のために、刷り直しとなったらしい。紙と労力の無駄を避ける為に、作家の筆はますます自主規制に向かわざるを得ない。

軍事政権派と目されるマ・サンダー宅を訪れた時のことだ。大作『影』（１９７７）が近日再版されるという。経済的に恵まれるが家族の愛に飢える女子学生が、ヘロイン中毒に陥り、再起する感動作で、２巻から成る。本をぱらぱら見ていると、あちこちの頁の角が折られている。そこには、抹消あるいは書き直すべき表現があるらしい。日本軍国主義を生みの親とする国軍の統制は、広範囲に及んでいる。

アウンサンスーチーの憂鬱と女たちの未来

ヤンゴン市街地東北の一角の小高い丘の上に洋館が建っている。アウンサンスーチーの生家であり、「独立の父」アウンサン将軍が暗殺されるまで住んでいた屋敷だ。アウンサン博物館として一般公開されているが、20年前とは様子が異なっていった。まず、門に写真撮影禁止の表示がある。そして、閑静な住宅街にもかかわらず、門の前に賑やかな音楽を流す茶店がある。写真撮影禁止の表示を撮影するわたしの背後で、「あのひと写真撮ってるよ」という声が耳に入ってくる。坂を上がって古びた洋館に足を踏み入れると、手入れが行き届かず傷みも目立つ。以前は二階も見学できたが、一階しか公開されていない。家の周辺を丹念に見て回ると、将軍が世話をした畑、アウンサンスーチーのすぐ上の兄アウンサンリン（1944―53）が溺死した池、将軍の死後も妻のキンチー（1912―88）が使っていた錆びたウーズレー車の入った車庫などがある。観光年目当ての数々のモニュメントに比べ、「独立の父」博物館の荒れようは尋常ではない。

アウンサン将軍の後継者を持って自任していた国軍指導者たちの権威が、将軍そっくりの愛娘の登場で失墜したためか。軍事政権は将軍の扱いにまで神経をとがらせ出したようだ。父の死後、この家を父の友人や同僚が訪れ、英雄の遺児の成長を助けた。ビルマの良心ともいえる人々に囲まれて育ったアウンサンスーチーは、15歳までビルマの学校教育を受けた。彼女が最初の9年間を過ごした女子校セント・フランシス・コンベントスクール（現タームエー第四国立高校）は、雨の中に当時を髣髴とさせる落ち着いた木造と煉瓦造りのまま佇んでいた。彼女がその後3年を過ごした共学の名門イングリッシュ・メソディストスクール（現ダゴン第一国立高校）の校庭では、サッカーの試合中だった。宗教画が天井近くの壁面にはめこまれた体育館には、バレーボールに興じる若者の姿があった。

土日の夕方のアウンサンスーチー邸前の集会は、前年以上の賑わいだった。びしょ濡れの路上に草履を置いたりビニールを敷いたりして尻を乗せ、傘代わりのシャワーキャップを被った聴衆が熱心に耳を傾ける。聴衆が自動車道路にはみ出さないように、若い党員たちが手を繋いで人間の垣根を作る。アウンサンスーチーの表情は厳しく、発言も激しい。状況の深刻さが窺えた。

この一年間、彼女が動けば動くほど逮捕者が続出した。頼みの日本からは、ビジネスマンばかりが入ってくる。民主主義国日本の国民が彼女を支持しているのなら、なぜミャンマー進出企業のボイコット運動を起こさないのか、日本政府はなぜ軍事政権に毅然たる態度が取れないのか、そのような疑問もいらだちの原因かもしれない。その後邸内で会った時、こちらが用意した質問に、彼女は「個人的なこと話したくないの」とにべもなかった。

「観光年には来ないで。企業は民主化の日まで、進出を控えてほしい」

そう彼女は切々と訴えるのだった。国民多数が政治に無関心なまま物事が回っていく日本の「民主主義」は、彼女の理解の範囲を超えているらしい。経済活動と家庭運営にエネルギーを消耗して、政治参加の権利と義務を放棄したミャンマーの女たちの姿は、戦後与えられた民主主義の権利に安住し、それに血を通わせることよりも経済活動にエネルギーを注ぎ、消費文明に惑溺する我々の姿にどこか重なって見える。いまだ終わらぬミャンマーの戦後に、我々の過去が大きな責任を負っている。ミャンマーの女たちの未来がその政治参加とかかわるように、我々も個々人の政治的権利と義務を行使しなければ、戦争責任への贖罪を完遂したことになるまい。アウンサンスーチーの憂鬱は、我々の民主主義に重要な課題をもつきつけている。

4. ヤンゴン撮影不許可場面　1996

草履履き御免

軍事政権はクリーンだ、民主化は混乱を招くだけ、人びとの生活はどんどん向上している、ミャンマー人と接して不快だった経験は一度もない、今こそビジネスチャンスだ、などなどと、駐在間もない商社マンや企業家が怪気炎をあげるビジネスマン向け「ミャンマー特集」誌。「海水パンツを着用すべき」温泉に「日本人である私は躊躇することなく素っ裸で飛び込んだ」と豪語するライター氏の旅行記。このような記述が増加中だ。

わたしのミャンマー風景は、彼らのそれとは随分異なる。それはこちらが、彼らのようなガイジンスタイルで、英語か日本語を話すビルマ人を相棒に闊歩するのでなく、くたびれたシャツにロンヂーに布製肩掛けバッグにビニール草履というスタイルで、作家や詩人に案内されて風景の奥深く突入していくからかもしれない。

不快経験はすでに空港から始まった。１９９３年の10年ぶりのミャンマー。着地の感激もつかの間、以前は見かけなかった民間服の荒んだ表情の男たちが、頼みもしないのに、スーツケースをカートに載せ、ニコリともせずに、小声で煙草をねだった。もちろん、断った。95年、たまたま煙草を一人にやってみると、関係のない者まで手を出してきた。そこで、さる軍人編集長に、観光年にあんな男たちが空港にいたら、評判落ちるでしょと伝えると、記事にしてくれた。

その効き目は……。96年も果たして彼らはいた。以後、彼らとは出来るだけ離れて、すばやく自分で荷物をカートに積むよう心がけている。彼らは煙草をねだったのではなく、暗に金を求めたのではなかったか。空港前で車を待っている間、車を整理する男が金をねだったからだ。公務員かと聞くとそうだという。国から給料もらっているでしょというと、おとなしくなった。

帰国前には、荷物検査の制服姿の女性係官が小声でささやいた。

「宝石いりません?」

ぱっと差し出された彼女の指には、何重もの指輪が。光物には全く関心がないので断った。こんな風景は空港に限らない。中堅公務員の月給１５００チャットは４人家族の一ヶ月の米代にしかならない。しかも、物価が年々上昇中だ。空港の不条理の向こうにも軍事政権下の生活困難が透けて見える。

闇と悪臭

カメラを向けることがはばかられる光景も多い。午前9時半、インセイン刑務所から拘束者を満載した車が市街地の尋問所前に停まる。男たちがぞろぞろ降りてくる。その日は、少年も含め男性ばかりだった。玄関には、彼らをひと目見ようとする身内の者たちが群がる。車の鉄格子越しに、誰彼かまわず差し入れして回る女性もいる。

午前11時の鮮魚卸売市場ではカメラを警戒する人が多かった。秘密警察氏がよく写真を撮りにくるという。足元にバシッと何かが飛んできた。とうもろこしの食べかすだ。投げたのは、使い走りの学齢期の少年のひとりらしい。気のよさそうなおじさんが尋ねる。

「取材かね」

機転をきかせた連れがそうだと答えると、愛想がよくなる。

「『ダナ（資本）』かい、『チーブワーイエー（発展）』（ともに有名経済誌）かい？　男前に撮ってくれよ」

市場の外に出ると、制服姿の男が自転車でスーッと近寄ってきた。

「港の傍だから、撮影禁止だよ」

そう告げると、男は来たとき同様音もなく立ち去った。

市街地から南へ車で一時間のタニン（タンリン、シリアム）へは、二年前船で渡ったが、立派な鉄橋ができていた。水中パゴダは相変わらず観光客で賑わう。さらに悪路を30分ばかり行くと、車も入れない泥濘の道沿いに漁村があった。廃屋のような小屋に暮らす人びと。

子どもの頭の虱を取る母親と目が合った。視線の強さに負けて目をそらしたのは、こちらの方だった。

ヤンゴンの西の外れの大きなゴミの山の上では、大勢の子どもがビニール袋片手に軽やかに歩き回っていた。彼らはホームレス・チャイルドだ。ゴミの中から、使えそうなものやまだ食べられそうなものを探し出して、洗って売るのが商売だ。

ヤンゴン中央病院の旧館に入ったとたん、群がってくるのは、病室まで案内して小銭を稼ぐ男たちだ。大部屋はカーテンの仕切りもなく、野戦病院さながらだ。廊下のあちこちに、包帯や綿花の寄付を請う院長名の掲示が出ていた。トイレに入ると、便器はなく、汚物のたまったブリキのバケツが鎮座していた。来客用洋式トイレは施錠されていた。建物の裏に回ると、日当たりの悪い鉄格子の地下病棟が目に入る。インセイン刑務所からの病人が収容されているという。

夜の環状線のとある駅は停電で真っ暗だった。周辺の民家も停電で闇に沈む。でこぼこの地道は水溜りだらけだ。踏み切りで停車していると、真っ暗な列車が轟音を響かせて通り過ぎた。電灯がともるのは観光客用車両だけだった。

市街地を抜けて、夜の道路を走っていると、人気のない歩道を白っぽい服の女性が一人歩きしている。車を停めてドアを開けると、さっと乗り込んできた。性労働に従事する女性だ。茶店でじっくり話を聞いた。帰りの車中で一回分の料金に土産のハンカチを添えて渡した。彼女はハンカチを鼻に当ててゆっくり深呼吸し、元の場所で降りると、闇の中に消えていった。

消費「文明」

一ドルは公定6チャットだが、闇では１５０チャット。この二重レートを利用してしっかり儲ける者たちもいる。彼らの金を落とす場所も用意されているのが、前政権時代との相違点だ。これを「発展」と呼びたい者は呼ぶ。

ヤンゴン一等地の、ボウヂョウ（将軍）市場裏のブティック・リビングカラー。入り口にはパブのミスター・ギターが出店し、昼間から若者たちがバドワイザーを傾ける。ブランド物のジーンズが6千チャット、ドレスが1万チャットだ。日本で買うよりお得だが、庶民には高嶺の花だ。95年は撮影できたが、96年は器量よし店長に断られた。

中華街で、周囲の雰囲気にそぐわない高級ブティックを見つけた。路上からカメラを向けると、男性店員が慌てて遮った。95年にマンダレーで雲南料理店の看板を撮っていた時も、店主から怒声が飛んだ。

「何のために撮るんや！」

カメラを怖れるのは、脛に傷を持つからだろうか。それとも、商売敵の偵察と見られたのだろうか。ゲーム・センターでは、金を握らせると、一枚だけと許可が出た。

某ホテルのバーは、中を見せてくれたが撮影は不可だった。軍事政権ナンバー2のキンニュン少将のホテル経営への貢献を讃えたプレートの撮影も不可だ。撮られるのが後ろめたいなら、なぜ飾るのだろう。一杯2ドルのコーヒーを飲んだから、ビュッフェは撮れた。別のホテルのディスコでは、受付でカメラを預けた。入場料はワンドリンク付きで１５００チャットだ。大スクリーンと大音響の中で、体をくねらせる無表情の若者たちと、客席の大多数の中年男の姿が対照的だった。

撮影不許可の向こう側

アウンサンスーチー邸の門を入った記帳所には、前年と異なり人相の悪い男がたむろしていた。言わずと知れた秘密警察氏である。カメラを向けると、「ここはだめ、あちらを撮って」と、屋敷を指す。会見を終えて門を出ると、向かいの屋敷の庭にも数人の男がたむろしている。隣の日本大使公邸を撮る振りをして、彼らをカメラに収めた。すると、一人が血相を変えて走ってきた。

「写真は撮るなと言ったらわからんのか！」

よく見れば、まだあどけない顔だ。しかし、ロンヂーの上は迷彩服で、鉄兜をかぶっている。フィルムを抜かれたくないので、「もうよし、行け」と言われるまで、恐縮した振りをして謝り倒した。長幼の序を重んじる筈のミャンマー国民にしては、たいした悪態のつきかただ。黙っていれば、それとはわからないものを、わざわざ自分から正体を暴露しにやってくるのが間抜けている。恐らく彼は下っ端で、上司の命令に従っただけだろう。後で聞けば、兵隊に怒鳴られるのは日常茶飯事らしい。ミャンマー国民並みの体験をさせていただいたわけだ。写真の撮れない風景の向こうに、困窮の度を増す民衆とその生殺与奪の権を握る軍事政権の対立の構図が透けて見える。

詩人ティンモウ（1939—2007）の日課は、インセイン刑務所の塀の見える茶店で紅茶を飲むことだ。塀の向こうで過ごした日々に思いを馳せ，今もそこで暮らす作家や詩人たちを偲ぶのである。雨の中を彼に同行して、茶店に座った。泥まみれの雨季に、素足と草履はこたえる。一時間座っていただけで、風邪を引きそうになった。道路を隔てた刑務所はしのつく雨に濡れそぼち、煉瓦の中はさぞかし冷え込んでいるだろう。病人も続出だという。わたしにはとてもミャンマーで作家は務まらない。

企業戦士や旅行ライターのような滞在期間の持てない生活者の私が、彼らと異なる風景を見るのは、長年読んできたビルマ語文学と日本での生活者体験のお蔭だろうか。作家たちは親切にこちらの愚問に答えてくれる。作品や資料の収集も、彼らとの友情の賜物だ。貧困と弾圧の中で書き続けるその姿からは、わたしの閉塞など苦労のうちに入らないという無言の叱咤激励を受けている。

戦後ビルマでは、「ファシスト日本」の行状に言及する書物が多数出版された。その中で強調されるのが、日本兵の裸の水浴（行水?）風景の醜悪さだ。水浴時もロンヂーを着用し、裸にならない文化を持つビルマ人の視線を、日本兵は気にもとめていなかったらしい。ジョージ・オーウェル（1903—50）のビルマを舞台とした一連の作品[7]に見られるような、ビルマ人の冷ややかな、あるいは不気味な視線は、日本人の戦争モノからは滅多にうかがえ

7　長編『ビルマの日々』（1934）、随想「像を撃つ」（1936）と「絞首刑」（1931）など。

ない[8]。冒頭の「日本男児」氏の無邪気な威勢のよさが戦後民主主義の産物だとすれば、民主主義のシステムを機能させせよというアウンサンスーチーのメッセージがずしんと腑に落ちる。

11月から観光年がスタートし、彼女の自宅前道路は封鎖されて、集会も消滅した。12月に再び学生デモが起こり、逮捕者はさらに増加中だ。アセアンに加盟できてすっかり強気の軍事政権は、彼女の逮捕を考えているという話だ。ミャンマーの事態は我々に、戦後民主主義の熟察という宿題を与えているかのようだ。

5. どこにも書けない！ 1997

管理される愛

上辺の豊かさを存分に享受するのは、軍事政権幹部一族やそれと昵懇な事業家・クローニーで、彼らの「豊かさ」が映画やビデオ・ドラマやロマンス長編の格好の背景として使われている。政権はメディアを巧みに管理してロマンス・ブームを作り出した。出版される長編

8　ただし後年、古処誠二（1970—）の『メフナーボウンのつどう道』（文芸春秋2008）、『中尉』（角川文庫2014）、『ニンジアンエ』（集英社2011）、『いくさの底』（角川書店2017・毎日出版文化賞受賞）には現実のビルマ人に近い形象が登場した。

の9割がその手のものだ。作家名は女性が多いが、書き手の大半は、シャドーと呼ばれるゴーストライターだ。ヘロイン大国ビルマで、つかの間の幻を提供するそれらの小説は、お手軽ないまひとつのヘロインかもしれない。

　しかし、当代随一の人気作家ジューの作品は、個の自立を求める辛口恋愛小説だ。若い知識人に支持され、彼女は自力で年に長編一本と短編多数を書く。稿料をめぐる出版社とのトラブルに嫌気が差した彼女は、近年出版社を設立した。妹の一人が経営を担当し、作家であるもう一人の妹の短編集も出版する。

　彼女の最新長編『私の樹』（1997）は、新人歌手と彼を育てるプロダクション経営者との愛と別れを描く。フランス文学を愛するだけあって、コレット（1872―1954）の『シェリ』（1920）や『シェリの最後』（1926）から人物の年令設定や命名のヒントを得たようだ。出版後、熟年女性と若者の恋愛は反道徳的だと非難が沸騰した。

「よくまあ、検閲を通ったものね」

　そうわたしが言うと、彼女はころころと笑って、言ってのけた。

「当初は、二人が勇気を持って一緒になるという結末にしていたのよ。けれど、検閲で二人が別れるように書き直しをさせられたの。もしあのまま検閲が通していたら、もっと非難ごうごうだったでしょうよ。だから、検閲のご親切にとても感謝しているわ」

　ジューのような専業小説家は稀だ。小説家の9割は純文学短編作家で、本業を持つ。公務員を辞めたばかりのマ・ウィン〈ミッゲエ〉（1957―）は、雑誌編集者も務める。最近の

ジュー　1996.8.21
周囲の批判をものともせず、我が道を行った。

短編「雲間の薔薇」9（1996）は、「立派な男であるより、立派な女であることの方がずっと困難だ。ビルマに立派な女が多いのは誇りである」と語って、孤独死を選ぶ高潔な女性をその男友達の視点から描き、好評を博した。

88年民主化闘争当時、彼女は3千名が働く職場の労組書記長に選ばれた。ストライキでも先頭に立った。その過程で、当局側だけでなく、当局に媚びる男性労働者たちからも反発され、ビルマ男性の心の底のミソジニー（女性嫌悪・蔑視）を見たという。アウンサンスーチーは、まだ例外的な女性指

9　『ミャンマー現代短編集2』に所収。

導者なのだった。

「市場経済が導入されても、労働者は無権利。搾取され放題よ。とくに女性がね」

そう彼女は澄んだ声で静かに語る。「容姿端麗求む」といった類の求人広告がまかり通る。最近登場したナイトクラブでは、高学歴女性が生活のために体を売っている、観光年に多数建った高級ホテルは客が予想を大幅に下回って赤字となり、従業員が大量に解雇されたなど、彼女の話は尽きることがない。民主化闘争の挫折とともに、労組も消滅した。しかし、彼女は女性問題を前面に立てた評論に、企業が増加した今こそ労組が必要だとの主張を密かに込めている。

屈折する人間関係

昨日の敵は今日の友とは言うが、言論統制は人を疑心暗鬼にさせ、人間関係を屈折させ、分断する。作家たちはわたしには率直に語っても、仲間同士に心を許さない。軍事政権は、音楽家、映画人などの組織化には成功したが、画家や作家の組織化には手を焼いている。1988年のクーデター後の10月、彼らは「社会主義」時代の「文学労働者連盟」を改称して「文学ジャーナリズム連盟」を設立した。しかし同連盟には、実力派作家の大半が所属していない。会員のマ・サンダーはその例外的存在だ。

ビルマ式社会主義時代から、社会をはすかいに眺め、皮肉や嗤いでひねりのきいた短編や長編を手がけてきた彼女が、89年以降作家の中で孤立している。外国人を夫に持つアウンサンスーチーを皮肉った作品を書いたからだという。マ・サンダーがついに筆を滑らせたのだろうか。とにかく作品が読みたい。探し回った。奇妙なことに、作品を実際に読んだという作家にも、なかなかお目にかかれなかった。読みもせず、非難ばかりが先行する噂社会なのだ。

幻の作品「客」（１９８９）は、発表8年後の97年、入国直後に入手できた。内容は噂と少し異なり、外国帰りの金満女性のお節介な言動を通して、欧米人の経済進出と内政干渉を皮肉ったものだった。非難が先行したのは、彼女が軍事政権派と目されているせいだった。たしかマ・サンダーの最近の国民文学賞受賞長編『人生の夢　花の夢』（１９９４）は、子どもたちが外国に出払って、死を待つ孤独な老人を描いたものだった。それに関するテレビのインタビューでも彼女は、外国人と結婚したり、外国に住むことは民族愛に欠ける行為だと述べていた。

ざっくばらんで気さくな人柄だから、彼女との話はずんずんはずむ。作家仲間と付き合う気はないが、民衆のために書いているつもりなのと彼女は言う。軍事政権を全面的に支持するわけでなく、彼らのやり口の汚さに憤慨もする。ただ、民族愛・愛国心が存外に強い。その無邪気なナショナリズムが、軍事政権を元気付けることに彼女は思い至らないようだ。

マールボロ

ビルマ式ナショナリズムは、ビルマ族仏教文化至上主義にほぼ等しい。ビルマ文化として紹介されるものの大半がビルマ族文化だ。ビルマ族なのに、シャン州の少数民族を主人公に短編を書くマウン・トゥエーチュン（1955―）は希少な作家だ。なぜそんな心境になったのかと訝るわたしに、彼はにやりと笑って次のような話をしてくれた。

「1975年、ウー・タン事件一周年記念インセイン刑務所包囲行動で、400名以上が逮捕された。ぼくら3名は逃走したけれど、軍隊に追い詰められた。タンルィン河を渡る途中で、ひとりが水死した。ぼくはカレン族の村にたどりついて、匿われた。そこで初めて、国軍による少数民族への弾圧を知ったんだ。数年ほどカレン族と暮らした。ビルマ族居住地域にオルグに行って逮捕され、服役した。釈放後はシャン州で塾講師をしながら、村々を観察して回った。妻はシャン族だ。素朴な少数民族に対して、ビルマ族が行ったひどい仕打ちを、小説を通して明らかにすることで、借りを返したいんだ」

　検閲を意識して、彼の短編「クンプワーパラー国の民」[10]（1989）でもごく控えめに、象徴的に表現されている事柄の背景に潜む事実の重みに圧倒され、わたしは声もなかった。帰国後、我々の会話に関する記事が掲載された雑誌を読む機会があった。そして、次のようなまとめ方が、妙にわたしを納得させたのだった。

「マウン・トゥエーチュンの短編を翻訳したいと、日本から先生がやってきた。貧しい彼は、湯茶以外に何のもてなしもできなかった。先生は、作品について実に学問的な質問をして、

10　『ミャンマー現代短編集2』に所収。

帰りにマールボロを土産に置いていった。これがそうなのだよと、彼は煙草をくゆらせて語った」

会話の重要な内容はすべてカットされている。これぞ模範的ミャンマー流雑誌記事の書き方なのだった。

断絶

ジャスミン売りの少女に生活と意見を語らせる「ジャスミンはいかが」（1989ミャタンティン)[11]に登場するヤンゴンの北オウッカラーパのジャスミン園を写真に収めて帰りのことだ。地方からヤンゴンに入る車を停めて検問する交通警官にカメラを向けたら、フィルムを没収された。検問という名の「お茶代」（賄賂）徴収現場に行き合わせたのだった。ジャスミン園の写真だけは、同行していた詩人がわたしの帰国後警察にかけ合って戻ってきた。お茶代目的の「検問」は22年後にも存在していたことを付け加えておこう。

アウンサンスーチー邸前の道路は通行止めが続く。路線バスも大幅に迂回せねばならない。通行許可車にこっそり便乗し、遮光ガラス越しに覗いてみた。かつて人びとの熱気が渦巻いた場所は閑散としていた。軍人の姿はなく、民間服の男女がちらほら見える。一見のどかだが、一般人が通れない場所を歩く彼らが只者でないことは明白だ。翼賛組織「連邦団結発展

11 『ミャンマー現代短編集2』に所収。

協会」会員か、秘密警察メンバーだろう。

公定で6チャットとされる1ドルが、闇では230チャットだった。給与は据え置きだから、大多数の生活苦は想像を絶する。例年にないヤンゴンの大雨は、政治的にも経済的にも追い詰められた市民の涙のようだった。

20名余の作家たちと会って日本に戻ってくると、しばしカルチャーショックで落ち込む。日本が豊か過ぎるからではない。日本人の表情が間延びして見えるのだ。日本人が消費文明に毒され、注意深く他者とかかわる力を駆使する必要をなくしているからだろうか。

ミャンマーでは、他者とのかかわりを一歩間違えれば、たちどころに政治的経済的困難にさらされる。危険と紙一重で生きる人びとの表情は引き締まって見える。たとえ微笑の仮面をつけているとしてもだ。ファシズム時代の日本人たちもあんな表情をしていたのだろうか。想念は果てしなく広がる。

ミャンマーでの見聞のすべてを、不特定多数に向け発信することは憚られる。下手に書けば、こちらの行動が制限される。情報提供者にも迷惑がかかる。人の不幸をネタに稿料を頂くのも気が引ける。しかし、沈黙するのも気が済まない。どこにも書けない話は、読者の限定される場に、そっと書くのが一番なのだろう。

6. 文学以前の文学事情　1998

封印された怒り

88年の民主化闘争を弾圧して、社会主義の仮面をかなぐり捨てた国軍の再クーデターから10年を迎えた首都ヤンゴンは、前年とは打って変わって雨が少なかった。しかし風景は心なしかくすんで見えた。96年は観光年に向けてお祭り騒ぎで、97年はアセアン加盟に浮き立っていた。しかし98年、景気のよいニュースは鳴りを潜めていた。たしかに、車が増え、高級商店の商品の種類も豊富になり、繁華街を行く人びとの服装や持ち物もモダンになったようだ。しかし、足元の歩道は陥没が目立つ。地域によっては、数時間土砂降りしただけで、車に水が浸水し、家屋も水浸しになる。建築を中断した建物も目に付いた。高級ホテルも、人の気配があまり窺えない。

しかも、ひとたび夜ともなれば、ほとんどの地域が停電の闇に沈む。ローテーションで供給される電気は、いつどの地域に訪れるか明らかにされない。煌々と輝くのは、自家発電機の所有者宅や、政府閣僚居住地域や、政府関係の事務所だ。

出版業界も、停電の煽りで、印刷はおろか、紙の入手もおぼつかない。8割を占めるリサイクル用紙は、停電すれば生産が止まる。出版の目処が立たないよと、出版者たちはこぼしていた。そんな中で、編集長カリャーはいたずらっぽく囁いた。

「うちは助かっているの。だって、この地域は大臣のお屋敷が一杯だもの」

まともに刊行される印刷物には、いわくありというわけだ。暗闇に加えて、物価高も生活を直撃する。前年と比べ、米が1・5倍、油が2倍、肉類が2・3倍、魚醤（ガピ）が2・7倍だ。公定で6チャットの1ドルは、闇では370チャットになっていた。外貨を握れば、大儲けの手立てもあろうが、外貨と無縁の多数者は打撃を被る。公務員の月給は据え置きだから、副業に精出すしかない。国立病院臨床検査技師で、病院での見聞を題材にした「マンゴー女」（1993）[12]で人気を博したマウン・ニョウピャー（1945―）も、生活費の大半を夜の診療所勤務で稼ぎ出していたが、ついに病院を退職してしまっていた。

生活破壊は教育界をも直撃する。教員は家庭教師か塾講師をするので、本業がおろそかになりがちだ。進級試験は厳しく、落第も日常茶飯事だから、親は子どもの塾の月謝を捻出するために必死で働く。親の期待を背に、子どもたちが蝋燭の下で勉強するので、蝋燭屋が大繁盛だった。

人々は闇の中で、我慢強く黙して生計維持に知恵をめぐらせる。彼らの怒りは、生活のための格闘の中に封じ込められていく。怒りの捌け口を民主化闘争に向けることは、身の危険につながる。働き手が逮捕されれば、残った家族の生活が脅かされる。だから大多数は、不当な支配にひたすら耐えるのみだ。

12　『ミャンマー現代短編集2』に所収。

銃口の先に

政府筋に近い実業家によれば、ビルマ経済は93―94年がピークで、98年はどん底だとか。外国企業の撤退が相次いでいるという。アセアン加盟は果たしたが、不況下の各国から支援は期待できない。欧米の経済制裁も効力を発揮しているらしい。頼みの中国やインドからの援助は額が大きくない。しかも商売上手の華僑・印僑の本場だけあって、見返りに武器購入が求められ、軍事政権も辛いところらしい。

この苦境を軍事政権は兵力増強と国威昂揚で切り抜けようとする。銃口は外敵ではなく国民に向けられる。10年前18万2千だった陸軍は、96年に30万となった。この数は東南アジアではベトナムに次いで多い。ベトナムは軍縮傾向にあるから、GDP最低国ミャンマーが近隣最大の陸軍を誇る日も遠くない。

98年4月の国営紙（日刊紙は国営2紙のみ）によれば、国防予算は政府省庁予算全体の34・2パーセントを占める。経済破綻への国民の怒り、それを抑えるための国防費増加、それが国家財政を圧迫し、経済の活性化を押し止めるという悪循環が繰り返される。武装した者が素手の国民の怒りを怖れる様は、犬の遠吠えにも似る。

たしかに、武装反政府諸組織の動きも全く収まったわけではない。89年以降停戦が進み、経済的権益を保障された組織の多くが、武装したまま経済活動に転じた。しかし、停戦が成立しない組織との戦闘は続行中だ。開発地域では強制移住に反発する少数民族との新たな戦闘も勃発している。

徴兵制ではないので、志願者獲得に国軍は血眼だ。兵士１名の獲得につき、米１袋と５０チャットの褒賞が出る。地方では少年たちが国軍に拉致されているという。反政府軍にも少年兵が少なくない。「子どもの戦争」がまかり通る。このような国に安易にＯＤＡを流し続ける飽食の日本でも、少年の犯罪が日常化するのは因果応報というべきか。

政権は国民の意識統合にメディアを活用する。「我々の義務」なる政権スローガンが、看板や出版物見開きだけでなく、テレビにも流れる。新しく登場した公開バラエティー番組、幼児番組、少数民族舞踊などの合間に、勇壮な戦闘や行軍シーンが流れ、音楽番組でも軍服姿の男女が愛国歌を斉唱する。停電やテレビの普及率の低さはさておくとしてもだ。

注目すべきは、軍事政権が支配の精神的支柱を仏教に求め、仏教界抱き込みを図っていることだ。メディアは、ビルマ族仏教文化を世界に誇るべしと喧伝し、軍事政権幹部が僧侶に額ずき、金品を布施する光景を放映する。ビルマ仏教は布施を最高の功徳とする。しかし、政権幹部とはいえ公務員だ。多額の布施ができる経済的ゆとりは、尋常な手段で獲得される筈もない。

「仏教の五戒の不殺生や不妄語や不偸盗を犯して獲得した金品を布施することで、来世で自分の罪状が帳消しにされると思ってるんだ」

心ある人びとは、彼らの布施行為を冷笑している。

民主化闘争以前

1998年の国際自由労連の発表では、過去4年間に労働組合の権利を尊重しなかった2ダース近い国にミャンマーも入っている。しかし、労働組合はおろか、この国は民主化闘争以前の状況にある。そして、8月は軍事政権がとりわけ神経を尖らせる月だ。88年8月8日に生じたゼネストを記念する抗議行動が起きるのを怖れるからだ。97年8月は、テレビで当時の映像を流し、「騒乱を収拾した」クーデターの正当性を強調していた。しかし98年は、新聞でアウンサンスーチーを「騒乱」の張本人として告発する論調を展開していた。アウンサンスーチーの国民民主連盟書記長就任は88年9月であり、8月の闘争は学生が主導権を発揮したにもかかわらずだ。

虚偽の報道を流しつつ、政権は学生の動向にも目を光らせる。大学は閉鎖中だが、8月19日から高校に試験場を設営して定期試験が実施された。学生たちが試験をボイコットすることを懸念し、大学教師は前日から泊り込み、大学院生も監督に駆り出され、当日ヤンゴン市内各高校前では、兵士や警官が警備する姿も見られた。

ミャンマーの8月は、民主主義を尊重する諸外国も注目する。98年は外国人逮捕の報道が目立った。8月8日に向け、アメリカ、インドネシア、シンガポールなどから18名の人権グループが観光ビザで入国し、ヤンゴン市街地でビラを配布し、逮捕され、拘留され、送還された。アウンサンスーチーと接触した英国人ジャーナリスト、職業を秘して観光ビザで入国したイタリアやフランスのジャーナリストたちも送還された。ビルマ族仏教文化至上主義は、排外主義と表裏一体だ。だから軍事政権は、西欧文化を民主主義と一体と見て憎悪する。今回の行動は「帝国主義者の干渉」として、顔写真入りで大々的に報道された。おかげでこちらの行動も慎重を期さざるを得なくなった。愚痴るわたしにある詩人は語った。

「彼らが危険を犯して行動してくれて励まされましたよ。我々は何も出来ないのですから」

軍事政権が戦々恐々とするいまひとつの要因が、米どころエーヤーワディー・デルタにある。雨不足で米の減産が懸念される。生産ノルマを達成できない農民が逮捕される。政府の強制買い上げに対する農民の不満も燻ぶる。何が起きても不思議ではないと囁かれていた。閣僚もしばしば檄を飛ばしに訪れるデルタに、7月にはアウンサンスーチーも向かったが、ヤンゴン郊外で阻止され、車内で6日間ハンストする事件も起きた。

8月13日も、アウンサンスーチーは同じ地点で車内ハンストに入っていた。報道はなく、口コミ情報だ。それと知らず、わたしは14日に、その傍を通ってデルタ入り口のタンタビンから、ニャウンドンに向かった。1946年5月18日の農民デモに官憲の発砲で死傷者を出したことで有名なタンタビンを、ひと目見たかったのだ。道中検問があり、路上も秘密警察と思しき私服の男たちが通行車を見つめ、不穏な雰囲気ではあった。ビルマ人スタイルの私も外国人とわかれば、強制送還となるところだった。

16日は同様のスタイルで、別のルートを使ってフェリーを乗り継ぎ、悪路を経て、デルタの町ピャーポンに入った。周辺の村は第二次大戦後共産党の勢力が強く、『ビルマ1946』（1949テインペーミン）の舞台となった。船着場には、軍人や秘密警察らしき人びとがいたが、検問はなかった。ただ、カメラも取り出せず、ひたすら記憶するに止めねばならなかった。農民の表情は暗く、我々の車が村に入っていくと、誰もが不安そうに車中を覗き込んだ。緊張の連続だった。ヤンゴンへの帰途フェリーが水中で故障したが、かろうじて帰着した。強制送還された人びとに比べれば、この無事は前世の功徳のお蔭とでも言うほかない。

懲りない人びと

閉塞の中で、作家たちは懲りもせず、淡々と言葉を紡ぐ。言葉を奪われ、語るべき言葉を持てない大多数の人びとと生活観を共有しながら。生活破壊と人権弾圧の中で、大して金にならない、むしろ危険と隣り合わせの作業に従事するこれら作家や編集者は、ミャンマーの良心とも呼ぶべき存在だ。その周辺を、博識の書店店主や、教師や、実業家や、弁護士など、文学愛好知識人が固める。実に彼らが、軍事政権を怖れない希少な独特の知的階層を形成しているのだ。

北端のカチン州ミッチーナーで、資金を出し合って出版活動する7名の集団「オウッタラミン（北の月）」グループが、わたしに会いたいという。まず、ヤンゴンからマンダレーまで夜行バスで16時間揺られた。マンダレーからミッチーナーまでは、鉄道で28時間だ。しかし18時間の地点で、土砂崩れのため通行不能となり、バスと乗り合い自動車を乗り継いでミッチーナーに入った。「北の月」は、96年から、その年に発行された雑誌の短編に目を通し、優れた作品を選出して短編集を編み、第2巻まで出していた。第3巻は、収録作品の過半数が検閲不許可となり、再編集の相談中だった。雑誌掲載時にも検閲されるが、書籍再録時に再検閲で不許可になるケースが増えている。それでもグループの一人は、不敵な微笑を漏らして語った。

「我々は民衆と共にある。これしきのことでは、まいらないよ」

検閲局の陣容は強化され、責任者は軍服姿だと囁かれる。ある詩人の恋愛詩が、「血の滴」「平和に死ぬ」などの表現で不許可になり、掲載される筈のページ一面が発行誌名で埋められた。ある雑誌編集長はつぶやいた。

「『1984年』[13]とまるで同じなんだ」

停電の闇にまぎれて、出獄後間もない作家サウンウィンラッ（1949―）を訪れ、蝋燭のそばで話を聞いた。彼がデルタ農民女性の友情と死を描いた「緑の水滴」（1990）[14]をわたしは訳していた。アウンサンスーチーの似顔絵を描いて投獄された彼は、気負いもなく語った。

「塀の向こうには、ジャーナリストやアーティストがたくさんいた。話はできなかったがね。

13　ジョージ・オーウェルの1949年刊の未来小説。国民の言動が監視される社会が描かれ、ビルマの独裁政権の登場を予言したかに見る向きもあった。

14　『ミャンマー現代短編集2』に所収。彼は国民文学賞を1994年度短編集部門で、2001年度、2003年度長編部門で受賞。

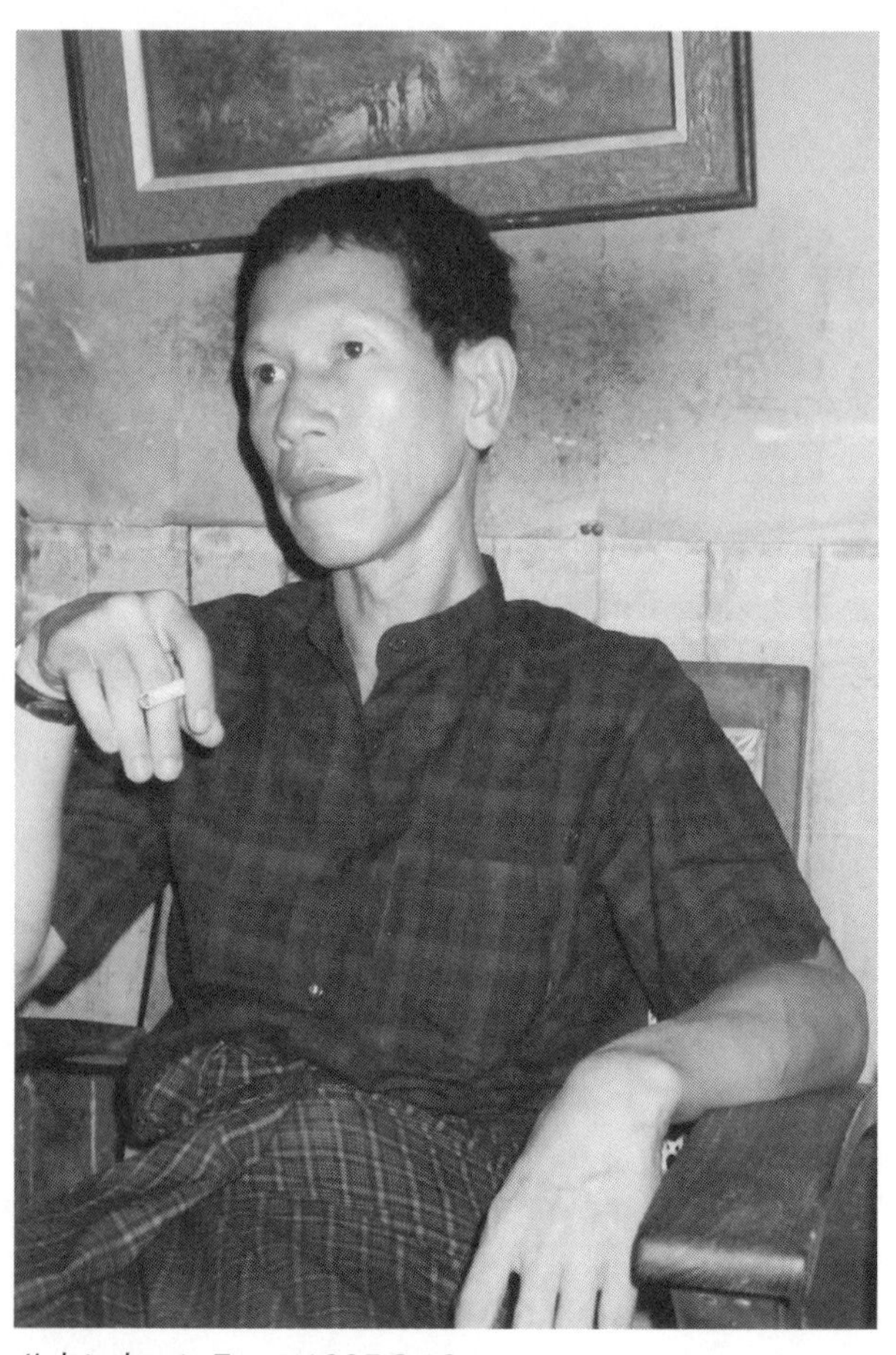

サウンウィンラッ　1995.8.18
アメリカに１年暮らしたが、2020年３月には帰国していて伝統医学を実践中だった、2021年１月脳梗塞を発症するも、すぐに回復。

与えられた情況の中で、なんとか体調を保とうと工夫して、刑期を乗り切ったよ」

考えてみれば、塀の外も自由を奪われた監獄社会なのだった。彼は、わたしのために水彩画を一枚用意してくれていた。大河を小舟で越え、魚を手に戻ってきた絵の中の女性の表情が、心なしかアウンサンスーチーを髣髴とさせる。そう言うわたしに彼は、女性漁師はこの国に存在しないとのみ語った。

これら純文学作家の短編小説は、報道が取りこぼした日常の細部の真実を丹念にたどる。ジャーナリズムは、事実を報道する義務が果たせない。アウンサンスーチーのハンストはじめ、国民が本当に知りたい情報は報道されない。97年の通貨価値急落は、欧米の経済制裁のせいだとか、国境地帯でCＩＡが策動しているためだとか囁かれていたが、真相はわからない。98年の停電の原因も、発電所での部品不足だとか、雨不足による地下水枯渇のためだと囁かれるだけだ。97年夏は逆に、豪雨のため浸水被害が続出したが、国営新聞は閣僚の視察や寄付行為の宣伝に終始していた。

96年末から、ジャーナル（タブロイド版週刊新聞）が多数登場した。三面記事や、芸能ゴシップが中心だ。これに飽き足りない良心的ジャーナルの発行を準備中だと目を輝かせて語った。

「低俗文化の中で、少しでもまともなものを出す道を模索中なんです。友人の援助に助けられてね」

市街地の翼賛組織「文学ジャーナリズム連盟」事務所は、昼間から電気が煌々と輝き、冷房が効きすぎるほどだった。会員のマ・ニンプエーが、私を日本のもの書きだと紹介したので、連盟副議長なる男性が言った。

「日本から観光客がたくさん来てくれるよう、ビルマのことをたくさん書いてください」

そこでわたしも、たくさん書くと約束したのだった。観光客招致はともかくとして、たくさん書くという約束に二言はない。緊迫の19日間で、懲りない人びとからエネルギーをたっぷりいただいたのだったから。

7. 文学賞授与式周辺 1999

8月の雨の中

相変わらず雨の少ない雨季のマンダレーで、2月に刑期満了で出獄した作家ニープレー（1952―）と再会した。作家である彼の両親を訪れた1978年以来だ。彼は大学卒業後、家業の出版社を継ぎ、85年から短編を書き始め、その4年後に、珠玉の作品を残して逮捕されたのだった。10年間のマンダレーの変貌に、彼を戸惑いを見せていた。私の宿を訪れた際は、エレベーターの操作を知らず、同道の作家たちを驚かせた。

彼の「蓄音機回しの物語」（1989）[15]は、機材を牛車に積み、マンダレー近郊の貧しい村々を回り、行事の際芝居や歌謡曲のレコードを流す男の回想だ。その村のいくつかを、彼と訪れた。「発展」から取り残されたような道路は、自動車泣かせの悪路だった。しばしば下車して、土煙の中を歩いた。横を自転車が追い抜いていく。蓄音機はカセットコーダーに取って代わられたが、まだ牛車の出番は終わらない。

テインペーミンの故郷で、マンダレー北方の町モンユワーやブダリン近郊の農村に向かう道も散々だった。一帯は、文学者輩出の地として名高い。同行してくれた地元作家たちと車を降り、時には車を押し、徒歩とさして変わらない時間をかけて、村に入った。その村で、テインペーミンの祖父がインド人医師だったという驚くべき事実を、古老から聞くことがなければ、悪路の苦労もふいになるところだった。

マンダレーでは、共働き女性の死を親友の視点で描いた「注文……恋しがらないで」（1992、メーマウン1957―）[16]の舞台となった火葬場も訪れた。それは、ヤンゴン同様「開発」で辺鄙な郊外に移転していた。火葬場までのガソリン代も馬鹿にならない。在日ビルマ人組織がニープレーの母ルードゥ・ドー・アマーに寄せた高齢文学者寄金を用いて、貧困者の葬儀を支援する組織が発足していた。組織の役員である作家たちが同行してくれたので、焼却炉近くまで招じられた。開け放った扉の向こうで燃え上がる遺体の、まだ焼けずにいる

15　『ミャンマー現代短編集2』に所収。
16　右に同じ。

足の裏が目を射る。若さを止めたそれが無常を語っていた。

「クンプワーパラー国の民」（1989マウン・トゥエーチュン）の舞台であるパオ族の村を訪れるため、シャン州の州都タウンヂーにも足を伸ばした。タウンヂーの南のゲートを出ると、武装したパオ族の支配地域が広がる。パオ語がとびかい、看板もパオ文字だ。土砂降りの中で車はしばしば立ち往生したが、道路はマンダレー周辺のビルマ族の村よりずっとまともだった。瑞々しい緑が目を和ませ、ビルマ族の農村より豊かな暮らし向きがうかがえた。12世紀以来ひっそり佇むケックー（カックー）仏教遺跡群も訪れた。道路が泥濘状態で通行不能のため車を置き、往復3時間近くかけて、雨でぬめった線路の枕木の上を裸足で歩かねばならなかったけれど。通常の旅行者が入れない地域の訪問は、パオ族作家たちの協力の賜物だった。

パオ族知識人は、実に強烈な民族的自己を確立し、ビルマ族とは一線を画す。パオ族解放機構は、長年にわたる反政府闘争の後、89年に停戦し、軍事政権と協力関係を結んだ。パオ族寺院で見かけた敬虔な仏教徒たちの穏やかな表情は、一昔前のビルマ人たちを思わせる。しかしシャン州では、軍事政権に与しない少数民族との戦闘や、過酷な人権侵害が続いている。経済的安定を優先させたパオ社会内部で、パオ民族主義確立と民主主義や人権の概念はどうかかわるのだろう。多民族国家の多難な前途も感じられた。

12月の星空の下へ

10月になると徐々に雨季は明け、涼季に向かう。日本と異なり、星空が間近になる。ビルマ暦9月白分1日（年により日は異なるが12月が多い）は文学者の日だ。高齢文学者への跪拝式や国民文学賞授与式が催される。文学賞選考委員会は情報省の管轄下にあり、授与式も国家の一大イベントといえる。

98年度の青年文学部門で、わたしが監修した『ビルマの耳飾り』（1971武者一雄1916―2008訳者スミャッコウ1967―）が受賞した。授与式には軍服の閣僚が多数出席する。日ごろ軍人の写真を撮ることは難しい。軍人との交わりを避けるわたしが彼らを間近に見る好機ではないか。日本在住の受賞者スミャッコウに同道して、急遽ヤンゴンに飛んだ。第二次世界大戦中のビルマを舞台に、反戦平和を訴える作品が軍事政権の文学賞を授与され、授与式が12月8日とくれば、偶然とはいえ因縁めいてくる。

98年度選考委員会報告によれば、選考対象作品数（受賞作品数）は、長編239（1）、短編集23（1）、戯曲0（0）、詩集13（1）、文学一般36（1）、児童文学10（0）、青年文学2（1）、翻訳文学210（1）、学術（文系）46（1）、学術（理系）19（0）、ビルマ芸術文化関係9（0）、政治3（0）だった。受賞作空白部門が半数近くを占め、青年文学部門の選考対象数が2点だったのは、前年通りである。異例なのは、『ビルマの耳飾り』が児童文学でも翻訳文学でもなく、青年文学部門で受賞したことだった。

同書は1967年度講談社児童文学新人賞入選作だ。9歳のビルマの少女が、忍者の子孫である日本兵に戦場で殺生しないことを約束させ、自分の耳飾りをお守りとして与える。日本兵は、忍者の兵法を駆使して殺生を避けるが、最後に敵を殺して自分も戦死し、少女も連合軍の爆撃で死ぬ。この紛れもない児童文学が、青年文学部門で受賞した。児童文学部門の授与作が空白だったことも奇妙なことだった。

授与事情

このような変則的な事態から、選考には様々な思惑が存在したことがうかがえる。そして、それにもかかわらず、この作品に何らかの部門で文学賞を授与すべき事情が存在したことも想像に難くない。報告書によれば、この作品の授与理由は、仏教信仰に裏打ちされたビルマ人の徳性が描かれた点にあるという。第一に、「日本兵をも感化するビルマ仏教文化の優位性」を国内的にアピールする必要があったのだろう。

軍事政権は連日メディアで、軍人閣僚が僧侶に額づき、布施する光景を報じ、仏教の敬虔な庇護者たる政権イメージを国民に植え付けることに血道をあげてきた。ビルマ族仏教文化を国民統合の旗印とするためにも、ビルマ仏教の優位性が伝わるこの作品をクローズアップしたかったと思われる。

第二に考えられるのは、国外とりわけ日本へのアピールではなかったか。経済制裁で青息吐息の軍事政権は、日本ビルマ友好をベースとしたこの作品に文学賞を授与することで、日本政府に変わらぬ友情と援助への期待を表明したのではなかろうか。そのほか巷では様々な噂が飛び交ったが、ここでは割愛する。

そのような事情とは別に、この作品は98年10月に出版されて以来、雑誌の書評で絶賛されてきた。良心的な批評家たちが、反戦平和という主題にかこつけて、暗に軍事政権批判を書評に練りこんだのだ。おかげで、検閲不許可となる批評まで出るほどだった。掲載前にわたしに送られてきた某作家の原稿が発行誌に載っていなかったので、それがわかったのだが。

ところで、インパール作戦生き残りである原作者の武者氏は、『ビルマの竪琴』（1947―48竹山道雄1903―84）の「歌う部隊」のモデルといわれる合唱団結成の経緯を描いた『ビルマの星空』（1997）[17]などのビルマ体験小説を書いてきた。一方、ビルマ抗日文学にかかわってきたわたしは[18]、これらの小説に限らず、元日本兵の叙述におけるビルマ人表象が、一面的に過ぎることに注目してきた。

たとえば、『ビルマの竪琴』に登場するビルマ人は、親日ばあさんや、人食い人種たちで、ビルマ小説の中のビルマ人たちとの乖離もはなはだしい。『ビルマの耳飾り』で、日本兵と親交を結ぶ「善良で」「朗らかな」ビルマ人は、必ずしも当時のビルマの人物像の典型とは限らない。抗日文学には、ビルマ人の目から見た残酷な侵略者である日本兵の姿が多数登場するように、日本語作品の中のビルマ人たちもまた、侵略者の心の中のビルマ人イメージの

17　同書は日本図書刊行会出版。他に『生きているビルマの竪琴』（妙義出版1956）などがある。

18　「暗黒時代の果実―ビルマ反ファシズム文学のゆくえ」（南田みどり『世界文学』No.72世界文学会1991）ほか。

範囲を出ない。

『ビルマの耳飾り』に関する批評の中に、作者の歴史認識の甘さを指摘したものが一点あった。評者は、ビルマ族の宗教的誠意が少女を通して描かれたことは感謝に値するが、もし本書が研究書の類なら、自己の側の立場からの一方的な叙述は過ちとして指摘されたであろうと、遠まわしに批判する。このような批評こそ、我々は心に刻むべきだろう。

授与式周辺

授与理由もさることながら、式自体も軍事政権下の文学事情を垣間見させてくれた。我々は12月3日にヤンゴンに入ったが、当日の集合場所も時刻も知らされず、前日7日のリハーサル実施後の夜になって、8日午後3時に国立劇場に来るようにとの招待状が届いた。

添付された注意事項は、民族衣装着用のこと、本人が出席のこと、子ども同伴不可、30分前に来場のこと、既定以外の写真家入場不可、来場車両は右窓に入構証を貼ること、ホール内にバッグなどの携行不可、欠席者は電話連絡のこと、招待状の譲渡不可などと事細かだった。さらに、我々には一時間前に来場するよう指示があった。

当日午後2時に到着したが、待機するだけだ。広いホール壇上の下手に男女各2名の司会者席、中央に花で飾った多くの賞杯が置かれたテーブル、上手に演壇がある。定刻直前、軍服姿が多数入場して最前列に着席し、定刻どおり開会した。軍事政権・国家平和発展評議会(国家法秩序回復評議会から1997年より改称)第一書記キンニュン少将が登壇すると、10名余のカメラマンが彼を取り囲んで、様々な角度から撮影する。前方の観客は、しばしカメラマンの尻を眺めることになる。

続いて少将がメッセージを朗読した。ビルマ文学史から説き起こし、「文学高くば、民族立派」というスローガンを引用して30分余も熱弁をふるった。その後、民族衣装の女性たちの運ぶ賞杯が、少将の手から受賞者に授与される。受け渡しの瞬間、撮影のため動作が一旦停止となる。賞金は前日のリハーサルで渡され、当日授与されるのは入れ物のみだ。

例年の授与式では、国民文学賞とサーペーベイマン原稿賞が授与されていたが、98年度から国政スローガン・写真賞受賞者21名への授与も合流した。式典がさらに軍事政権色を帯びたわけだ。国民文学賞以外は、軍服の閣僚たちが次々と登壇し、授賞者が呼ばれると賞を手渡す。ベルトコンベアーのように人びとが流れていく。司会者が授与者の肩書きと名前を読み違えた。一瞬冷笑が会場を覆うが、粛々と式典は進む。3名の受賞者の謝辞のあと、4時半に式は終わり、受賞者と閣僚の記念撮影が行われた。

わたしの指定席は3列目だったので、かぶりつきで撮影できた。終了後振り返ると、千名は収容可能な会場の半分以上が空席だ。開会前、全員前に詰めるよう指示があったという。招待状は、過去の受賞者、主だった文学関係者、出版関係者にも配布される。大半の招待者が欠席したのだ。知人の作家の姿は一人もなかった。同行者が小耳に挟んだところでは、出席者の多くが「文学ジャーナリズム連盟」から動員されており、連盟メンバーの特典である土地譲渡についての話題も聞かれたという。軍事政権が作家の組織化に成功していないことをまともに見せ付ける式典だった。

その夜のテレビは、前方の席に詰まった観客を映し出し、翌朝の国営紙は、少将の写真と朗読文全文、式典の一部始終、受賞者謝辞、主だった人々への授与写真を掲載した。報道の中の軍事政権は、文学育成にまい進するよき文学後援者であった。同じ日に、アウンサンスーチー邸でも、詩の朗読や高齢文学者への跪拝式など、心のこもった文学者の日の行事が挙行されたと、後日聞いた。

去る者残る者

1999年10月、期せずして2名の大物作家が祖国を離れた。「人生描写」小説の旗手マウン・ターヤは、末の息子と陸路タイに逃れ、その後アメリカに住んで現代ビルマ文学界の内幕暴露に努めた。高名な詩人ティンモウは、娘の住むベルギーに入り、その地で獄中体験を語り、詩を発表している。もはや若くない彼らは、異郷で生涯を終える覚悟だろう。

一方、ニープレーと同時期に出獄した女性医師マ・ティーダー〈サンヂャウン〉とは、8月のヤンゴンで会えた。監獄では独房に入れられ、病いも得たが、仏教信仰に支えられたという。20年の刑期が短縮されたのは、健康上の理由よりむしろ、人権状況改善を求める外国の圧力によると、彼女は推測していて、熱っぽく語った。

「若い人びとの将来に希望を与えたいのです。引き続き変わらぬ支援をお願いしたいわ」

12月のヤンゴンでは、ビルマ詩壇にモダニズム旋風を巻き起こした詩人の一人アウンチェ

マンダレーの葬儀支援組織と共に火葬場へ。
左端が出獄直後のニープレー　1998.8.7

インにも会えた。彼も目を輝かせて語った。

「詩を書く若者は後を絶たないよ。それは、現状に満足できないからだね。ビルマ式社会主義時代より文学状況は悪化しているけれど、詩人は私利私欲を求めないから、その分強みがある。地下出版も多いよ」

1939年のビルマ共産党創設と作家テインペーミンとのかかわりに関して、当時を知るジャーナリストのウー・オンミン（1918－2010）の話も、8月と12月に聞けた。彼は、89年から4年間と、98年から1年間投獄された。現在も拘束の可能性があるので、いつでも刑務所に赴けるよう、身の回り品一式を袋に入れて置いている。彼はアウ

マ・ティーダー〈サンチャウン〉 1999.8.16 出獄直後。
現在はペン・ミャンマーで活躍中。

ンサン将軍の友人でもあり、民主化運動の強力な助言者でもある。彼の一家はその後自宅軟禁されたアウンサンスーチーに食事を差し入れる任務を担い、わたしも彼を通して彼女の情報を教えられることになった。ミャンマーの至宝ともいうべき気骨のある知識人が健在なのだった。

たしかに二大巨匠の亡命は、文学界暗黒の証左だろう。しかし、文学賞授与をめぐる諸事情は、軍事政権の焦りを見せつけ、式典の茶番的風景の奥には、軍事政権に与しない文学関係者の良心が見え隠れしていた。そして、国内に踏みとどまる老若作家たちの生き様が、ビルマ文学の底力を見せ付け

ウー・オンミン　1999.8.5
たくさんの貴重な知見をいただいた。

る。この人びとの存在を希望と呼ばずして何であろう。彼らが存在する限り、軍事政権は焦りと恐れを募らせるのだったから。

第三章

軍事政権下をゆく　2

稽留

1．作家と作品舞台をたずねて　2000

本当のこと

「ここに書いてあるのは本当のことよ。少し変えてあるだけ……」

少なからぬ女性作家がそう語る。新しい女性短編集[1]のために、21名の作家の21点を選んだ。作品数が多いので、娘、妻、母、女、男と、テーマ別に章立てを試みた。どの作品からも、観光や商用で訪れた外国人に見せる表情からはうかがい知れない、ビルマ人のもうひとつの顔がのぞいている。

たとえばそれは、ビルマ仏教徒慣習法で黙認され、公にはあまり存在しないとされる年若い第二の妻の哀しみであったり、逆に夫に立ち去られた官僚である第一の妻の口惜しさであったり、世間体を重んじる母親の抑圧に対する娘の死の抗議であったり、ぐうたら息子に搾り取られる年老いた母の愚直さであったりする。

「本当に書きたいのはあのこと。でも、今はだめ……」

えせ呪術師と対決する女性の勇気を描く「小説にあらず」（1997）の作者ケッマー（1969—）は、そう語った。彼女は　学生時代から小説を書き始め、88年民主化闘争時に

1　『ミャンマー現代女性短編集』。

ケッマー一家　1999.8.4
現在アメリカ在住。RFA（Radio Free Asia）で番組制作者・キャスターとして活躍中。

は投獄された。本当は獄中体験を書きたい。だが、検閲ではねられるのは明らかだ。
　そのような体験は、バンコクで出版された『ビルマ　闘う女たちの声』（1998英語ビルマ語版）『ビルマからの女の声』（2000ビルマ語版）[2]などから少しうかがえる。世界各地に居住する様々な民族、宗教、思想信条のミャンマー女性の手記を

2　『女たちのビルマー軍事政権を生きる女たちの声』（タナッカーの会編　藤目ゆき監修　冨田あかり訳　明石書店2007）に所収。それについての論説は「ビルマ女性に関する最新二作について」（南田みどり『EX ORIENTE』Vol.1　大阪外国語大学言語社会学会1999）

集め、バンコク在住の女性チームが手を加えず収録したものだ。こうした史実が国内で虚構に再現されるために、あとどれくらいの時が過ぎなければならないのだろう。

「本当は、あのことを書いたの。わかる人にだけわかったみたい……」

「海の中の小さな帆舟たち」(1996)でごく普通の女たちの望まぬ妊娠や夫の暴力などを控えめに点描した医師で詩人でもあるスエーイエーリンは、そう語った。ビルマ全体が民主主義を求める熱気に包まれた88年、たとえ参加せずとも、闘争に心を寄せ、参加者の死や失踪に心を痛めた人びとは多い。彼女は、白い子猫の物語を書いた。可愛がっていた子猫が、家を出て行った。首を長くして帰りを待つが、猫は帰ってこない。友人たちは彼女を猫狂いと笑うが、彼女は待ち続ける。そんな随想的短編に、作者はあの頃の思いを込めたという。

僻地歌

「その小さな茶店は、川べりに顎を乗せたようにはりついていた。店の半分は水の上だ。茶店の中は明かりのせいで暖かいが、周辺は真っ暗闇で冷え冷えしていた」(「僻地歌」1995キンミャズィン)[3]

以前から訪れたい土地だった。語り手は、幼い息子を連れ単身赴任中の公務員女性だ。息子と一緒に茶店で、ヤンゴンから会いに来る夫の列車の到着を待つ。列車は到着せず、諦め

3 『ミャンマー現代短編集2』p.70

て家路をたどるまでの彼女の想念が語られる。

舞台はヤンゴンから44マイル東にある小都市カワだ。ヤンゴンとカワは、地図上では目と鼻の先だ。ヤンゴンからバゴウ（ペグー）に向かう幹線道路上をインタコーから東南に折れるか、ヤンゴン―バゴウ間を走る鉄道沿線のトンヂー駅で下車して東南に入り、渡し舟で渡った先にある。

作品は、運賃の安い列車を利用した場合に言及する。時刻表ではヤンゴン中央駅午後5時25分発の列車が、明け方2時に出発し、トンヂー駅に4時に到着することがあるという。一方運賃の高い方法では、早朝長距離バスに乗り、インタコーで下車して、乗合馬車でトンヂーまで行く。馬車は定員一杯になるまで出ない。まともな馬なら一時間もかからないが、たちが悪ければ、動かなかったり、予想もせぬ方へ向かったりで、手こずらされる。トンヂーからは、再び馬車に乗り換えるか、徒歩で舟付き場まで１マイル。この方法は半日かかる。以前走っていたヤンゴン―トンヂー間の乗合自動車が、廃止されてしまったためだ。

作者は１９９4年から2年間、この土地に息子を連れて赴任した。生活も人間関係も辛い時期だったという。愛情の深さで有数のキンナラ鳥（人面鳥身）夫婦が、川を隔てて一晩別れて過ごし、その寂しさを思い出して、その後７００年も抱き合って泣いたというジャータカ５０４話を典拠としたビルマ古典詩をヒントに、作品は書かれた。

雨の間を縫って、インタコーからトンヂーまで車を走らせた。トンヂーから馬車と舟を乗り継いで、カワに向かった。乗合馬車の手すりにしがみついても、振り落とされそうな悪路だ。おまけに舟付き場が土の絶壁とくる。舟が着くと、板の橋が渡される。大きな荷物を頭に載せたり、担いだりして、人びとは器用に板一枚を渡っていく。

サイカーで一巡したカワは、ヤンゴンのお膝元なのが信じられないほど鄙びていた。作品舞台となった茶店はなくなり、飲食店となっていた。

抗日闘争発祥の地をたずねて

「1942年4月から5月、都市マンダレーは、轟々たる炎に包まれたまま一ヶ月がたとうとしていた」(テインペーミン『戦時の旅人』1968ビルマ語第四版p.13)

日本軍の空爆と、退却するイギリス軍の破壊で、古都は満身創痍だった。4月30日、テインペーミンとチョーニェイン(1915―86)[4]は、マンダレー刑務所を脱出したタキン・ヌ[5]、タキン・ソウ[6]とマンダレー郊外のカバイン村で落ち合った。チョーニェインがもたらしたのは、「日本軍は信用できない。中国経由で連合国側と接触せよ」というビルマ独立軍参謀アウンサン少将の伝言だった。

共産主義者のテインペーミンとソウは、連合国側との協力が独立への早道だと考え、チョ

4　1936年学生ストライキ指導者。戦後社会党員となり、議会制民主主義時代閣僚など歴任。
5　1936年学生ストライキ指導者。作家。議会制民主主義時代の首相ウー・ヌ。
6　1939年創設後活動停止していたビルマ共産党を再建するが、1946年地下活動に入って赤旗共産党を設立。1971年投降。

ーニェインとヌは、日本の付与する独立にこだわった。しかし、両者とも抗日準備に入ることとでは一致した。チョーニェインらは、アウンサンと協力しながら国内活動をすすめるべく、ヤンゴンへ下った。国内で活動しようとしたテインペーミンは、説得されて国外脱出組に加わり、「戦時の旅人」となった。1942年4月から46年2月までを回想する『戦時の旅人』で、彼は次のように書いている。

「カバイン村南方の、小川の堤のそばに、大きな古井戸がある。井戸は煉瓦の枠がかなり広く、トタン屋根もついている。周囲は水田であった」（前掲書p.16）

テインペーミンの生涯にとっても、ビルマの運命にも重要な談合が行われたのは、その井戸端だった。わたしはその井戸を目指した。

灼熱の太陽の下、小川の傍に二つの井戸が見える。ひとつは人家に近く、人びとが洗濯や水浴をしている。遥か彼方の水田の中に、もうひとつの井戸がある。『戦時の旅人』で描かれたままの姿だった。大切な話が周囲に漏れず、不審な者の接近もたちどころに察知できる。白昼堂々秘密会議をやるには絶好の場だ。

村の古老は、抗日活動家が村に潜伏していたことをよく覚えていた。彼はまた、現在の暮らし向きの苦しさも語った。都市風景が変化し、作品舞台が消えていく。その一方で、60年近い歳月が流れても変化しない風景がある。その背後に、「開発」から取り残された無数の人びとの生活が息づいていた。

日本軍がビルマに侵入した42年1月以降、テインペーミンはマンダレーに上り、「ビルマ独立組織」で活動した。この地下組織は反英反植民地武装闘争を目的としたが、テインペーミンは独自の判断で抗日文書を印刷し、配布していた。その活動の拠点であったマンダレー市内のマソウイェイン寺院も訪れた。当時の建物は取り壊され、新旧二種類の立派な寺が建っている。新館では1600名の僧侶が修行中だった。テインペーミンの作品を何度も読んでいるという僧侶と話ができ、登場人物のモデルについて貴重な示唆も得た。この僧侶も、軍事政権によって6ヶ月投獄された経験があった。

観光地点描

シャン州のインレー湖を訪れたのは、27年ぶりだった。そこはテインペーミンの長編『東より日出ずるが如く』(1958)の舞台でもある。96年の観光年以降どのように変貌したか興味があった。たしかにホテルは立ち並んでいたが、肝心の観光客は皆無に近い。

「雨季はシーズンオフだからね。乾期にはたくさん来るよ」

スタッフはそう言うものの、不況で高級ホテルが値下げし、そのあおりで中級ホテルが苦戦する。観光地のホテル経営の苦しさも例外ではないと思われた。シャン州を訪れたついでに、ピンダヤ洞窟から往復6時間。徒歩で山を越え、タウンヨウ族の村を訪れてみた。百年一日の如く茶の栽培が行われる静かな村だ。僧院だけが立派だった。

アンダマン海沿いのリゾート・ビーチのチャウンターにも足を向けた。曇天で人気のないビーチで、若いミャンマー女性2名を従えた中国人男性を見かけた。その豪遊振りが、地元民の間でも話題になっていた。不況下でも、中国人事業家は鼻息が荒いようだ。中国語の学習も若者に人気があるという。

ワンドリンク付きで入場料が男性は千チャット、女性が6百チャットの、ヤンゴン市街地のディスコも見学した。フロアで踊る若い女性の多くが性労働従事者だという。19歳の女性に話を聞いた。外へ連れ出すには、ホテル代別で1万チャットないしは20ドルが必要だという。ここでも客の多くが中国人だった。

車で移動中注意して見ると、道路の隅で石を金槌で砕いて砂利を作り、それを敷き詰めている人びとがいる。地域にもよるが、悪名高き強制労働の可能性が高い。各家庭に割り当てがある。動員を免れたければ、数千チャット支払えば済む。支払えない家庭は人を出す。しかし、働き盛りは出払っており、病人や老人が出ざるを得ない。ある作家の病み上がりの父と伯父が、この労働がもとで亡くなった。また地方でも、時々人びとの隊列を見かける。これも、休暇を取らされ、勤労奉仕に出かける公務員たちである可能性が高い。動員を免れる財力のない人びとが、慣れない肉体労働で体を壊すのだった。

軍事政権のインフラ整備の多くが、こうした人海戦術で可能となったとすれば、泰緬鉄道を建設した日本軍さながらではないか。もちろん、囚人も重要な労働力だ。囚人たちは、刑務所外の道路建設どころか、所内の農作業にも借り出される。作物は看守たちが売って、生活費の足しにする。軍事政権は刑務所を労働力供給源とするために、囚人を多数確保しておく必要があるのだとさえ思える。

新しい風景

公務員の月給は前年から5倍に上がった。知人の月給も9千チャットになった。しかし、4人家族の一月の食費が2万チャットを越えるという。物価上昇の前では、焼け石に水だ。

このような経済的困難への不満をそらす手立ても出現した。第一に宝くじだ。宝くじの種類は急増し、共同購入する者まで現れる。第二にカラオケだ。従来「カラオケ」は、高級飲食店で女性歌手が舞台で歌うものと決まっていた。2000年に入って、飯屋にもカラオケ・セットが置かれるようになった。3曲百チャットで、近所の人びとが歌いに来る。見物人も集まって楽しむ。第三に、ゲームセンターの増加だ。子どもだけでなく大人まで熱中している。それまで富裕層に普及していた機器が庶民生活に参入し、つかの間の憂さ晴らしに貢献しているのだ。

1996年以来閉鎖されていた大学も再開した。しかし、ヤンゴンでは辺鄙な郊外に新キャンパスが分散している。学生が市内に集中すると、運動再燃の恐れがあるからだ。高校卒業・大学入学資格試験合格者で、入学の番を待つ者は多数に上る。交通機関を乗り継いでたどり着いたキャンパスも学生で溢れ、教育内容は充実に程遠い。至るところ不満が燻ぶっている。「教育高くば、民族立派」という軍事政権スローガンも空しく響く。

一段と強化される検閲体制の中で、特に厳しくチェックされるのが教育に関する叙述だ。大学教員に作家は少なくない。一番書きたいことが書けないと、彼らは歯軋りしている。学生の中にも秘密警察の手の者が放たれているというから、講義にも細心の注意で臨むそうだ。

検閲のエスカレート振りは、詩人たちの笑いのたねでもある。たとえば、「彼女」「母」などの語は、別の語とさしかえられる。アウンサンスーチーを連想するかららしい。軍事政権のメディアから封じ込められ、批判の対象としてしかメディアに登場しないこの女性を、権力がいかに怖れているかがうかがえる。

8月14日、国民民主連盟本部前に彼女の車が停まっていた。付近は珍しく渋滞している。秘密警察の車が多数往来しているからだ。それらは新車が多い。中古車多数の中に新車が混じれば、その存在は一目瞭然だろう。

彼女が何か行動を起こすという噂は、かなり前から広まっていた。案に違わず8月24日、彼女はヤンゴンを出ようとして治安部隊から足止めをくらった。戻ることを拒否して彼女は、9日間車内に篭城し、9月2日に200名の機動隊員によって排除された。国民民主連盟本部は捜索され、彼女は自宅軟禁状態に置かれ、逮捕者も多数出た。弾圧は新たな局面に入ったといえる。

2.「戦時の旅人」を追って　2001

戦時の旅人

テインペーミンの抗日闘争の果実としては、長編『東より日出ずるが如く』(1958)、戯曲「新しい時代は明ける」（１９４４）、論説『ビルマで何が起こったか』（１９４３）、回想録『戦時の旅人』（１９６８）がある[7]。

歴史教科書をはじめ、ビルマ軍の抗日の栄光を中心に「正史」を展開するビルマ語書籍は多いが、『戦時の旅人』は、いまひとつの抗日闘争を描く。テインペーミンは１９４２年５月、退却する中国国民党軍に同行して、中国への脱出を試みた。しかし、国民党軍の差別的待遇に失望して北ビルマから引き返し、国内を転々とした。この時期に彼を匿ったのは、日本軍に失望したビルマ独立軍幹部たちだったという。６月、テインペーミンはティンシュエーを伴って、インドを目指した。

二人には、ビルマ独立軍大尉のタキン・ティンミャ（１９２４―２０１５）[8]と、タキン・ソウが同行した。制服姿のティンミャの従者を、残る三人で装った。一行は、エーヤーワディー・デルタのヒンダダ、ダヌピュー、ガタインチャウン、ターバウンを経て、日本軍の目を避け、ジャングル内の水路から、ベンガル湾沿岸のラカイン（アラカン）[9]州南端を目指し

7　「事実が虚構を凌ぐ時代の文学―テインペーミンの抗日時代」（南田みどり『大阪外国語大学アジア学論叢』No.４　１９９４）参照。『戦時の旅人』の英語版“Marxism and Resistance in Burma 1942-45 Thein Pe Myint's Wartime Traveller”(R.H.Taylor, 1984,Ohio) の詳細な解説と注からも、彼の抗日を多角的に捉えることができる。

8　農民闘争、抗日闘争を経て、戦後ノンフィクション作家となり、赤旗共産党に入り武装闘争に加わる。１９６０年逮捕。62年よりビルマ社会主義計画党に協力。

9　アラカンはポルトガル語から派生した古称。現在はラカイン、もしくはヤカイン。本稿では地名、民族名にラカインを使用し、王国名にはアラカンを用いる。

た。

一行は、蛇行する激流を丸木舟に揺られ、徒歩で山を越え、山小屋に泊まった。付近はカレン族の村が多く、英国人が匿われているとの噂もあった。そのような村に入ると、彼らは抗日と民族友好を説いた。ラカイン（アラカン）山地南端を西方に抜けると、川幅が広がる。波と風の音が近づき、やがて彼らは、ラカイン州とデルタの境のボーミ村に達した。それから彼らは、海岸沿いに徒歩で北上した。ラカイン州は、年間降雨量が5千ミリ。ビルマ有数の多雨地帯だ。雨を旅の友として、彼らは砂浜を歩き、海水に浸かりながら岩場を越えた。

漁港グワを北上し、彼らはラカイン州第二の町タンドゥエーに出た。タンドゥエーの同志たちが用意した小型汽船で、彼らはラカイン州第一の町スィットゥエー（アキャブ）を目指した。小型汽船は、ラカイン東方の山麓に住むチン族に伝道する牧師の所有だった。積み込まれた食糧は、同乗のチッタゴン人船員が調理した。この一帯は、海岸の東を南北に走るラカイン山地から多くの小さな川が海に注ぐ。内陸では沼沢が川を繋ぎ、迷路状に水路を形成する。時に内陸から海に出ると、小型汽船を飲み込まんばかりの高波が来る。テインペーミンは、抗日決起の暁に水上ゲリラ部隊を編成することを夢想した。

分岐点タウンゴウに立ち寄った一行は、スィットゥエーが日本軍に占領され、ヤンアウン（1917―67）[10]指揮する独立軍が、内陸のミンビャーに撤退したのを知った。そこで一

10　1938年労働者ストを指導。1940年「三十人の同志」の一人として日本で訓練を受ける。48年ビルマ共産党（白旗共産党）員として武装闘争に入る。党指導者となるが粛清される。

行は、海岸の町ミェボンから川を北上してミンビャーに入った。町は独立軍の駐屯で活気があった。一行は駐屯基地となった英語学校に宿泊し、独立軍兵士と語り合った。

ヤンアウンは、日本軍より一足早くスィットゥエーに入り、地元の大歓迎を受けた。しかし、日本軍は彼らに撤退を命じた。ヤンアウンは対日協力を悔い、即刻抗日決起したがった。一行は時期尚早だと押し止め、国内の抗日計画を練った。ソウとティンミャは、地下活動開始のために国内に残ることになった。

7月12日、テインペーミンとティンシュエーはラカインの同志たちの同行で、内陸の古都ミャウウー（ムラウー）に向かった。付近では仏教徒とムスリムの紛争が生じており、小型汽船にも独立軍の武器が積み込まれた。ミャウウーから一行は、ラカイン州最長のカラダン川流域の町チャウトーに入った。7月16日、彼らの小型汽船はチャウトーを発ち、カラダン川を北上した。流れが激しく、川幅が狭くなった地点で、丸木舟に乗り換えた。カミ語[11]やビルマ語ラカイン方言が話せる道案内3名が同行した。北上するにつれ両岸は絶壁となり、滝が流れる崖も見られた。

7月17日、彼らはチン州の南の町パレッワに入り、18日、さらに川を北上した。上陸したカミ族の村では、一夜の宿を得るのも困難だった。ただ、村人は日本軍を見たこともなく、日本軍に追われる危機は脱したと判断された。19日、一行は丸木舟でさらに北上し、カラダ

11　ラカイン州に住むチン族のグループに属するカミ（カムイ）族の言葉。

ン川と別の川が合流するグーワで舟を下りた。絶壁を登り、蛇行する川を遥かに見下ろし、彼らはいくつもの山を越えた。上半身裸のカミ族たちの農耕風景も見られた。

雨が止むと、ビルマ本州より大型のぶゆや蛭の攻撃にさらされた。こうして夕方になって、一行は国境を示す石柱を目にしたのだった。

軍事政権下の旅人

彼らの軌跡を可能な限りたどってみたい。しかし、軍事政権下で外国人が入れる地域は限られる。まず、2001年4月、ヤンゴンを朝早く車で発ち、エーヤーワディー・デルタに向かった。一年で最も暑い季節だ。悪路に土埃が舞い上がり、トランク内の鞄の中まで埃まみれだ。まず、デルタの町ガタインチャウンに入った。「戦時の旅人」たちは、ここからターバウンまで汽船で南下したが、我々は南下せず、西方へ伸びる道路からラカイン山地南端を越えた。山中で、エーヤーワディー管区からラカイン州に入る。「戦時の旅人」たちが丸木舟に揺られた川はジャングルに覆われ、眺めるすべもない。3時間ほど山道を走ると突然山が果て、海が出現した。グワの町だ。

1942年当時ビルマ独立軍は、行く先々で行政組織を作った。グワでは行政組織が民衆の支持を受け、学校も再開していた。グワとタンドゥエー間は80マイルだ。自転車に乗った兵士が先を走り、前以て宿泊所や食事の準備をさせたという。

グワ―タンドゥエー間は車で5時間ほどだった。立派な橋が多数かかっている。青々と広がる田園風景だけは、当時のままかと思われた。水祭り初日で、タンドゥエーの町では若者たちを満載した車がゆきかい、通行人に水を掛け回っている。当時テインペーミンたちは、この町で抗日の志のある人びとを集め、連合軍との協力による反ファシズム人民戦争を説いた。彼はまたこの町で、権威主義的で傲慢なビルマ独立軍将校をも目にした。

道中テインペーミンは美しい海岸に目を奪われ、ビルマが独立後社会主義国となった暁には、付近を人民海水浴場にしたいと考えた。この海岸は、後にティンシュエーのビルマ再潜入の際に利用された。現在ラカイン州の有名海水浴場は、グワの北のカンターヤーと、タンドゥエーの西のガパリーだ。後者は空港に近く、バンガローもホテルも観光客でほぼ満員だった。ともに風光明媚だが、波が高く、遊泳は慣れた者でないと危険らしい。タイヤの浮き輪で波乗りする人びとが、三々五々見られた。海水浴に訪れる階層も、まだ限られているようだった。

テインペーミンはまた、同じラカイン州でも、タンドゥエー以南は言葉や服装がビルマ的であることに注目した。ラカイン山地に隔てられながら、南部はビルマ本州と陸路による往復が容易だ。タンドゥエーを2時間ばかり北上したタウンゴウからも、本州に道路が通じている。タウンゴウ以北はさらに悪路だという。今回は、ひとまずラカイン州に別れを告げ、タウンゴウから山間道路を東へ8時間ばかり走って、バゴウ管区のピー（プローム）に入った。

ピーからヤンゴンに戻ると、大通りの各所に水掛舞台が設置されていた。ロックの大音響とともに若い男女がホースで放水する。ジーンズ姿の若者が自動車で走り回って放水する。

道路わきの家からも通行人に水が放たれる。水の掛け方は、日頃の鬱憤を爆発させるような荒々しさだ。軍事政権の許容範囲での非日常に、人びとは酔いしれる。ラカイン山中で見た山火事、夕闇に佇む貧しい集落の子どもたち、ガードレールも外灯もなく、舗装の悪い暗黒の山間道路とは、対照的な光景が広がっていた。

ところで、２００１年末、『海洋短編集・真珠貝』が２０００年度ミャンマー連邦国民文学賞に選ばれ、話題を呼んだ。作者ミ・チャンウェーは、ビルマ族を父にモン族を母に、モン州タトンで生まれた。ミャンマー南端の港町ベイ（メルギー）で教師を18年務めながら、72年にエッセーを、84年に短編小説を書き始めた。アンダマン海で漁労を生業とする人々の生活や、絶滅の危機に瀕する海洋民族モーケン族（サロン族）の風習を伝えようとする姿勢が評価されたようだ。

大半の国民は、海と無縁の生涯を送り、食べる魚の大半が淡水魚だ。菱形をした国土7州7管区のうち、最南端のタニンダーイー（テナセリウム）管区とその北のモン州西岸がアンダマン海に、エーヤーワディー管区南端がアンダマン海、西岸がベンガル湾に、そしてラカイン州西岸がベンガル湾に面している。

テインペーミンも後年、アンダマン海上の調査船を舞台に、モーケン族との混血女性に思いを寄せるビルマ族青年を主人公に『海の旅人と真珠姫』（１９６９）を書いているが、『戦時の旅人』前段も、本州と途絶して海に接するラカイン州紀行としての魅力を持つ。

3.『戦時の旅人』ふたたび　2002

再びラカインへ

２００２年２月は、北部ラカインと本州を結ぶアン山間道路を利用する筈だった。しかし、外国人は通行禁止だという。悪路もさることながら、アン付近に核施設が建設中だとの噂もある。ヤンゴンからラカイン州都スィットゥエーに向かう長距離バスの乗客は車中で２泊し、夜中に山中の検問所で全員下車させられると聞く。陸路を諦め、空路スィットゥエーに飛んだ。「戦時の旅人」がたどった無数の網の目のような川や多数の島が眼下に広がる。彼らの一ヵ月半を、わたしは一時間半で飛び越えたのだ。

スィットゥエーからイタリア人観光グループと行動を共にした。まず小型汽船でカラダン川を遡った。川幅は広く、「戦時の旅人」たちが独立軍のヤンアウンと語り合ったミンビャーの町も彼方にかすみ、４時間でミャウウーに着いた。翌日は、宿から馬車で東方へ一時間揺られて船着場に向かい、発動機付きボートでカラダン川を２時間ばかり北上した。軍事政権と結んだ観光業者が開発したルートだという。沿岸の小高い森の中には、軍の監視所もあるらしい。川幅が狭まり、もうひとつの支流と合流する地点で渦に遭遇した。かろうじて崖との衝突は免れたが、船頭の竹竿が折れた。観光業者お雇いの船頭は、まだ不慣れだったのだ。

この川は『戦時の旅人』の水路とは異なるが、チン州まで流れる。時折、チン族の女性が器用に小舟を操って通り過ぎていく。州境近くの崖下の舟着場で下船し、崖を上ってチン族の村を訪れた。住居は竹で造られた高床式だ。人びとの顔立ちは整っている。40歳以上の女性は、顔一面に蜘蛛の巣状の刺青をしている。『戦時の旅人』でも言及された地酒の甕が開封され、竹のストローを突き刺して回し飲みした。赤米を発酵させたもので、日本酒に似る。当時とは異なり、多数がビルマ語を理解する。我々の来訪を聞きつけて来た身寄りのない老いた女性が、体が苦しいと薬を求めた。無医村だった。

夕闇迫る頃戻ったミャウウーでは、黒々と佇むパゴダ群も、夕餉の支度で民家から立ち上る煙も、蝋燭に頼る夜も、当時のままかと思われた。道路は舗装されず地道で、車は少ない。馬車と自転車が主な交通手段だ。戦時は、スィットゥエーから富豪たちも疎開していた。英国の開発で発展したスィットゥエーと異なり、この一帯はアラカン文化の中心地だ。紀元直後から19世紀まで四期に渡ってアラカン王国が興隆し、出土物も残っている。15世紀から17世紀に、第四期のアラカン王国の都ミャウウーは最盛期を迎え、オランダ船の出入りもあった。

ビルマ族仏教文化至上主義の軍事政権は、ビルマ族王都の建造物修復に余念がない。一方、ミャウウーの王宮跡は草生し、雨季の大雨にさらされたパゴダも周辺の丘も苔生している。当時、王宮跡に立ったテインペーミンは、ここで割腹したラカイン族勇士を思った。また、チャウトーの丘からマハームニ・パゴダを遠望し、ビルマ族の残虐さをも思い起こした。すなわち、18世紀にビルマ族は山越えしてアラカン王国を滅ぼし、ラカイン族の崇拝する黄金のマハームニ仏をマンダレーに持ち去った。新たなマハームニ像が鋳造されたが、ビルマ族への遺恨は根強く残った。19世紀にラカイン族の反乱鎮圧のため訪れたビルマ族の名将マハーバンドゥラの兵士たちは、ラカイン族の子どもたちを臼に入れ、挽いて殺害したという言われが残ることも、テインペーミンは知る。彼は、ラカイン族のトラウマの深さを思い、両民族の団結のために解決すべき問題が山積みだと認識した。

外国人が立ち入れる観光区域は、ミャウウーとチャウトーの間のマハームニ・パゴダまでだ。チャウトーに外国人は入れない。マハームニ・パゴダでは軍人がパスポートをチェックし、軍人の案内人がついた。境内片隅の物置のような小屋には、出土物や、玉座や、パゴダ縁起の絵画などが無造作に置かれていた。パゴダ前の飯屋では、軍人の集団が昼食をとっていた。

テインペーミンはチャウトーで三泊し、国境越えの最終準備をした。日本軍と遭遇する危険は少ないが、万一に備え、薬の買い付け人に扮した。中国系のティンシュエーはそのまま中国人に、無精ひげの生えていたテインペーミンはムスリム帽をかぶって、ムスリム商人を装った。そんな彼らの隠れ家を訪れた一人のムスリム男性の姿に、テインペーミンは驚いた。男は、王朝時代のビルマ族の装いだった。男の住む小村では、古いビルマの習慣が踏襲されていた。ラカイン族の言葉も、ビルマ語の古い形を残したビルマ語方言だ。ラカイン・ムスリム男性の訪問にテインペーミンは、自らのにわかムスリムぶりに心地悪さを禁じえなかったという。

チャウトーの町を見るには、ミャウウーに引き返してスィットゥエー行きの長距離バスに乗るしかない。軍の検問はないという。わたしも「戦時の旅人」に倣って、ビルマ人に扮した。40人乗りの古い日本製バスの、背もたれのないプラスチック製補助席に座り、悪路を揺られた。軍基地は通常、観光客の目の届かない塀の奥深くに潜んでいる。しかし、チャウトーでは、広大な軍事基地がバスの窓越しに丸見えだった。何百という軍人が基地から出て、通りを行進している。「戦時の旅人」たちがインドに向かった川は、青々と水をたたえていた。町を出ると道は悪く、急なカーブの難所もある。山中でトイレ休憩が告げられると、女性客とともに竹垣の中の平地に並んで用を足した。6時間の旅を終えてスィットゥエーに到着し、翌日空路ヤンゴンに戻った。「戦時の旅人」たちが多くの同志に守られて旅程を全うしたように、わたしの旅も実は心ある人びとの助言と協力の賜物だった。

その後の旅人

国境を越えたテインペーミンとティンシュエーはスパイ容疑で逮捕され、デリーへ送検され、軟禁される。軟禁中の1942年8月、彼は『ビルマで何が起こったか』を書き、それが契機でアメリカ人ジャーナリストのエドガー・スノー（1905—72）という知己を得る。9月、当局の命令でテインペーミンは避暑地シムラの植民地ビルマ政府を訪れ、無聊の日々を過ごす植民地官僚たちを目の当たりにする。11月、彼はデリーに戻り、英国情報省極東ビューローのビルマ・ユニットの管轄下に入って、ビルマ向けラジオ番組制作にあたった。43年1月、彼は予てからの希望どおり重慶に派遣される。それに先立ち、彼はインド共産党書記長ジョシーとの接触にも成功する。重慶で彼は、国民党の客として遇される一方、中国共産党とも接触し、周恩来や荘慶齢と会い、アメリカ人ジャーナリストのイスラエル・エプスタインや周恩来の秘書の陳家康と親交を結んだ。しかし、訪中の真の目的である解放区入りは果たせず、国民党にビルマ抗日革命への援助を要請するも却下され、11月にデリーへ戻る。

それ以後テインペーミンら二人は、ビルマ抗日勢力代表として認められ、その身柄も英国内閣直属特殊作戦局の136部隊に移された。43年12月、抗日統一戦線結成を呼びかけるテインペーミンの書簡とジョシーの信書を携行したティンシュエーが、ラカインの海岸からビルマ本州に潜入する。彼はヤンゴンでアウンサンに会い、44年1月インドに帰還する。これを契機として、44年8月に抗日統一戦線が結成されるに至る。その間、テインペーミンはジョシーの依頼で、インド各地の大学の抗日集会で講演し、雑誌に執筆し、ビルマの今後についても論議を重ねた。

44年中葉、彼はカルカッタ郊外のベハラ基地に移る。そこは、12月に始まる連合軍の反攻に呼応したラカイン族抗日闘士養成所となった。ラカインから五月雨式に終結した若者たちに、彼は政治・思想教育を行った。若者たちはさらに、ペシャワルでパラシュート訓練を受けた。パラシュート部隊出発間近には、ビルマ本州からも若者たちが到着し、基地は最大時80名を擁していた。

44年12月のラカイン抗日蜂起は「成功」した。しかし、それは英国によって軍事機密として封印され、45年2月にラカイン族抗日ゲリラは武装解除された。一方136部隊は1月に、ビルマ本州の抗日統一戦線との「協力」を打ち出し、ビルマ中部に武器弾薬、通信機材、技師などを投下した。2月末、パラシュート部隊は、インドの連合軍司令官マウントバッテンとテインペーミンの書簡を携行して降下した。書簡でマウントバッテンは、抗日闘争終了後の武装解除を条件に武器供与すると述べていた。一方テインペーミンは、ラカインの経験に鑑み、連合軍の武器を当てにせず、自力で決起するよう求めた。3月にアウンサン宅の統一戦線幹部会で討議の結果、武器は受け取るが、英国に従わず、自分たちなりに全国一斉蜂起することが決定された。3月27日の一斉蜂起では、136部隊員も地元のゲリラとともに戦闘に加わった。

テインペーミンは、44年9月から1年間脊椎カリエスを病み、寝たきりでこの活動にあたった。彼の活動は、連合軍とビルマの抗日統一戦線を繋ぎ、アウンサンとビルマ軍を対日協力者の汚名から解放した点で評価されることが多い。彼自身は、海路国外に脱出して日本軍特務機関の訓練を受けた「三十人の同志」と比べて、戦地を突破して陸路カルカッタに来た同志の困難の方が遥かに大きく、日本軍と手を握った「三十人の同志」より連合軍と手を握った自分たちの方が、進歩的潮流に呼応していると総括する。

しかし、インドでの彼の抗日「闘争」は、連合軍、英国情報省、亡命ビルマ植民地政府、中国国民党など諸勢力の様々な思惑から解放されたものではなかった。『戦時の旅人』では、それら勢力の手中の駒になるまいとして、抗日闘士の矜持を保とうとする彼の足掻きが仄見える。そのような勢力と一線を画したテインペーミンも、インド共産党に対しては、無批判にその指令を受け入れる無防備さを備えていた。それが、その後の闘争における彼の微妙な立場[12]に波及していく。抗日の「成功」は、テインペーミンのみならず、ビルマの解放勢力にとって栄光のフィナーレではなく、苦難の道の始まりだった。

連邦記念日

スィットゥエーを発つ2月12日は、連邦記念日だった。1947年のこの日、シャン州パンロンで、アウンサンはシャン族やカチン族などに、独立後大幅な自治権を与え連邦制を採用すると約束して、彼らの協力をとりつけたというが、カレン族は異を唱えて4月の制憲議会選挙をボイコットしている。スィットゥエーでは、町の重鎮を立派なホールに集めて儀式が挙行されたらしいが、町の雰囲気に変わりはなかった。88年民主化闘争の学生指導者ミンコウナイン(1962—)が収容されるスィットゥエー刑務所の高い塀も、ひっそりと佇んでいた。

その夜ヤンゴンで観た国営テレビは、早朝開催された記念式典や、パレードや、夜のパーティーなどを華やかに映しだしていた。しかしこれらのイベントに、大多数の国民は無縁だ。

12 「人民時代・人民文学—1945~49年のテインペーミン」(南田みどり『大阪外国語大学論集』第20号1998)も参照。

ヤンゴンで教員をしている女性は、まだ寒い早朝、パレードの沿道で旗を振るために動員された子どもたちを、定められた地点に集結させるのも一苦労だったと語った。テレビのアナウンサーは、「兄弟のように睦まじく暮らしていたビルマの各民族の団結が、英国植民地主義者の分割統治政策によって壊された」という、軍事政権の主張を何度となく読み上げた。

それが空疎な言葉であることは、アラカン王国の歴史を例にとっても明白だろう。王朝時代からビルマ族の侵略に苦しんだラカイン族は、抗日闘争でも辛酸をなめ、一部勢力は独立後も分離を要求し、武装闘争をしてきた。バングラデシュ国境周辺の「難民」問題も、依然として解決されていない。スィットゥエーには国連難民高等弁務官の出張所もあるようだが、市場ではＵＮＣＨＲのマークのあるビニールシートや、「難民」支援で送られた古着が、公然と売られていた。スィットゥエーの海岸で出会ったラカイン族男性は、軍事政権を肥え太らせる日本のＯＤＡには絶対反対だと、固い表情で語った。

軍事政権下で、『戦時の旅人』の経路を可能な限りたどってきた。全行程がたどれるのは、民主主義が獲得され、ラカインの諸問題が解決した暁かと思われた。

4. ヤンゴン大学周辺　2002

初めての3ヵ月

２００2年9月から3ヶ月、「ビルマ近・現代小説に関する研究」のため、文部科学省在外研究員として、ヤンゴン大学ビルマ文学科に派遣された。それまでは、すべて観光ビザで入国してきた。滞在も4週間以内だったので、政府機関との接触もなく、一介の観光客並みの行動の自由はあった。

軍事政権下で、大学の管理運営や学問研究も権力の強力な介入を受けている。現代文学研究も同様だ。わたしのように、現代文学を政治的社会的な問題にからめて扱っていると、様々な困難に直面する。だから、研究成果はミャンマー向けに発信せず、学び取った普遍的真理を現代日本に照射することを目的に日本語で発表するにとどめてきた。ビルマに民主主義が復活し、大学が学問研究の自由を回復するまでは、観光客を装いながら資料を入手し、作家に会い、作品舞台を訪れることに甘んじる覚悟だった。

ただ、長期滞在にはメリットもある。在外研究員に応募可能な年齢の上限が近づくにつれ、民主主義の死滅した大学を内側から観察するのも悪くないと思うようになった。ミャンマーの大学人と様々な困難を共有するところから見えるものもまた、現代文学解読の一助となるだろう。そう考えて、在外研究員に応募した。留守中の体勢も整い、14回目の訪問で初めて

3ヶ月の長期滞在が実現した。

今回は目標を三点設定していた。第一に、ミャンマーにおける近・現代小説研究の現状とその到達点の把握、第二に、作家テインペーミンの作品背景考察のための作品舞台探訪と未収集資料の収集、第三に、ビルマ小説における日本人像の形象化をはじめとする日本占領期に関する文学関係の資料収集である。

しかし、現実には3ヶ月の滞在で全てをこなすことは無理な話だ。たとえば、第二点は地方へ出かけねばならない。研究者の地方旅行は5週間前に申請せねばならず、しかも出発予定日までに許可が下りるとは限らない。さらに、受け入れ機関が指定する付き添い者を同行させねばならない。それは、旅行者の世話を名目としたお目付け役だ。人選が適切か否かは運次第という。したがって、第二点は別の機会に譲ることにした。

時間的制約のために第一点も別の機会に譲り、少し手をつけていた第三点を優先することにした。日本占領期の文学、ならびに占領期を舞台にした文学については、従来二つの観点から迫っていた。第一に、テインペーミン研究の一環として、彼の抗日運動と作品のかかわりを明らかにし[13]、関連作品も翻訳してきた。第二に、戦後の長編小説で日本占領期を扱った代表的な作品の傾向を明らかにしてきた。

今回は、これらの研究に欠けている部分に着手することにした。日本占領期にインドに逃

13　前掲のほかに「二つの大戦前夜―「東より陽出づるが如く」への「パリ陥落」の影響について」(『第二次大戦とアジア社会の変容』大阪外国語大学アジア研究会1986)。

れて抗日活動をしたテインペーミンは、当時のビルマ作家の中では例外的存在だ。大多数の作家は日本占領下にとどまった。ある者は執筆から遠ざかった。しかしある者は、陸軍報道班員だった高見順（1907―65）[14]らの肝いりで作家協会を再建し、さらにある者は、対日協力を隠れ蓑に抗日活動を行った。これら日本占領期における国内の作家たちの動きを、当時の出版物からたどることが、課題のひとつとなった。

いまひとつの課題は、日本占領期を題材とした有名長編にとどまらず、有名無名作家の長編と短編を可能な限り収集して、作品傾向や人物形象を分析することだ。日本占領期の文学ならびに日本占領期を舞台とした文学の先行研究も、ほとんど存在しない。何はともあれ、作品収集から作業を開始しなければならない。

図書館の困難

関係資料が存在する図書館として、大学中央図書館、国立図書館、国軍図書館が考えられた。わたしを受け入れてくれたビルマ文学科主任教授は、大阪外大客員教授も務めたウー・キンエー（1942―）で、マウン・キンミン〈ダヌピュー〉[15]のペンネームを持つ作家でもある。彼が、各館長宛に利用許可依頼書をしたためてくれた。しかし、国立図書館は移転

14　『高見順日記』第一巻、第二巻上（勁草書房1965）にビルマ時代の記録がある。その他いくつかのエッセーもそのビルマ観を考察する上で興味深い。
15　国民文学賞を2009年度文芸部門、2013年度青年文学部門ならびに同年度国民文学終身賞を受賞。

のため休館中だった。国軍図書館は外国人が利用できないという。そこで、日中はヤンゴン大学本部にある大学中央図書館とビルマ文学科図書室に通い、それ以外の時間を古書店回りや聞き取りに使うことにした。

まず、ビルマ文学科図書室所蔵の近・現代文学（小説、戯曲、評論）に目を通した。目録に掲載された書籍と、掲載されない日本占領期関連のノンフィクションも含め、４００冊余を閲覧した。大学中央図書館では、１９３０年から44年に出版された小説の目録が存在したので、そこに掲載された42年から44年出版小説のうち図書館所蔵のものを閲覧した。また図書カードから、前述の目録に記載されないが日本占領期に出版された小説や、その他の日本占領期関連書籍を探して、閲覧した。さらに、作家70名の著書目録を閲覧し、彼らの日本占領期の動向ならびに著作、それに戦後に出た日本占領期関連作品の有無も点検した。また、戦後から60年代初期に至る一部雑誌の内容目録が存在したので、そこでも日本ならびに日本占領期を題材とした小説の有無を点検した。検索用のコンピュータもなく、暗中模索でしらみつぶしに資料を漁るうちに、芋づる式に求めるものが上がってくるという具合だった。

教職員の勤務時間は、本来9時30分から16時30分までだ。ビルマ文学科図書室は、10時から15時まで利用可能と聞いたが、実際は11時半から13時半までの2時間しか開室されなかった。中央図書館の開館も10時から16時までで、資料を読む時間は不足気味だった。

鬱積した国民の不満が爆発することを怖れる軍事政権は、長期に及ぶ一般家庭の停電を解決するために、官庁での節電を申し渡した。大学中央図書館でも10月3日から1週間停電となった。トイレも断水だ。通常は玄関ホール横で鳴り響くコピー機の音も途絶え、コピーする職員の姿もない。危険なので書庫にも入れない。実質的に閉館状態となった図書館は、巨大な墓場さながらだった。

図書館の困難は、それにとどまらない。館長の多くは、以前のような図書館学専門家ではない。大学中央図書館長は歴史学科から、国立図書館長は経済大学から教員が派遣されていた。軍事政権による図書館の管理強化で、外国人研究者のみならずすべての研究者と利用者が困難に直面していた。

例えば、資料の複写だ。ビルマ文学科図書室所蔵の書籍は、主任教授の配慮で自由に複写できた。しかし、大学中央図書館では、１９５０年以前に発行された雑誌、小説等ならびに75年以前に発行の新聞は、館長の許可がなければ複写できない。しかも、複写申請しても多くが不許可となった。研究に最も必要な日本占領期の作家協会機関誌『作家』全11巻は、一旦全巻複写が許可された。しかし、帰国近くになっても複写物は届かない。催促したところ、スキャンで整備しプリントアウトを待っているという。再度催促すると、館長が前言を翻し、一巻につき数ページしか複写許可できないと伝えてきた。

従来わたしは、軍事政権に忠実な人物との接触は極力避けてきた。しかし複写問題で館長と接触したお蔭で、彼らの発想の一端を学ぶことができた。館長と話し合いの結果、全巻ではなく必要な箇所のみ複写許可願いを再提出した。そして、複写希望箇所を大幅に削減されて許可が出た。しかし、複写物を帰国時に持ち帰ることは時間的に不可能となった。

この館長は、図書館の任務が資料の提供ではなく、資料の保存にあると信じて疑わなかった。さらに、日本人であるわたしが調査で知りえた日本占領期の事実を日本で公表することが、日本人の反ビルマ感情を煽りはしないかという疑念に囚われていた。表向きの理由を資料が古くて傷みが激しいこととしつつも、彼女の言葉の端々から、外国人に開示した情報が国家攻撃の材料に使用された場合、自分の立場がなくなるという恐れが伝わった。彼女の恐れは杞憂にすぎない。全巻複写が許可された暁には、攻撃はおろか、軍事政権の情報開示力評価のポイントが上がるではないか。しかし、そういう発想は、彼女にはなかったようだ。上からの叱責への彼女の恐怖は、下に対する威圧的態度として表現された。職員の表情が暗く、図書館全体が陰鬱さに満ちていた。アウンサンスーチーの言葉が思い出された。

「人を堕落させるのは権力ではなく、恐怖です。権力を失う恐怖が、権力を行使するものを堕落させ、権力の鞭の恐怖が、権力に支配されるものを堕落させるのです」（アウンサンスーチー『自由』p．271）

このような恐怖による支配は、あらゆるところに蔓延している。それは、抑圧者自身をも縛り上げ、災いを招いていることに、彼らは気付いていない。たとえば、館長は、わたしの仕事を手伝って走り回っていた詩人に、それとは知らず窃盗者の嫌疑をかけた。それは、その後しばしば我々仲間内に笑い話のネタを提供した。とはいえ、本を借り出し、外部でコピーして製本し、製本分を返却して、実物を古書店に売却するプロが存在するという話も聞いた。また、検索して閲覧を請求しても、「その本は見つかりません」という答えが平然と返ってくることも多々あった。資料保存に熱心な館長のもとで、書籍の盗難が日常化していたのだ。

物価上昇と通貨価値暴落（2月に1ドルは800チャットだったが、9月には1200チャット）の中で、公務員の給与は据え置かれている。公務員は、本務に誠意を尽くすよりも、生活費の捻出を優先する。この国のあらゆる困難の水脈をたどれば、軍事政権の支配に行き着くのだった。

大学の困難

88年民主化闘争は大学生が導火線だった。大学は88年から92年まで閉鎖された。教員は篩にかけられ、再教育された。大学を去った教員も少なくない。96年のデモで再び大学は閉鎖され、2000年に再開したが、ヤンゴンでは学部教育は郊外に分散させられた。すでに再開した高校が送り出す膨大な大学入学待機者を処理するため、通信教育のスクーリングも採用された。授業に出席するのは年間10日で、入れ替わり立ち代り膨大な学生が大学に出入りするのだ。2002年現在、通信教育生は減り、一般学生の割合が増加していた。しかし、現場の教員に聞いても、学生が何名いるのか答えられない者が多かった。

進級試験に合格するためには、10日の授業では足りない。だから学生は、塾や家庭教師の助けで勉強する。大学教員は塾や家庭教師で主な収入を得る。この悪循環によって、大学教育は空洞化の一途をたどり、頭脳の海外流出は引きもきらない。

その折りしも、軍事政権ナンバー2のキンニュン中将の鶴の一声で、ヤンゴン大学本部は大学院大学となるべく定められた。すでに大学構内に学部生の姿はなく、多くの教室が施錠され、机や椅子が積み上げられ、埃をかぶっていた。一部の学寮は、学外者に貸与されていた。本部で開講されていたのは、修士課程、博士課程、一般向けの英会話やコンピュータ講座だ。博士課程に進学するために、地方から多数の若手教員が補講を受けにやってきていた。わたしの部屋の隣では、修士課程に進学する軍人たちが補講を受けていた。

到着早々、言語学の講義に来ていた2名のドイツ人研究者とわたしの歓迎会が、ビルマ文学科で行われた。金色で歓迎の文字が書かれた赤い垂れ幕、コの字型に並べられたテーブルの上の花とお菓子と紅茶。これらはテレビのニュースで流れる政府関係行事でおなじみの設営だ。役職者挨拶と主賓スピーチが続く。その間、出席者は身じろぎもしない。閉会すると、手がつけられないままお茶とお菓子も下げられた。続いて出された軽食は、経費節減のため女性教員が一人一品ずつ調理して持ち寄ったものだ。給仕も椅子の片付けも女性教員が頑張る。確かに教員の大半は女性だ。後日開催されたドイツ人研究者送別会兼主任教授名誉博士号取得祝賀会でも、女性教員の「活躍」は見られた。ちなみにビルマ文学科では、コピー機での印刷、図書室の貸し出し、詰め所での待機などの業務を、若手教員が順番で担当する。待機中の教員は雑談していることが多い。大学中央図書館閲覧室も閑散として、「研究拠点」とは言いがたい光景だ。

歓送迎会で学長が、研究をどんどん進めて博士号を取得せよと教員たちに檄をとばしていた。しかし、博士号を馬の鼻先の人参よろしくちらつかせば、この大学が研究拠点となるのだろうか。論文指導体制が整わず、指導に退官教員が駆りだされている。だが、その賃金は交通費にも満たないらしい。指導教員が同僚に話すのを小耳にはさんだ。

「博士論文の予備審査面接をしたけれど、彼があれほど勉強していなかったとはね」

当の教員は、シンガポールで学ぶ娘に学費を仕送りするために、塾で教えるのに忙殺されているのだった。

ビルマ文学科の「質の低さ」に関してはしばしば耳にしてきた。この国では、高校卒業試験（十年生試験）の成績上位者から、志望の大学に進学する権利が与えられる。大学卒業後もよい就職先が希少なので、志望先は比較的職が得やすい医学系、続いて工学系へと集中する。その結果、文系の中でもビルマ文学科（国文学ならびに国語学）には、成績下位者が集まるという。ビルマ文学に興味があっても、成績上位者は医学系で学び、成績下位者は興味がなくてもビルマ文学科で学ばざるを得ない。

この国の初等、中等教育は、思考力を育成する類のものではない。進級試験や卒業試験合格を目指して、国定教科書を丸暗記させるのだ。しかも、合格のためには、放課後教員が教える塾に通わねばならない。落第せず高校を卒業すれば、16歳だ。わずか16歳の時点での暗記力の良さが、人間の優劣とどれほどかかわるのか。誰もが偏差値神話に呪縛されている。

理学士号を持つ作家がビルマ文学科教員についてわたしに言った。

「あの人たちは優秀じゃないから……」

彼女の言葉からわたしが得た情報は、彼女がそういうことを言う人間だという事実に過ぎない。他者を語る者は自己が何者かを語っているのだから。

医学部に入ったエリートだからといって、安泰ではない。ある医学生作家がこぼしていた。

「同級生は、みんなガリ勉で、エゴイストで、腹を割って話が出来ないんです」

88年民主化闘争に最も遅れて加わったのは、医学生だったという。医学生自身にも様々な困難がある。科目ごとに塾や個人教授に通い、実習のたびに患者にも謝礼をはずむ。大枚はたいて卒業しても、僻地の国立病院に派遣されれば、食費にも満たない月給で生活できる筈もない。かくして、未来に希望を失った「優等生」たちも、海外脱出を目指す。

帰国間近の11月26日午後、ビルマ文学科教員を対象とした講演会に招かれ、日本における大学教育の現状と問題点を、大阪外国語大学を例にとって講演した。主任教授の人柄によるところが大きいようだ。講演後、形式張らず活発な質問が寄せられた。例えば、日本に検閲はあるのか、ビルマの作品に書かれた日本人像についてどう思うか、なぜビルマ文学を研究するのか、3ヶ月の滞在でビルマ女性に対する従来の印象は変化したかなどなど。抗日文学の研究が、日本人の反ビルマ感情を煽るのではないかという率直な問いもあった。それに対しては、当時両国人民は共にファシズム支配下で苦しんだのだから、我々は歴史に鑑み、反ファシズムという共通の課題で連帯できる筈だと、通り一遍の答をするに止めた。教員の中にも軍事政権関係者がいるので、答え方には細心の注意を払う必要があった。

外国人への警戒という軍事政権の姿勢を慮って、大学関係者との接触でも、特定の人間と特別親密にならないように気を遣った。協力や助言を仰いだのは、むしろ学外の知識人だった。優秀な知識人が、大学と距離を置いていることも、この国の大学の困難の現れだった。

お役所の困難　その1

ミャンマーの役所の仕事ぶりを学ぶ機会は、出発以前から与えられていた。2002年2月、受け入れ先のビルマ文学科主任教授の内諾を得た。それに先立つ01年10月、在外研究員として学内で推薦されると同時に書類一式を整え、11月初旬に東京のミャンマー大使館に送付した。12月末に、軍医で作家でもある大使と面談し、申請書類は本国教育省へ送付された。受け入れの可否は、月1回開催される閣議で決まる。出発日の02年9月1日に受け入れが決定されていなければ、在外研究員の権利は失効する。在日大使館経由で5月発行の許可書が送られてきたのは、02年6月初旬だった。即刻エントリービザを申請し、それは6月末に発行された。そこで業者と連絡を取り、寄付用の古着や不用品多数とともに資料や身の回り品を、1立方メートルのコンテナ用に梱包し、詳細なリストを作成して、7月に船便で送付した。

7月25日に神戸を出た荷は、8月9日にヤンゴンに着いていた。わたしの到着翌日の9月2日から荷受に取り掛かった。船会社の次に訪れた港湾局は、倉庫のような建物の2階にあった。カウンターはなく、職員の机の周りに直接人びとが押し寄せる。職員の机の引き出しの中に、札が無造作に投げ込まれていく。これが、有名な「お茶代」と呼ばれる賄賂だ。それは後で一同に分配され、彼ら公務員の主な収入源となる。事務所には冷房もない。16時に薄暗い電球が一斉に消えると、あたりは闇に沈み、自動的に業務終了となる。

翌日訪れた税関では、入り口でガードマンにチェックを受けた後、机をたらい回しにされた。荷受申請書類の書き直しをさせられていると、親切に教えてくれた人がいた。彼は職員ではなく、来所者と職員の間に立って、双方の便宜を図るブローカー氏であった。ベテランのブローカーは役所内に入れるが、年季の浅いブローカーは、役所の窓の外から鉄格子ごしに職員とやりとりする。だから、税関前の窓に人が鈴なりになっているのだった。それでも、今は景気が悪く、来所者は減少していると、ブローカー氏は語った。

次に向かったのは、市街地から車で2時間のタニンのティラワ港だ。体育館の3倍はあるだだっ広い倉庫に搬入品はほとんどなく、ぽつんと置かれた我が荷と対面した。来所するのは業者だけで、個人輸入はない。その業者も非常に少ない。輸入するにも外貨蓄積が枯渇しているのだ。ミャンマー経済は虫の息であるかに見えた。

閑散とした大倉庫の一角に、冷房の効いたコンテナがいくつかある。そのひとつが、税関の出張所だ。ブローカー氏が奔走する間、コンテナの中に座って待っていた。雑誌を読む者、紅茶を飲む者、世間話もはずみ、5人の職員が暇を持て余していた。

ようやく荷がやってきて、開封され、調べられた。書籍は、市街地の中央郵便局で検閲を受けねばならないという。職員が言った。

「リストに書籍という項目がなかったら、見て見ぬ振りをしてやれないこともないんだが、リストに載ってしまっているから、どうしようもないね」

書籍を再び封印し、市街地の中央郵便局まで走った。埃っぽい階段を上がると、海外に荷物を送る人々が窓口に殺到している。薄暗く、広く、天井が高い構内を、おびただしい人びとが蠢（うごめ）いているのだ。入り口にたむろする子どもたちは、行列の順番を取るのが仕事だ。検閲セクションは、一階の片隅にあった。持ち込んだ書物の大半を占める和書をどのように検閲するのか。興味津々だったが、係員が箱の中を少しかき回すだけで、「検閲」は終わった。荷を積んで帰る車を借り上げて、再びティラワの倉庫に走り、無事荷受けが終了した。作業のために、貴重な3日間が費やされた。

お役所の困難　その2

3ヶ月の滞在に当たり、東京のミャンマー大使館が、なぜ30日のエントリービザしか発行しなかったのか。その謎は後日解けた。9月2日、ビザ延長申請書をビルマ文学科を介して教育省に提出した。しかし、9月30日を過ぎても、教育省からはビザ延長に必要な書類が送られてこない。「不法滞在」だ。不測の事態に備えて、主任教授に臨時の身分証明を発行してもらい、5月発行の教育省の滞在許可書類とともに携行した。

「不法滞在」のまま10日が経過した10月11日、教育省から9月25日付けの書類が届き、出入国管理局へ向かった。9月2日に申請した書類の発行に23日かかり、25日発行の書類の到着まで15日かかったのだ。いやしくも、国立大学と教育省のやりとりだ。「お茶代」抜きだったから遅れたのかと、当初は考えた。

出入国管理局は、埃と停電と暑さに蒸せ返っていた。カウンター越しに眺めると、こちらに向かって教室のように机が並び、80名ばかりの女性職員が肩寄せ合って座っている。弁当を食べる者もいる。一隅にガラスで仕切られた部屋があり、上司がいて、電気がともり、冷房もある様子だった。

担当者の話では、研究者の延長ビザ発行は本来無料だが、今回は書類が不備だから発行できないという。書類を整えて再申請すれば、さらに時間がかかる。結局、一般のビザ延長と同じ扱いとなることに同意し、手数料36ドルを払った。不法滞在は一日3ドルをさらに課せられるが、わたしのケースは教育省側に非があるので、請求されなかった。

それにしても、今回の「お茶代」は手が込んでいた。一見札びらは飛び交っていない。軍事政権下では、FECというドルの兌換紙幣が発行されている。一般国民はドル札を所持できないが、FEC所持は許される。両替で得られるチャットは、生ドルがFECよりやや高い。1ドルは1200チャットだったが、FECは1034チャットだ。わたしが払った36ドルは4万3200チャットだが、FECでは3万7224チャットとなる。彼らはFECで受け取ったことにして、差額の5976チャットを「お茶代」にしたらしい。しかも担当の女性職員は、ドル札の実物を見たことがなかったのか、1ドルと10ドルを危うく間違えるところだった。

最後の難所は収集した資料の持ち帰りだ。日本占領期に関し、図書館で存在を確認した資料は、かなりの数にのぼった。今回は単行本を中心に収集することにとどめた。出版から長期間を経たものが多く、新刊書店では入手できない。古書店を回って入手し、購入不可能なものは図書館から借りて、コピー・製本したのだった。

資料の送付は研究者の頭痛の種だ。書籍を郵便小包や国際宅急便で送る場合も、郵便局で検閲を受ける。政治関係の書籍は送付不許可となることが多い。当方の資料にもその類ののが少なくない。そこで、新刊書や新聞雑誌など無難なものだけ国際宅急便を利用することにした。最初の1社からは送付を拒否され、残る1社から三度に分けて送付した。重要な資料は帰国時に持ち帰ったほか、日本人来訪者の協力も仰いで、分担して持ち帰ってもらった。

この国では、仕事ひとつするにも日本より遥かに時間がかかる。官庁では書類が山積みで、効率も極めて悪い。それに輪をかけて、ビルマ式社会主義の遺産である官僚主義が蔓延している。軍事政権がもたらす政治的経済的困難と相まって、役所仕事は動脈硬化で余病併発といったところか。心なしか、人びともまた、日本人と比べて、10歳くらい老け込んでみえる。国民向け健康診断なるものも存在しない。食費が医療費に優先される社会だ。病気が発見された時点では手遅れというケースも少なくない。

それにつけても、在家の布施に依存して暮らす僧侶たちの血色のよさには目を見張る。それにもまして、外国人の目を奪うのは、在家の功徳の象徴たるパゴダの燦然たる輝きだ。虫の息の経済、硬直した官僚機構、人権弾圧に狂奔する権力、これら権力と宗教、さらには宗教と民衆のかかわりもまた、この国の困難の源を解き明かす重要な鍵になると改めて考えさせられた。

5．過去と現在のはざま　2003

なぜキンニンユは執筆できたのか

8月のヤンゴンでは、5月末のアウンサンスーチー襲撃事件の真相が口コミで飛び交っていた。同時に、1月に亡くなった女性作家キンニンユを惜しむ声も多数耳にした。雑誌でも多くの追悼文を目にした。大腸がんによる78歳の死は珍しくないが、死の間近まで現役作家だったことは特筆に値する。彼女は1947年から書き始め、短編集で60年度サーペーベイマン賞を受賞した。70年以降執筆から遠ざかり、85年に復帰した。100編近い短編、50編余の長編、エッセー多数を遺した。

彼女は議会制民主主義時代の首相ウー・ヌの従妹としても有名だ。デルタの町ワーケーマでともに育ち、抗日運動や、終戦後の政治活動でも、ウー・ヌに協力した。ゆえに彼女は、62年以降の国軍によるビルマ式社会主義とは一定の距離を保った。

検閲が強化され、作家の小説離れも進む現軍事政権下で、なぜ晩年のキンニンユは精力的に小説を書き続けられたのか。

第一にそれは、女縁の賜物だといえよう。瞑想寺院に起居していた彼女を自宅近くに呼び寄せ、小説を書くよう励ましたのは、女性編集長カリャーだった。カリャーの自宅兼仕事場は、執筆のために長期滞在する女性作家もいて、女性作家のたまり場となっていた。孤高のキンニンユもそこではくつろぎ、晩年を心安らかに小説執筆に費やしたという。

第二の理由は、ビルマの文化状況にかかわる。様々な女性の人生模様の描写に定評がある彼女は晩年、経済開放政策に付随して流入する西欧文化の女性への影響（たとえば飲酒や服装など）に警鐘を鳴らした。95年度国民文学賞を受賞した長編『ミャチャービュー（女性の名）』では、ビルマ伝統文化や仏教規範の優位性を説き、若い女性の「頽廃」化の防波堤になろうとした[16]。

一方、当の軍事政権も社会主義放棄後は、ビルマ族仏教文化至上主義を国民統合の旗印に掲げる。96年以降、彼らは女性の組織化に乗り出し、若い女性には民族と民族文化擁護や家庭建設による国家への貢献を促しだした[17]。作品多数が検閲不許可で削除の憂き目にあう中で、政権がキンニンユの作品を許可したのは、ビルマ式女徳を説く点で、国家建設に貢献すると評価したからではなかったか。そう尋ねるのを躊躇（ちゅうちょ）するうちに、彼女は逝ってしまった。

16 「ビルマ女性の性と生」（南田みどり『東アジア近現代史6　変動の東アジア社会』青木書店２００２年）も参照。
17 「雑誌『女性問題』に見る小説の役割について」（南田みどり『大阪大学世界言語研究センター論集』第１号２００９）も参照。

「日本時代」をたずねて

日本占領期の作品舞台を確認するために、高原の避暑地ピンウールィン（メーミョ）を訪れた。1944年9月、ルードゥ・ウー・ラ（1917—82）は、祖母の療養に付き添って、メーミョ付近のグルカ人の村バラパッティヤ（グルカ語で大きな光）に滞在した。無聊の日々に、彼は書簡体小説と思しき『誓願男子』を書いた。

村は町の西方に現存していたが、ガヤンチャウン（ビルマ語で雷魚の川）と改名されていた。作品では、屋根が低く窓のほとんどないグルカ特有の小屋が立ち並び、様々な人種の疎開者で溢れていたという。しかし、グルカの小屋はすでに取り払われ、何の変哲もない村だった。ムスリムらしき風貌の運転手は、村の顔役らしき人物を同乗させた。訪問の目的を聞かれたので、昔知り合いが住んでいた村だと答えるにとどめた。

高名な避暑地には、もうひとつの顔がある。広大な軍の教育施設や軍事大学を擁しているのだ。「軍服のお客様には酒類販売御免」と表示する飲食店もある。マンダレーから車で2時間余、往路の相乗りの相手のひとりは、軍事大学生だった。車は大学構内の学寮前まで乗り入れた。学生は、ロシア人女性教師にロシア語を習っているという。軍事政権が、ロシアの援助で核施設を建設中だという噂をふと思い出した。

帰りの同乗者は軍事大学講師の妻と娘だった。車が教員宿舎を出てグラウンドの傍を走っていると、隊伍を組んで行進するおびただしい若者たちとすれ違った。16歳から18歳だという。この国で、衣食住と就職の保障つきで教育が受けられるのは、僧院を除けばここくらいだろう。貧しい家庭が、国軍の人員補給源となっているのだった。

マンダレーに戻る途中、石切り場近くの道路を、女性囚人の列が横断していた。ハンマーで石を砕いて砂利を作る作業の多くを、この国では囚人に負っている。砕石による石粉で目を傷めるという。アメリカに亡命したマウン・ターヤが、短編「熱烈歓迎いたします」[18]（1989）で、遠方へ「働き」に行って目を傷め廃人となった夫を案じる妻の独白を書いて、検閲不許可になったことも思い出された。囚人が砕石作業に従事させられて眼を傷めるのは、衆知のことだったからだ。

マンダレーのルードゥ（人民）出版社で、ウー・ラの妻ドー・アマーに話を聞いた。彼は陸軍報道班員の高見順に協力して、作家協会再建に協力している。ドー・アマーは、日本軍の残酷さと、二人の友情の厚さを語った。戦後高見はビルマを再訪したが、ウー・ラは服役中だった。高見は刑務所の周囲を何度も歩き回ったという。

また、ドー・アマーは、『誓願男子』の内容が、息子の親の名前を除いてすべて事実だと語った。『誓願男子』でウー・ラは、この時代を生きる道を息子に示唆する。当時日本軍はビルマに名目的独立を与えていた。しかし、ウー・ラは慎重に言葉を選んで、息子に祖国再建に尽くすよう求める。作品執筆の一ヶ月前の44年8月、抗日統一戦線が結成されていた。ウー・ラは、マンダレーを中心とした上ビルマ地方のアジア青年連盟責任者であることを隠

18　ビルマ国内では未発表。「寒い国から帰ってきた作家たち─「熱烈歓迎いたします」とその背景─」（南田みどり『世界文学』２大阪外国語大学世界文学研究会１９９６）所収。

れ蓑に、抗日闘争に深くかかわっていた。

彼は自らの抗日活動について、妻にも一切漏らさなかったという。戦後も彼は、自分の活動について述懐することはなかった。その活動は、第三者の回想に断片的に登場するだけだ。彼は作家協会上ビルマ特派員として、また出版事業者として、表面的には対日協力者だった。その抗日活動の全貌はまだ明かされていない。

42年に彼は火野葦平（1907―60）の『土と兵隊』（1938）『海と兵隊』（1939）『花と兵隊』（1939）を、ドー・アマーは『麦と兵隊』（1938）を翻訳出版している。彼はルイス・ブッシュによる英語版を夢中で読み、翻訳し、出版を申請した。幸い検閲担当が彼の従兄のコウ・サウン（ボウ・テインウィン）だったため、削除なしで出版できたと回想している。

ドー・アマーに、火野が戦後進駐軍から戦争協力者として3年間追放処分を受けたと告げると、彼女は身を乗り出した。火野作品は克明なリアリズムで、軍国主義的作品ではないのに、追放とは納得できないと、彼女は語った。その火野がインパールに派遣され、その経験を戦後『青春と泥濘』（1950）に書いたことまでは、当時私は愚かにも把握できていなかった。火野も、自分の作品がビルマで翻訳されていたことは知らずに自死した。

ウー・ラもまた戦後進駐した英国軍によって、対日協力者として2週間拘留されている。その後彼がジャーナリストとして記録文学を得意とし、小説でも民衆からの聞き取りに依拠して徹底的に事実重視の手法をとったのは、火野作品の影響があったのかもしれない。それを確認することを失念したまま、ドー・アマーも鬼籍に入ってしまった。

ヤンゴンでは、日本占領期の文学賞受賞小説『刀』（１９４３）の作者ミンスエーの長男で、作家のアウンモー（１９４０―）と会った。ミンスエーの他の作品を入手するとともに、彼の思想的背景についても教示を得た。『刀』の主人公の原型が長編『血』（１９４１）の主人公に見られることも、確認できた。

アウンモーは、雑誌やジャーナル（タブロイド版週刊新聞）の校閲を手伝っている。若い編集者はまともな文章が書けないからだと言う。彼が働くジャーナル社の編集長からインタビューを受けた。ついでにこちらからの質問もぶつけてみた。編集長は30代の裕福な中国系ビルマ人だ。97年に始まったジャーナル乱立時代は、自然淘汰の傾向にあると、彼は見る。軍事政権の息のかかった芸能・スポーツ系ジャーナルが多い中で、彼のジャーナルは報道中心だ。根強い人気の占い欄もない。発刊は2年前だが、1年目は持ち出しだった。ようやく経済的に軌道に乗ったという。検閲は厳しいが、報道らしい報道を目指したい、将来は日刊紙を出したいと、彼は弾丸のように抱負を語った。中国系にも、軍事政権と馴れ合わず、ジャーナリズムの良心を模索する人物がいることを知ったのは収穫だった。

日本占領期に手書きの雑誌を編集した作家ミンユウェー（１９２８―）にも会うことができた。当時彼は、デルタの町バテインの文学好きの中学生だった。彼が仲間と作った2冊の手書き雑誌は虫食いだったが、大切に保存されていた。大判の厚紙に美しい文字が書かれ、挿絵も彩色された貴重本だ。当時唯一の公認雑誌だった作家協会発行の『作家』も、彼らのところには回ってこなかった。かろうじて入手できたのが、『土と兵隊』だったという。彼らの作った雑誌がいかに歓迎され、回し読みされたかは想像にかたくない。

日本占領期の手書き雑誌作りは、ミンユウェーの作家としての原点となったようだ。彼は03年も現役作家として執筆するかたわら、自宅に隣接する印刷所で仏教系啓蒙雑誌を発行していた。また彼は、浄財で老人ホームや孤児ホームや寺子屋を支援するグループを結成し、奉仕活動にも精を出していた。今を生きる良心的知識人との新たな出会いだった。

アウンサンスーチー襲撃現場をたずねて

２００３年最大の衝撃は、５月30日のアウンサンスーチー襲撃事件だ。マンダレーから北西へ車で４時間走ると、近隣一帯の流通の中心地である商業都市モンユワーに入る。さらに北へ２時間。チー村からディベイン（ディペーイン）村に入る地点で、アウンサンスーチー一行の車列やバイクや自転車の隊列が襲撃された。アウンサンスーチーは負傷したままヤンゴンに送られ、インセイン刑務所に収監された。その後、彼女は市内の某所に移送され、さらに市内の病院で婦人科疾患の手術を受けた後、自宅軟禁された。

事件後、モンユワーの町は厳戒体制が敷かれ、町への出入りはチェックされた。潜伏したアウンサンスーチー関係者を取り締まるためだ。アメリカ大使館は事件直後現場に急行し、調査したというが、日本大使館では８月の時点で誰も赴いておらず、現場の状況は不明だという。

2003.8.14　ディベイン村通過後ブダリン北方のテインペーミンの墓前で。このあとモンユワ入りの検問を控え、一同緊張気味。

幸いにもモンユワーは、作家テインペーミンゆかりの地だ。彼はハイスクール時代をモンユワーで過ごした。彼の墓もその北方のブダリンの町外れにある。襲撃現場はブダリンのさらに北方だが、土地勘はある。マンダレーの作家の協力も仰いで、現地に向かった。

当初は、マンダレーから北西に向かい、モンユワー、ブダリンを経て、襲撃現場を訪れ、マンダレーに戻るつもりだった。しかし、それではモンユワーを二度通過することになり、検問所で通行が妨害される恐れがある。そこで、マンダレーから北東に向かい、シュエーボウ、キンウー、イエーウーを回って南下し、襲撃現場を通過して、ブダリン、モンユワーからマンダレーへ戻るルートを取った。名目はテインペーミンゆかりの地探訪と地元作家との交流である。

早朝、ビルマ人の装いでマンダレーを発った。マンダレーの大学教員とシュエーボウの作家が同乗してくれた。作家は97年頃筆を絶ち、当時は家業に専念していたが、その後また作品を書き始めている。

キンウーでは、アウンサンスーチーが宿泊したことのある家に立ち寄った。家主の女性医師の夫は事件後逮捕され、遠隔地チン州に近いカレーの刑務所に収監中だ。彼女は、2002年にアウンサンスーチーがマンダレーのドー・アマーを訪問した時撮った写真をプレゼントしてくれた。

襲撃現場を通過したのは昼食時間帯だった。ディベイン村はのどかな静寂の中にあった。しかし、目を凝らせば、幹線道路沿いに歩く男性農民の多くの目つきが鋭い。時おり、腰にトランシーバーをはさんだ男が、オートバイで我々を追い越していく。彼らは、民間人を装った秘密警察官だった。

ディベイン村からチー村に入る道路の右手に襲撃現場はあった。事件から2ヵ月半経っていたが、切り開かれた広場のあちこちに焼け焦げた杭が残る。下車もできず、撮影もできず、心に風景を刻んで通過した。モンユワーの入り口では、ちょうど乗合自動車が検問を受けていたが、我々の車はその横をすり抜けて町に入ることができた。

モンユワーの詩人に聞いたところでは、アウンサンスーチー一行は、襲撃前夜にモンユワーに到着した。前以て知らされていなかったが、沿道に溢れんばかりの人が詰め掛けた。日が沈み、停電であたりが真っ暗になると、誰からともなく蝋燭をともした。10月の灯明祭のように明かりが煌めく中を、一行が到着したという。一行は、国民民主連盟事務所開きの後一泊し、ブダリンに発った。

実はモンユワーでは、その1ヶ月前から不穏な動きがあったという。交通規制が強まり、徴収した罰金が襲撃資金に充てられたらしい。周辺の村から農民が借り集められ、モンユワーで襲撃訓練を受けた。襲撃候補地は二転三転したあと、通行止めになっても流通に支障が少ない奥まった地点が選ばれた。軍事政権下で行政の下部組織が、一存でこのような大それた計画をたてる筈がない。上層部が指令を出したとすれば、それは彼らが、この愚行の招く結果を予測する思慮をもなくしていたことになる。

軍事政権はこの事件を、国民民主連盟支持者と軍事政権支持者との間に生じた衝突で、死者4名負傷者50名と報じた。しかし、一説に死者282名。負傷者、行方不明者、逮捕者の詳細な人数もさだかではない。口封じのために消された襲撃者もいるという。事件後、アウンサンスーチーの随行者数名が国境を越え、タイに逃れたことで、事件の真相が次第に明らかになった。事件の全容を調査して、責任の所在を追求せよという声が諸方面から上ったが、軍事政権が調査に向けて動く気配はない。彼らは2002年2月から、彼女の地方遊説を許可していた。それによって、彼女への支持が一段と拡大した。03年春には北部カチン州で、政府軍と停戦した少数民族武装組織が彼女の護衛を買って出たが、政権から横槍が入った。同じ頃、金で雇われたと思しき「貧しい民衆」による彼女の車列への通行妨害が、日増しにエスカレートしていた。そんなおりしも、襲撃が起こったのだ。

年末年始

軍事政権は通貨価値の操作に腐心していた。2002年に1ドルは千チャットを越えたが、2003年8月に920チャット、12月には850チャットに落ち着いた。しかし、物価は下がらず、生活は苦しい。政権の苦境は、ドル収入源である観光業の低迷からも明白だった。12月1月はビルマで最もしのぎやすい涼季の観光シーズンだが、ホテルは閑散としていた。また、ホテルのスタッフの入れ代わりが激しいのか、訓練も行き届いていなかった。

時間節約のためマンダレーへは飛行機を使った。ヤンゴンから車や鉄道で15時間、飛行機で1時間半だ。中国の出資で2年前に完成した立派なマンダレー空港内にも、人影はほとんどない。ガラス越しに壮大な眺望が広がる「キプリング・カフェ」と命名された喫茶店にも、観光客の姿はない。座っている数名も、到底只者とは思えない。なにしろ、この新空港は町から2時間かかる。バスはなく、タクシー料金は公務員の月給並みとくる。ヤンゴンからの航空運賃も138ドルかかる。空港のカフェで「くつろぐ」ミャンマー国民が、一般の民間人だと判断する根拠は全くない。

ヤンゴン―マンダレー間は、むしろ列車が好まれる。帰りは10年ぶりに列車を利用した。この10年で高級ホテルも増加したから、列車も改善されていると期待した。しかし、一等車は10年前同様古めかしく、揺れも激しく、轟音けたたましく、隣席と話すにも大声で怒鳴らねばならない。車両の連結部は線路が丸見えで、危険極まりない。二等車は木製のベンチで、床にも人が寝転がっている。トイレではビルマ式は水が出ず、洋式は汚れていた。

10年前と大差ない列車の旅で、10年前には見かけなかった光景があった。食堂車で、軍服の少年兵数名がビールを飲んでいたのだった。ビルマ仏教では飲酒は戒律違反だ。ピンウールィンの飲食店が掲げていたように、軍服着用者の飲酒が軍規違反でもあるとすれば、食堂車の光景は軍の堕落を物語る。

ヤンゴン―マンダレー間はバスが3000チャットで、乗車券も入手しやすい。列車は外国人33ドル、現地人4千チャットで、通常3日前から予約できる。しかし、飛行機同様列車の予約はしばしば反故にされる。政府高官関係者や外国人が優先されるのだ。ただし料金を上積みすれば、公安官用座席が回してもらえる。したがって国民にとって、運賃はあって無きに等しい。このような交通事情では、遠隔地の刑務所へ面会に行く家族の苦労も並大抵ではない。

列車は大晦日の朝7時、ヤンゴンに着いた。人民公園から多数の人々が出てくるところだった。翼賛組織の集会が終わったところらしい。集会の模様は、その夜のテレビと翌日の新聞で報道される。会場は通常施錠され、軍事政権の行事にだけ利用される。

一方ヤンゴン市街地北方のインヤー湖畔の土手では、大晦日に自然発生的集いがある。88年にデモ学生の血に染まった土手だ。90年頃から、この土手で若者たちが年越しするようになった。参加者は増加の一途をたどっている。2003年の大晦日は、朝から治安部隊や私服の秘密警察が周辺の道路に詰め、湖畔の店では酒類販売が禁止されていた。前年は道路も閉鎖されたというが、03年は車両の通行は可能だった。

夜11時半に湖畔を訪れた。真っ暗な土手の上は若者で一杯だ。土手の道をぞろぞろ歩きながら、すれ違うごとに「ハッピー・ニューイヤー」と挨拶するのがルールだという。しかし、彼らの声は怒声に近い。花火を持ち歩く者、備え付けのブリキのビーチパラソルを倒して蹴りを入れる者、この機に乗じる痴漢やスリもいる。小競り合いも生じかねない。騒ぎが起これば、治安警察の出番となる。

何事もなく04年が明けたのは幸いだった。不満の捌け口が封じ込められ、将来に希望も持てず、刹那的な楽しみに溺れるしかない若者たちの怒りの発散の場が、治安警察に包囲された年越し行事として用意されているのだった。

この国の新年は4月の水祭りだから、西暦の元旦は休日ではない。ヤンゴン市街地の人出も平常通りだ。賞味期限切れ日本食品を並べていた目抜き通りのデューティーフリー・ショップが、ショッピングモールに模様替えしていた。高級家具や宝飾品が並ぶきらびやかな店内に、客はほとんどいない。ショッピングモールは増加傾向にある。より庶民的なモールを覗いてみた。人出は多いが、財布の紐は固そうだ。食品売り場の片隅には、上司への贈答用の酒や乾物を詰め合わせた高価な果物籠が多数並んでいた。ヤンゴン最大のボウヂョウ市場でも、常設店は閑散としていた。ただ、道路に並んだ臨時の露店では安い商品が売られ、大層な賑わいだった。

12月27日から1月3日まで、ヤンゴンではスクールファミリー・デーが催されていた。98年に始まる教育省主催行事だ。ヤンゴン大学のダイヤモンドジュビリー・ホールでは、屋外に市内の各学校がブースを出展していた。しかし、初等教育から高等教育までの教育関係の展示はお粗末で、むしろ生徒手作りの手芸品即売や、飲食の模擬店に人が集まっていた。ホール内の多くのスペースも、市内の書店の即売コーナーで占められる。定価より安いので、来訪した学校関係者で賑わっていた。それでも、昨年の方が盛況だったという。最終日の1月3日は、軍事政権首脳が視察するため、厳戒態勢で入構できなかった。その模様も、その夜と翌朝のテレビで放映され、新聞でも報じられるのだろう。

この国の行事は記録され放映されるためにある。メディアはプロパガンダの重要な手足だ。スクールファミリー・デーの期間中、テレビの報道番組でも、生徒たちによるブラスバンド・コンテスト、スポーツ・コンテスト、古典芸能などが連日放映されていた。これらの行事の費用は父母たちの大きな負担となり、練習のために授業時間が犠牲になっている。親の経済状況悪化で、学校に行けない子どもたちも増えている。メディアを流れる軍事政権自作自演イベントの陰の事実を国民は熟知している。

2日夜、宿に戻ると、よく日焼けして目つきの鋭い男がフロントに座っていた。鍵を受け取り部屋に戻る途中、男がわたしのことをスタッフに尋ねるのが聞こえてきた。後で聞いたところでは、男は夕方のフライトで到着した中国人を尾行してきた秘密警察官だという。中国人の入国カードの職業欄にレポーターと書かれていたのだ。翌3日には、さらに監視が増員されていた。しかし、監視体制は朝8時から夜10時までで、時間外の行動は不問に付されるらしい。

独立記念日の4日朝、出勤してきた秘密警察氏と入れ違いに宿を発った。独立56年目の第一日が始まった。

過去と現在

２００３年末、02年度ミャンマー連邦国民文学賞が授与された。小説は、長編短編部門とも女性作家が受賞した。両部門での女性の受賞は、同賞が芸術文学関係賞と呼ばれていたビルマ式社会主義時代の１９６３年以来だから、40年ぶりの「快挙」といえる。

長編受賞作『六角関係』は、ヤンゴンを舞台に、生業も階層も異なる六家族における、六人の妊婦の出産に至る10ヶ月を描く。六家族の構成員相互に、直接あるいは偶然の接点を持たせつつ、十代の妊娠、エイズ、父親の不倫、停電、物価高など、現代の諸相をちりばめる。さらに登場人物たちに、妊娠出産関係の医学的知識を啓蒙的に語らせ、国家建設に貢献すべき人材を生み出す母の偉大さをも、讃えさせる。

作者マ・サンダーは、翼賛組織「文学ジャーナリズム連盟」中央執行委員もつとめる。88年に登場した軍事政権下で、三度目の受賞である。今回の受賞作も、近年女性団体の組織化に熱心な軍事政権の政策を周到に支える役割を担う。

言論統制下、長編はプロパガンダ小説とロマンス小説に二極分解する傾向にあり、しかも後者が多数を占める。ただし、小説の書き手の大半が兼業短編作家だ。彼らは検閲を意識して、控えめな語り口で日常の断片を描く。いまひとつの受賞作・短編集『無形容量』には、そのような13編が収録される。作者タンミンアウン（1953―）[19]は、市場で漬物店を営む傍ら、ハンセン病撲滅、エイズ防止、葬儀支援などのボランティア活動に奔走する。そして、その中で観察した市井の人びとの悲喜こもごもが、語られるのだった。

ところで、一家でアウンサンスーチーの食事を担当するジャーナリストのウー・オンミンによれば、12月現在、彼女は小食で痩せているが健康で、週一回の菜食を守り、瞑想し、読書し、海外ラジオ放送を聞く毎日だそうだ。襲撃事件で逮捕された人々が釈放されない限り、自身はいかなる特権にも甘んじない覚悟を示しているという。

帰国後まもなく、独立以来戦闘状態にあったカレン族反政府軍と軍事政権の停戦交渉が始まった。その一方で、1月以降都市部の停電がさらに増えたという。「日本時代」の灯火管制の再来だと語る作家もいる。そのようなビルマに、日本政府が援助を新たに与える準備をしているという。日本占領期の外務大臣で、作家でもあった元首相のウー・ヌは、大戦中の回想録『ビルマの5年』（1946）冒頭で、「言葉は信じられない。経験が教える。日本人はそんな輩である」と語った。

過去のビルマを調査する旅は、この国の運命と深くかかわってきた我々の過去と現在をも、我々につきつけてくれる。

19　短編は『ミャンマー現代短編集2』に所収。

ラカイン州ミャウウー北方（2002 年 2 月 9 日）

第四章 軍事政権下をゆく 3 臨界域

1. 混迷の風景　2004

雨季の風景

この年の雨季は例年以上の降雨量だった。ヤンゴン市内でも、一旦降るとたちまち道路に水が溢れる地域が少なくない。郊外の女性作家宅では数日間床下浸水が続いていた。また、別の作家宅を探して郊外の路上に立てば、強い風雨と悪路のおかげでまともに歩けないほどだった。

雨の中を4泊5日かけてマンダレーまで車で往復した。ある給油所のトイレは前年より汚れ、紙が詰まり汚物が溢れていた。食事に入った店で電動招き猫を見かけた。この国の商店は通常招き猫ならぬ招きフクロウを置く。近年フクロウは姿を消しつつある。ここにも中国進出の影が透けて見える。

飲食店で働く少年たちは、日本の子どもより態度は大人びるが、体格は貧弱だ。10歳位に見えた少年が実は15歳で、小学校2年中退だった。マンダレーまで車で3時間の茶店の少年は、自分の住む町を離れたことがないと語った。国軍がこの近隣の少年を駆り集めているとの噂もある。今回は子どもの物乞いもよく見かけた。こうした子どもたちが、少年兵の供給源となることも懸念される。

乾燥地帯に入ると、道路建設現場が増加する。クーラーが効かず窓を全開にした我が中古車は、もうもうと土煙を浴びる。道路が完成すれば、ヤンゴン—マンダレー間の16時間は少しは短縮される筈だ。工事は、中国系のホーパン・カンパニーやアーシャ・カンパニーが請け負う。これらは地元ではヘロイン・カンパニーと呼ばれている。

マンダレーに入る前にピンウールィンに上る。軍事大学エントランス前では、三大ビルマ王の堂々たるモニュメントの工事中だった。土曜の朝の町には、休日を楽しむ軍服姿が溢れていた。マンダレーの作家ルードゥ・ドー・アマーは夏季と雨季をこの町で過ごす。精力的に執筆していた彼女も二ヶ月前から、書けない、読めない状態だとこぼした。しかし、舌鋒はあいかわらず鋭く、録音して孫に記録させる方法を検討中だ。２００2年秋、遊説でマンダレーを訪れたアウンサンスーチーが真っ先に会ったのが彼女だった。感無量の面持ちで手を握り合う二人の写真を、わたしは03年8月に入手している。１９９5年の「解放」時、彼女はスーチーの力量をあまり評価していなかった。98年、彼女は「今のビルマであれほど勇気があって粘り強い人を私は知らない」と語り、評価を上げていた。今回も彼女は語った。「２００3年5月の襲撃で、アウンサンスーチーはおそらく暗殺される筈だったのよ。生きて帰れたのは、強運という他ないわ。釈放は、なかなか難しいでしょう」

高原を下ると、マンダレーの町は暑さと埃の中に佇んでいた。赤ん坊を抱いた子どもが物乞いをし、子連れ女性が廃品回収に歩く。ゴミ収集車がゴミ捨て場にゴミを捨てると、女性が二人駈け寄ってきて、目ぼしいものを漁っていた。

旅も終わり近く、ヤンゴンまであと2時間のバゴウの町外れに差し掛かった時だ。大水で道路が寸断され、車が渋滞していた。我々がマンダレーに向かった直後の大雨のせいらしい。道路脇の家屋は浸水し、しかも停電中だ。横丁を小舟で行きかう人びともいる。幹線道路は、500メートル先まで浸水していた。歩行者は腰まで水に浸かって歩く。片側通行で、車は交替で徐行する。地元の男性7名が、車高の低い我々の車の担ぎ屋兼押し屋になってくれた。雨が止み、まだ夜まで時間があったのが、不幸中の幸いだった。

付近の水田も水没中だ。水没した村もあるらしい。たしかに大雨は天災でも、大水は人災にほかならない。外貨獲得のために、軍事政権は山間地帯で木材を乱伐する。樹木を奪われた大地は雨水を吸収しきれず、水は河川へなだれこむ。いきおい平地では、増水で水路が決壊する。英領時代は、一本伐採するごとに一本植樹したと聞く。軍事政権は植民地主義者ほどの思慮さえ持ち合わせないのだった。

野辺送りの風景

8月15日午前11時30分、96歳の詩人ミントゥウン（国語学者ウー・ウン）が眠るように息を引き取った。彼は1930年代に勃興した「キッサン（時代を探る）」文学の旗手の一人だった。ビルマ定型詩は王朝時代に開花した。植民地化以降も、これを受けて復古的内容が壮大華麗に謳いあげられた。「キッサン」詩人はこれに揺さぶりをかけた。彼らは西欧ロマン主義の影響を受け、古典的な4音節の押韻形式を踏襲しつつ、平明な日常語で生活的感慨を綴った。それは、ビルマ現代詩の礎石となった。

ミントゥウンはまた、ビルマ有数の国語学者だった。1933年、ヤンゴン大学ビルマ文学科を卒業後助手となり、36年から3年間英国に留学して、文学修士号を取得した。帰国後ビルマ文学科副講師を務め、日本占領期にはビルマ語辞典の編纂にかかわった。戦後はビルマ文学科講師、教授、大学翻訳出版局長などを歴任した。辞典の編纂や文学・国語学研究に携わり、71年定年退職した。75年から79年まで大阪外国語大学客員教授だった彼は、我が恩師であり、後の同僚であった。

彼はまた、ビルマ児童文学の発展にも寄与した。すでに30年代から創作童話を発表した彼は、ビルマ文学に児童向けの詩というジャンルも開いた。晩年には俳句に関する著作も少なくない。その影響で、ビルマの詩人の中に俳句への関心が高まり、その是非をめぐる論争も生じている。

偉大な学者は、その晩年驚くべき行動に出る。88年の民主化闘争時、80歳だった彼は街頭に立ち、アウンサンスーチーを讃える詩を朗唱した。90年の選挙では国民民主連盟から国会議員として立候補し、当選した。実のところ、大阪時代の彼は政治に関心のある素振りを見せなかった。「キッサン」文学を、階級的視点に欠けると批判した作家テインペーミンを研究していた[1]わたしも、師とは一定の距離を置いて接した。後で聞けば、すでにビルマ国語学研究は、ビルマ社会主義計画党議長ネーウィンの理不尽な介入を受けており、それに抗し

1　テインペーミンとミントゥウンの論争は「テインペーミンとキッサン文学」（南田みどり『大阪外国語大学学報』52　1981）で紹介。

た唯一の学者が我が師であったという。

国民民主連盟が選挙に圧勝した後も軍事政権は権力の座を譲らず、国民民主連盟選出議員に圧力をかけて辞退を迫った。ミントゥウンも98年に辞退を余儀なくされた。さらに軍事政権は、御用学者を使って彼の業績を誹謗中傷させた。近年では、ジャーナリズムがミントゥウンを取り上げることもタブーになっていた。

わたしが彼を訪れたのは98年が最後だった。野辺送りまでにヤンゴンに戻れた偶然に感謝したい。8月17日正午、ヤンゴン郊外のイエーウェー墓地の一角は、作家、詩人、ビルマ文学科教員などで溢れていた。親族に担がれた柩が到着し、柩型の石の墓に収められ、入り口が塗りこめられた。柩には制服姿の国民民主連盟員も4、5人付き添っていた。党員多数が参列したがったが、混乱が生じる恐れもあり、人員を制限したという。彼らは当初、写真を撮る私を秘密警察官だと思ったらしい。国民民主連盟関係者の葬儀には、秘密警察官が紛れ込んで、参列者の写真を撮るのがお決まりの風景だったのだ。

かんかん照りの空が、帰途につく頃にわかに曇り、大雨と大風に見舞われた。詩人アウンチェイン、マウン・ピエミン、ルーサンと飲食店で雨宿りした。ミントゥウンの思い出を語るわたしを、詩人たちは質問攻めにした。さらに彼らは、日本の詩人はなぜ書くか、詩人と政党の関係はどうなっているか、言論の自由があるのになぜ政治的メッセージの詩が少ないのか、イラク派兵を日本国民はどう見ているのかなどの質問も浴びせた。店内には他に客もなく、いつしかボーイ全員が我々を取り巻き、話に耳を傾けている。秘密警察官が紛れ込んでいないとも限らない。暗黙のうちに、互いに言葉遣いに注意を払いつつ、ミニ公開文学討論会は、雨の止むまで続いた。このように、野辺送りによって、死者は生者を繋いでくれるのだった。

国境の風景

雨季の移動は車が無難だが、行動範囲が限られる。12月の涼季に空路シャン州ターチーレイに飛んだ。ヘーホウ経由で2時間半。タイとの国境の町は意外に小ぎれいだった。日中は暑いが、湿度は低い。朝は少し冷え込む。車が少なく、バイク・タクシーが交通手段だ。シャン族の仏教寺院、クリスマスを祝う教会、タイ語・中国語の看板、価格のバーツ表示など、他の町では見られない風景がある。地元民の話では、この町はかつてみすぼらしい小屋だらけだったが、国境貿易で活気があった。今は、不況に沈んでいるという。

小さな川の向こうがタイのメーサイだ。ゲートは8時から17時まで開く。町の静けさと対照的に、ゲート付近だけが賑やかだ。それもタイからの入国者が多い。タイ観光のついでにこの摩訶不思議な国を覗きに来た少数の西欧人もいる。しかし、大半が買い物ツアーよろしくバスをしたてて来たタイ人だ。彼らは、橋の袂の市場で安価な中国製品を買い漁る。男性客にポルノDVDを売りつけようと、タバコ売りがしつこくまとわりつく。讃美歌を大音響で流す川沿いの免税店では、等身大のサンタクロース人形が出迎える。仏教文化を誇る軍事政権らしからぬ風景だ。「西欧文化」に寛容なところを示して、客寄せをしているのだろうか。

しかし、店内は人影もまばらだった。

なぜかわからないが、ビルマ側とタイ側に各5ドル支払うと、メーサイに少し入ることができた。道路は広く、舗装され、歩きやすい。乞食もいない。淡々と日常が流れる。川沿いのレストランから眺めたビルマ側は、やたらけばけばしく騒々しい非日常の世界だった。メーサイ市街地の軽食店の奥で、ビルマ女性が皿洗いをしていた。ターチーレイからの通いではなく、住み込みだという。ターチーレイには仕事がないそうだ。

翌日は車で東へ1時間、「黄金の三角地帯」なるものに案内された。途中シャン族、アカ族、ラフ族などが住むいくつかの村を抜ける。古いシャン族仏教寺院や、シャン文字の表示も見かけるが、近年開発されたばかりの村もある。かつては、一帯がケシ畑だったのだろうか。時々、銃を携行したシャン族兵士が通りかかる。現在ケシ畑は北上し、中国との国境地帯にあると囁かれる。2箇所で検問を受け、第三の検問所と思しきところが、「パラダイス・リゾート」の裏口だった。背の高い草の間の狭い道をすり抜けると、突然目の前にメコン川が開けた。対岸にラオスの小高い山が広がる。メコン川とその支流ナンホウ川に挟まれた三角洲がビルマ領だ。ナンホウ川の西側はタイ領で、道路を走る車やホテルが見える。この三角洲が地元で通称「黄金の三角地帯」であり、そこに聳え立つ「パラダイス・リゾート」は、外国資本で建てられたカジノ付き豪華ホテルだった。敷地内にビルマ人従業員の住居も見える。タイ人か中国人の家族が船遊びをしていた。宿泊客は少ない模様で、裏手のテニスコートは雑草だらけだった。

左から詩人ルーサン、同マウン・ピエミン、同アウンチェイン
野辺送りの帰りに。　2004.8.17

ターチーレイからさらに北方へ車で5時間。チャイントン（ケントン）に向かった。チャイントンから空路ヤンゴンへ戻るためだ。途中4箇所で検問を受けた。ここでも銃を携行したシャン族の民兵を見かけた。停戦したものの、ときに国軍とシャン軍の小競り合いがあるという。かつて、麻薬王クンサーの軍がチャイントンを襲撃した時、この道路沿いに住民がターチーレイへ逃げた。道路沿いには様々な民族の村がある。とある店で、ペットボトル入りのアカ族の地酒を見かけた。薬草入りもある。味見していると、肴にと竹虫のから揚げが出された。竹の中に住む3センチほどの白いイモムシ

である。

シャン族文化圏の要衝である古都チャイントンは、近年人身売買供給源というもう一つの顔も持つ。最近も、チャイントンの少女たちを乗せターチーレイへ向かった車が摘発された。1992年にターチーレイ―メーサイの国境が開いて以来、チャイントン周辺の小村の少数民族の娘たちは、タイ、マレーシア、さらに日本まで売られてゆく。96年のビルマ観光年には、チャイントンの中心にあるノントゥン湖上のディスコでミニスカートの女性が踊ることが話題となった。元来ビルマ女性は長いロンヂーを着用し、くるぶしから上を見せることはタブーだ。今ではこの種のディスコがヤンゴンにも現れ、売買春の温床となっている。一方チャイントンの湖上ディスコは数年前営業中に崩落し、水死者も出て、今は跡形もない。

チャイントン・ホテルの客室に、ヤンゴンでは見られない注意書きを見つけた。「武器弾薬持ち込み禁止」とある。一般に、「ヘロイン使用禁止」など、この国の幾多の注意書きは、それらが持ち込まれ、使用されている現実を物語る。ヤンゴンの空港では、我が小さなハサミが探知機にかかって大騒ぎだったが、チャイントン空港には探知機もない。女性検査官は、わたしの携帯化粧品をもの珍しそうに「検査」した。一方、待合室に入ると、乗客はジャーナルを強制購入させられる。12月20日付150チャットの政府系ジャーナルが、12月28日に500チャットで売られる。これが空港職員の生活費の一部となるのだ。地上の混沌とは裏腹に、帰路の空からの眺めだけは絶景だった。

首都の風景

この国の小・中・高では、生徒も教員も白のブラウスと緑のロンヂーが制服だ。一方、大学に制服はなく、教員だけが民族服着用を義務付けられていた。学生たちの間では、Tシャツ、ジーンズ、ミニスカートなどが増加の傾向にあった。ところが、2004年8月16日から、学生も民族服着用が義務付けられた。当日、ヤンゴン郊外東北にあるダゴン大学を訪れた。若干の男子がジーンズ姿で、女子はほぼ民族服だった。しかし、若者向け雑誌は依然として西欧ファッションを掲載する。大学を一歩出ると、若者は思い思いの服装で塾や各種学校に通っていた。

10月、国境地帯の検問所の情報局員たちの不正行為に対する責任が咎められ、キンニュン首相が逮捕された。背景には、国防省情報局長を兼務する首相と、軍事政権・国家平和発展評議会議長タンシュエーとの利権争いがあったという。首相の一族郎党は相次ぎ摘発された。政府高官の妻たちが役員を務める女性団体でも大幅な役員交替があった。妻たちが教員を務める各大学でも突然の更迭があったらしい。拷問による死者や自殺者も出ている模様で、逮捕劇は尾を引きそうな気配だ。ある大学教員は語った。

「不正など誰でもやっているよ。キンニュンは、飲酒や女性問題のトラブルもなく、普通に人と話が出来た。要人の中ではまともな部類だったわ」

逮捕劇の衝撃をかわすかのように、11月には数千名の囚人が釈放された。その大半は、窃盗、強姦、売春、ヘロイン売買などで投獄された者だという。12月21日正午、催しで賑わうヤンゴンのボウヂョウ市場東側の喫茶店で爆発があり、1名が死亡した。24日正午には、カレン州のパアン大学前で爆発があり、学生2名が死亡した。

それに追い討ちをかけるように、26日に地震が起こった。ヤンゴンもかなり揺れたらしい。しかし、報道はない。28日にヤンゴンに戻ったわたしも、日本からのファックスで地震のことを知る有様だった。29日午前3時30分、余震を感じた。ようやく29日の国営放送で、国内の死者が30名と報道された。口コミ情報では、死者37名、行方不明者75名、家屋５０００が損壊という。ヤンゴンでも一部建物が崩壊して死者を出し、エーヤーワディー・デルタでは橋が折れ、南端の町ラプッターで大きな被害があったらしい。

ビルマで地震は時たま起こるが、ヤンゴンでは珍しい。揺れが来た時、自分の体に異変が生じて目まいがしたのだと思った人が多かった。29日にはある地区で、午後5時に地震が起きるという噂が流れ、人々が一斉に路上に出たという。これが、スマトラ沖地震だったと知るのは後日のことだ。

1月2日の帰国の朝、翼賛組織の行事を大々的に報じる国営紙の片隅に、死者53、負傷者43、行方不明者21、崩壊村落17、住居喪失１３８所帯７７８名という小さな記事が出た。帰国後入手した12月30日付赤十字国際委員会報告では、死者86、負傷者45、行方不明者10、倒壊家屋９７７、不明船舶７６５、住居喪失者５３００、倒壊橋梁3だった。南部海域に無数にある小島が防波堤となり、大被害を免れたらしい。軍事政権は外国の支援を拒否し、メディアやＮＧＯの入国も制限した。後日、タイ南部でミャンマー人労働者２５００から３千名が死亡し、5千から7千名が行方不明になったと知った。さらに、タイ警察や入管が、被災ミャンマー人に逮捕や強制送還で追い討ちをかけているという。

一方、大晦日に大ホテルの年越しパーティーを通りすがりに垣間見た。アラビア風衣装で顔を黒塗りした男が英語で司会する舞台では、ベストカップル選びの最中だった。入場料は30ドルで、中堅公務員2か月分の月給に相当する。大使館関係者が多いというが、子供連れの中国系らしき家族も見える。バイキング料理は余っていたが、一同は舞台に釘付けだ。津波も地震も忘れ去られ、別世界が展開していた。

大晦日恒例のインヤー湖土手の集まりは、前年我々が去ったあとで、死者3名逮捕者6名を出した。2004年は夜9時で解散と定められ、治安警察も配備された。衝突はなかったが、帰途に着く若者たちの怒声が、1時近くまで路上にこだましていた。

帰国直前、ジャーナリストのウー・オンミンからアウンサンスーチーの様子を聞くことができた。彼女への差し入れに対する検査や写真撮影は、04年8月に一旦緩和された。彼女は03年の襲撃犠牲者の遺族に、自分の名で見舞金を贈り、遺族の子どもたちにも学資を援助したという。11月、国民民主連盟は、軍事政権タンシュエー議長宛の書状の文面を彼女にチェックしてもらおうと、差し入れに忍ばせた。文書は発見され、以後検査が厳しくなった。さらに当局は、邸内で彼女の身辺を警護する国民民主連盟の若者10～13名を6名に削減するよう通告してきた。彼女は護衛は一切不要と宣言した。12月、邸内には食事を運ぶ女性2名が出入りするのみとなった。彼女自身は読書しすぎて肩を凝らす以外は健康で、規則正しく生活している。海外放送を聴き、瞑想し、週2回の菜食を守っている。意気ますます軒昂で、「民族友好と和平によってこそ、全国民が豊かになる」「何事も話せばわかる」という姿勢を、一歩も譲っていないらしい。

彼女の釈放の見込みは薄い。釈放されれば、彼女は襲撃事件の真相究明に乗り出すだろう。襲撃には新首相ソウウィン（1949―2007）が関与し、タンシュエー議長が背後で動いたというのが、衆目の一致するところだ。仮に釈放されたら、今度こそ彼女の命はないと、支持者たちは危惧する。しかし、護衛なしの生活も暗殺の危機と背中合わせだ。欧米からの援助が凍結されても、中国、インド、タイの支援を得て強気の軍事政権の迷走は、止まるところがない。迷走に歯止めをかける存在として、わが国に期待をかける国民は多い。

不条理の風景画と民主化の種

2004年6月に、女性作家ケッマーが『日本語翻訳短編集・ジャスミンはいかが』を出版し、話題を呼んだ。これは、わたしが編集・翻訳した『ミャンマー現代短編集2』のビルマ語版だ。1989年から96年に発行されたビルマの雑誌から選んだ18編を収録する。多くの雑誌の7月号が同書を紹介し、論評した。しかし作品そのものの論評は回避され、わたしのビルマ語序文への論評に終始した。そこからもこの国の文学界の困難がうかがえる。これら18編は、雑誌掲載時にも検閲を受けたが、今回の単行本出版時に再検閲を受け、13箇所が削除された。作者18人中5人が投獄経験者で、削除作品が出なかっただけでも幸いだった。

涼季の帰国の朝、空港は冷房が効きすぎて寒いほどだ。この国の空港では、冷房が涼季にだけ効力を発揮するらしい。夏季には多方面で電力を消費するので、空港の冷房も効きにくい。冷房が不必要な涼季に元気付く冷房は、その存在を誇示するためだけの意味しか持たされない。このように、至る所満ち溢れる不条理が、軍事政権混迷の風景画を彩っていく。不条理の集積が自壊を導き出す日を、人びとは息を潜めて待っている。

なお、04年2月、大学間交流協定締結のためタイのチェンマイ大学を訪れ、偶然もう一つのミャンマーと出合った。国境を越え、難民キャンプにたどり着いた若者の中から優秀者を選抜し、教育するクラスが大学の一角にあったのだ。教室には、少数民族を中心に20名ばかりが「先進国」に留学できる日を夢見て、勉学に励んでいた。このような人材の育成も民主化の種を撒く作業なのだと、思いを新たにした。

2. 虚構をしのぐ現実のなかで　2005

「死の鉄路」の白い蝶

5月の猛暑にうだる昼下がり、木々に覆われた密林では、時折密やかな風さえ通り過ぎる。バンコクから車で4時間、泰緬鉄道最大の難所に建設されたヘルファイア・パス・メモリアルの入場者は少数の欧米人だけだった。連休でタイを訪れた日本人も、ここまでは足を伸ばさないらしい。メモリアルは、オーストラリアのボランティアが13年かけて密林を切り開き、1998年に完成した。博物館の建物を出て、ヘッドホンから流れる元捕虜たちの証言を聞きながら、密林に敷設された歩道を歩くこと一時間。垂直の切り立った岩壁に挟まれた谷底の線路跡は、死者たちの魂がさまよう死の谷さながらだった。

鉄道はタイのノーンプラドックとビルマのタンビューザヤッ間400キロを結ぶ。42年6月末タンビューザヤッに、7月初旬ノーンプラドックにゼロ距離標が打ち込まれ、着工した。平坦地でも8年かかる工事は、1年4ヶ月で完成した。連合軍捕虜5万の内1万余、アジア各地からの一般労務者10万の内3万、そして日本軍1万5千の内千名が犠牲となった[2]。

悪名高きこの「死の鉄路」は、戦後ビルマでも文学作品の題材となった[3]。しかし、95年に訪れたビルマのタンビューザヤッには、古びた記念碑と連合軍捕虜の墓地があるだけで、鉄道跡は廃墟と化していた。一方タイでは、カンチャナブリー――ナムトク間50キロ余りを今も列車が走る。熱風が吹き込む固い座席に座って、のろのろ運転2時間半。川沿いの切り立った絶壁や、車両すれすれの岩壁の間を通り抜けて平地に出ると、西の彼方にビルマと国境を接する山並みが広がった。白い蝶の群れが風に乗って列車を追ってくる。それがいつしか消えた頃、クウェー・ヤイ川の鉄橋が見え、カンチャナブリーの町に入った。

---

2 『泰緬鉄道』（吉川利治著　同文館1994）に詳しい。
3 ノンフィクションは『死の鉄路』（1968、リンヨン・ティッルウィン　田辺寿夫訳　毎日新聞社1981）

ビルマ語で「蝶」を意味する名詞には「魂」という意味もある。事故や、伝染病や、はたまた日本軍の拷問で死んだ人々の魂が蝶となり、「戦争は終わっていない」と囁きかけるかのような光景だった。

再刊小説興隆の蔭で

都会の大書店の純文学コーナーに並ぶ新刊書は、よく見れば、多くが1930年代から70年代に出版された長編や短編の再刊だ。このような再刊は95年頃に始まっていたが、2005年現在では純文学出版物の大半を占める。一方、相変わらず新刊長編といえば、大多数がロマンス本だ。ここからも文学の低迷が垣間見える。

80年代から純文学の世界では長編の影が薄くなり、かわって短編が主流となった。その短編も最近は不振だ。「新しい書き手が生まれない」と、編集者たちはこぼす。その背景には、検閲強化や、経済状況悪化による作家たちの生活困難がある。

理由はともあれ、名作の再刊は歓迎したい。さらに05年は、二十世紀ビルマ文学を概観する労作の出版が相次いだ。5月には、1931年から98年までの発表作品と作者の経歴を収めた『二十世紀百の短編　百の作家』が出た。高価なのが難点だが、書評は概ね好意的だ。7月には、物故有名作家百名の経歴を収めた『二十世紀ミャンマー作家百名』が出て、文学愛好家たちを喜ばせている。

なお6月に『マハースエー短編集』が出た。文豪マハースエーが1937年から48年にかけて発表した15編を収める。その中に、日本占領期の中編「好きなものを選び取れ」（1944）が収められたことは注目に値する。日本占領期は、検閲や紙不足によって「文学の暗黒時代」と呼ばれた。しかし当時の作家は、時代の真実を巧みに作品に練りこんだ。「好きなものを選び取れ」は、闊達な娘の婿選びの顛末を描く。丹念に読めば、マハースエーが如何に表現の限界に挑戦したかが読み取れる。

マハースエーは、戦後出版した長編『戦地と愛の清流』（1945）の序文で、当時日本軍の検閲だけでなく、ビルマ軍の検閲があったことを明かした。44年2月、彼はこの作品の出版を国防省に申請したが、兵士の恋愛描写に重きを置きビルマ軍を軽んじているという理由で不許可になった。現代の文学界で悪名高き検閲は、ビルマ式社会主義時代に始まるが、そのルーツはこのように、日本占領期まで遡る。ちなみに、マハースエーがより強烈に世相を風刺した長編『逆さま時代』（1943）も最近再刊が企画されたが、いまだ実現されていないと聞く。

「日本時代」の遺産

日本占領期に出版されたビルマ小説からは、現在のところ明確な日本人像が窺えない。名前と顔を持たないおぼろげな、集団としての日本軍人が登場するだけだ。その理由として検閲の存在が考えられる。もちろん、日本軍人とビルマ女性とのロマンスといった類の「友好小説」も見出せない。すなわち「日本時代」のビルマ作家は、文学を対日協力のプロパガンダに利用することを潔しとしなかったのだ。何が書かれたかだけでなく、何が書かれなかったかにも目を配れば、言論統制下の文学状況がより鮮明となる。そのことをわたしは、現代のビルマ文学状況から学び取った。

一方戦後ビルマ小説には、明確な日本人像が登場する。その多くは、ファシストの権化としての役割を与えられるが、若干の例外的人物像も存在する。たとえば中編「ヨシハラ」（1954、ニンウー）は、1945年3月の抗日蜂起直前のマンダレーを舞台に、ビルマ軍人の視点で日本人将校ヨシハラとの友情と別れを描く。この寡黙な日本人将校は、アメリカの大学を卒業した知識人で、家族を愛し、密かに戦争を憎む。ところが抗日組織は、ヨシハラを密命を帯びた情報将校と見なし、主人公にその殺害と機密書類の入手を命じる。苦悩の末、殺害したヨシハラの遺品の中に主人公が見出したのは、家族からの手紙だけだった。

こうしたリベラルな日本軍人は現実に存在したのか。それが長年の疑問だった。2005年末年始にかけて訪れた時、軍人作家ナッマウ・ボンチョー（1920—2006）と会うことができた。彼は、日本占領期の作家協会機関誌『作家』に2編の詩を掲載している。軍務で行動が制限されていたから当時の文学状況には詳しくないと断った上で、彼は親しく接した日本人将校たちの思い出を語った。その中には、シカゴ大学やソルボンヌ大学卒業生もいた。また、ビルマ人生徒に向かって「戦争はよくない。我々は大義のために戦うしかないが、君たちは戦争せずに済むように、頑張って下さい」と訓示して、満州へ転属させられた幹部候補生学校校長もいたという。

ファシズムの枠内とはいえ、良心的将校が存在し、ビルマ軍人と友情を育てたことは確認できた。このような占領期の様々な逸話を題材とした戦後ビルマ小説は、「日本時代」の遺産といえる。そして、日本軍特務機関が創設したビルマ独立軍を前身とするビルマ軍もまた、「日本時代」の遺産だ。ナッマウ・ボンチョーは、アウンサンの竹馬の友だったので入隊した。アウンサンは昔から無口で、率直で、正直者で、嘘を憎んだという。その生家は田畑を所有していたが、アウンサン自身はそれを笠に着ず、貧しい使用人たちと親しく接したらしい。

彼らの故郷ナッマウには8月に訪れていた。マンダレーからパコック、マグエーを経て西へ車で10時間。ビルマ最大の乾燥地帯を走る。集落が近づくと、薪を担いだ男女や、水汲みの天秤棒を担いだ子どもたちが現れる。時には、思いがけない木々のトンネルに心も和む。乾燥地帯に生を受けたことに絶望もせず、木々は根を張って生きる。人びとも同様に、殺伐とした風景の一部のように生きる。暮らしも貧しく、気候も厳しく、夏季には死者も出る。仏教徒の功徳の記念碑であるパゴダだけが、あちこちで威容を誇る。

そんな乾燥地帯の中でも比較的肥沃な土地なのか。ナッマウに近づくにつれ、緑が豊饒になった。地方有力者の屋敷特有の堅牢な高床式家屋のアウンサン生家は、博物館となっていた。日曜だが、訪問者の姿はない。訪問者名簿で確認すると、日本人が最後に訪れたのは1998年だ。帰途、ナッマウを南下してヤンゴンへの近道をたどったが、水無川が前日の雨で夜半から増水し、引き返すしかなかった。乾燥地帯に多く見られる水無川は、ひとたび雨が降るとお手上げだ。帰国後の9月、この地域が思いも寄らぬ豪雨で水没し、多くの被害が出たと知った。
ヤンゴン―マンダレー間を走る二つのルートのうち、この西側のルートの道路状況は劣悪だ。これは、付近で軍事基地や軍用トラックを見かけないことと符合する。道路整備や、橋梁建設は、住民の利便性ではなく、軍益と密接に関わるのだった。

首都の現在

軍事政権下のこの国を動き回るたびに、日本軍の亡霊が跋扈するかのような感覚に襲われる。しかし、アウンサンが１９４７年に暗殺されなかったら、こうはならなかったと言う者は多い。父の気質を受け継いだというアウンサンスーチーは依然として自宅軟禁中だ。彼女の自宅前道路がヤンゴンを東西に抜ける数少ない幹線道路の一つだったため、１９９６年9月の閉鎖以来交通事情は悪化した。しかし、２００5年8月には、ビジネス・アワーのみバス・タクシー以外の普通乗用車の片面通行が可能となった。彼女は瞑想し、読書し、海外放送を聴き、二週間に一度訪れる医師の診察を受けるという。健康に心配はないが、首都移転にともない彼女がピンマナーの刑務所に送られるのではないかと、支援者たちは危惧している。

首都が内陸部のピンマナー近くに移転するという話は、05年に入って耳にした。ピンマナーはヤンゴンから車で8時間。マンダレー―ヤンゴンの中間にある木材の集散地で、ここ数年マンダレーを目指すわたしの宿泊地だった。8月に訪れると、いつもの宿が満員で、移転の近いことが窺えた。建設中の首都は、翌日ピンマナー市街地を出て20分。遥か彼方のトタン屋根が朝日を浴びた一角に見出せた。秋から徐々に公務員の移動が始まった。しかし新首都では生活用品が完備せず、公務員生活は不自由らしい。外国人の入場は厳禁だ。

05年前半、各地で爆破事件が起こった。最大のものは、5月にヤンゴンの有名ショッピングセンターで生じた。政府発表では死者19名だったが、噂では40名を越えたという。事件後家宅捜査が相次ぎ、検問箇所も増えた。大学も名札をつけた者しか入構できなくなった。事件直後、政府は反政府勢力の仕業と断言した。しかし、反政府勢力は声明すら出していない。爆発物は精巧で、衆人環視の中で仕掛けるのは並大抵の技術ではない。もっぱら軍事政権自作自演だという噂だ。

8月に、爆発現場のショッピングセンターを車上から撮影しようとすると、若い警官が血相を変えて飛んできた。現場はすっかり修復され、爆発の痕跡もとどめていない。一介の観光客が近代都市ヤンゴンの象徴を撮影することに、何の不都合もなかろう。警官の表情が、事件の真相を雄弁に物語る。経済状況が悪化して民衆の不満が鬱積すると、爆弾を仕掛けて危機感を煽るのも、なにやら過去の日本軍の手法を思わせる。

人身売買世界

8月に訪れた乾燥地帯の町パコックは、仏教聖地ザガインに次いで修行寺院の多い神聖な地方都市だ。しかし、そこにこの国稀有の売買春地域があると、ある作家が教えてくれた。

町の若い男性にエイズ死者が法外に多く、作家の身内も近年亡くなった。以前市中にあったその地域は、大学教員宿舎建設のため市当局が町外れに移転させていた。

遠目に見ると、何の変哲もない新開地だ。家屋が点在し、井戸が設置され、水を運ぶ少女や、凧揚げする少年もいる。しかし、車を進入させると、家屋の中に厚化粧の少女たちが並ぶのが見えた。このような地域がなぜ、いつからこの町に現れ、現在に至るのか定かではないが、市当局の収入源となっているのは明らかだ。権力と人身売買とのかかわりに想いを馳せると、日本占領期のビルマ軍によるビルマ軍のための「慰安所」設置が思い出された。

一方ヤンゴンでも、生活のために路上に立つ女性が増えていた。9月以降さらに物価が跳ね上がった。8月に一個40チャットだった卵が12月には70チャットに、20チャットのバス運賃は120チャットに、バスの夜間の闇料金が1500チャットになった。ガソリン代が、政府価格1ガロン180チャットから1500チャットに上がったことに起因するという。

12月末の夕刻、ヤンゴン市街地目抜き通りのバス停近くの歩道に、帰りを急ぐ勤め人や、買い物客や、仕事に勤しむ路上の物売りに混じって、10代と思しき少女たちが三々五々佇む。同行の女性作家が教えてくれなければ、見分けもつかなかったが、彼らが急増中の路上売春少女だった。8月まで3千チャットだった売春価格は、5千チャットに上がっていた。ちなみに、1ドルが1100チャットだ。近くに立つ警官たちも素知らぬ振りでいる。少女たちは避妊具を所持しているとか、定期的に検査を受けていると言われるが、検査も費用が高いので、中途半端に終わるらしい。いずれ、パコックのようにエイズ死者が増加するのだろうか。夕闇が濃くなった頃、再度現場を車で通ってみると、少女たちの数は増え、客と値段交渉する姿も見かけられた。

もうひとつのビルマ

前年に続き、12月に東北部のシャン州ターチーレイから車で5時間のチャイントンまで北上し、さらに中国が建設した極上の道路を3時間北上して、中国国境の町マインラーに向かった。町まで1時間のターピンで検問を受ける。ここを越えると、ビルマ領ながらワ族の軍隊の支配地域となる。表示はビルマ語中国語併用で、緑に囲まれた中国風の豊かな集落が続く。ターチーレイではビルマ・チャットとタイ・バーツも併用できたが、マインラーでは人民元しか通用しない。

シャン州の中国と国境を接する一帯では密かにケシが栽培される。ヘロインだけでなく、最近では覚せい剤まで生産される。１９８９年にビルマ共産党内でワ族が叛旗を翻した時、ビルマ族の党指導者の一部は北京へ逃れた。ワ族はそのまま武器とヘロイン・ビジネスを継承した。ターチーレイでは、羽振りのよいワ族が乗り回すワ・ナンバーの高級車に、地元民も近づかないよう努めていた。

ワ軍支配下のマインラーには瀟洒なカジノ付きホテルが立ち並ぶ。丘の上の教会から眺めれば、眼鏡橋や並木道など箱庭のような風景が広がる。ヘロイン博物館には、まだここが小さな村だった１９９３年当時の写真が展示されていた。唯一のパゴダでは、ワ軍将校が家族連れで写真を撮っていた。中国からの観光客で賑わったこの町も、２００4年秋のキンニュン首相逮捕後の国境閉鎖で、土産物屋の多くがシャッターを閉めている。見かけた客は、ターチーレイから観光バスを仕立ててきたタイ人の団体だけだった。

ワ軍は、将校から兵卒までビルマ軍人より穏やかな表情をしていた。ビルマ軍人にカメラを向けることはタブーだが、ワ軍人は、はにかみながらも一緒にカメラにおさまってくれる。町外れの広場では、近隣農家の男女が集まり、兵士グループまで加わって、顔を真っ赤にして綱引き大会に興じていた。ビルマ本州で見られないこのような光景は、ワ軍の「ビジネス」による一定の繁栄の上に成立するものなのだろう。

チャイントンに引き返して、英領時代に植民地官僚の別荘地だったルイムエー山に車で登った。2時間ばかり悪路をたどると、桜の花や湖で明媚な別天地が開ける。ビルマ軍基地はまだ出来て3年だという。別荘地の洋館は軍事政権幹部の避暑用に接収され、修復中だった。古い教会では、カチン族のシスターが付設の孤児院へ案内してくれた。ラフ族やアカ族など、近隣の女子40名男子50名が暮らす。親はエイズやヘロイン中毒で亡くなったのだ。

シャン州では非ビルマ族、とくにアカ族の人身売買が多い。ミャンマー国民は、ターチーレイでイミグレーションに国民登録証を預けて、8時から17時までタイ側に入れる。ターチーレイ市民は登録証を預ける必要がないが、25歳以下の女性は預けることが義務付けられる。しかし、シャン州には国民登録をしていない民族もいて、偽の登録証を預けて出国できるという。国境を流れる川の上流には、金を渡せば越境できる地点もあるらしい。

増加する人身売買対策として、2002年2月に軍事政権とタイ政府が協議して、いまひとつの国境の町ミャワディーに、タイから1万6千名のミャンマー国民が送還された。しかし、そこから国内各地に戻る旅費は支給されず、大半がタイに再潜入したという。

ある研究者は、2000年に60名のターチーレイのバイク・タクシー運転手に聞き取りをした。2年後、全員がエイズで死亡していたという。10歳以上50歳未満の女性が、チャイントンからターチーレイに一人または二人で行くことは禁じられる。しかし、山道をバイクで抜けることは可能だ。女性を乗せて山間を走り、運賃代わりに女性の身体を求めたことも、バイク・タクシー運転手のエイズ死亡の一因だという。

経済状況のさらなる悪化で、シャン州のみならず本州からの出国も増加している。訪れるたびに人びとは「今がどん底」と苦笑する。

『1984年』の夢

12月、一部施設のみが残ったヤンゴン官庁街は閑散としていた。首都移転の理由は明らかにされないが、ヤンゴンもイラクのようにアメリカが空爆する可能性があるからだと語る作家もいる。限界に達した民衆の怒りを怖れた政権が、ヤンゴンを逃げ出したのだと囁く作家もいる。2006年の猛暑の5月、あるいは9月に、何かが起こるという噂も流れている。それがもしも民衆の決起であるなら、武器を持たない側が多大の犠牲を被るのは目に見えている。起こるなら、軍の内紛による政権交代であってほしい。

日本軍の置き土産は、生みの親も想像さえしなかった迷走と自壊の一途をたどるのか。かつてこの地に勤務したジョージ・オーウェルの軌跡をたどった『ミャンマーという国への旅』[4]は、オーウェルの『1984年』の夢が現実になったと述べる。しかし、絶望の中にも一筋の光明は常にある。日本占領期の作家が対日協力プロパガンダ作品を書くことを忌避したように、現代の作家の大半が軍事政権礼賛プロパガンダに作品が利用されることを、暗黙のうちに拒んでいるからだ。

シャン州チャイントンの市場の片隅で、シャン語恋愛小説を入手した。それらには、通常ビルマ語出版物に印刷されている軍事政権のスローガンは見当たらなかった。またチャイントンの寺院では、ビルマ語説教テープを流しながらも、憮然とした表情の若い僧侶たちが、ゴン・シャン（クン・シャン）語の寺院縁起らしきものを寄進者に配布していた。ビルマ語を解さない老僧もいた。ここにも、ビルマ族仏教文化至上主義をかかげる軍事政権への無言の抵抗が見られる。

盲点を衝くしたたかな行動はあちこちに潜む。マンダレーでは、短編小説や詩の朗読会が始まったと聞く。5名以上の集会が禁じられ、事前検閲が厳しさを増しても、もの書く人びとの挑戦は続く。虚構を凌ぐ現実の中で、虚構を紡ぎ続ける人びとの底力に希望を繋ぐのは、わたしだけではないだろう。

4　2004、エマ・ラーキン大石健太郎訳　晶文社2005

3．時の流れのはざま　2006

女性作品の内と外

わたしが翻訳編集した『ミャンマー現代女性短編集』（2001）のビルマ語版『小説にあらず　日本で翻訳された短編集』が、1月に出版の日の目を見た。出版者は表題作「小説にあらず」の作者ケッマーだ。企画から出版まで3年の歳月を要した。とくに検閲には1年半もかかった。作品は、1985年から99年までビルマ語雑誌に掲載されたものだ。雑誌掲載時に検閲に通っていても、単行本として出版する際には再度検閲される。その結果、11箇所が削除修正を求められ、21編中2編が削除された。

削除作品の1編は、地方のゴルフ場で傘持ちをする少女が、客である官僚に妊娠させられ、中絶の予後が悪化して命を落とす顛末を、同僚の無邪気な少女の視点から控えめに描いた「傘係」（1995、マ・チュープィン1957―）だ。ビルマで「官僚」といえば軍人を表すことが多いと作者から聞いて知った。作者自身も軍高官の妻であることから、その立場を慮っての削除だったという。もう1編は、出産による母としての喜びと同時に、自由を喪失する不安を詩的に語った「ある母の詩」（1992、メーニェイン1965―）だ。大学教員だった作者は、2005年2月夫と子どもたちを連れてタイに逃れ、後にアメリカに渡った。その直前の1月にヤンゴンで会った時、彼女は「誰にも言わないでね。仕事をやめようと思っているの」と語った。すでに国境越えの準備をしていたのだろう。

この他にも、21名中1名はアメリカ、1名はバンコクに既に住み、小説から遠ざかっていた。国内でも、少なくとも6名が小説の筆を絶っている。新しい書き手が育たず、従来からの書き手が沈黙する様からも、厳しい状況が窺える。

日本語版には、人気女性作家ジューがジェンダーの視点から長い序文を書いてくれた。わたしも解説を書いた。ビルマ語版にはそれらを収めず、かわってビルマ人読者用にわたしが改めてビルマ語序文を書いた。装丁には色とりどりの枯葉のコラージュがちりばめられ、序文も手書きのまま、挿絵さながらに収められた。「本書には21の短編を収めた」という我が序文の一節も、無修正で掲載された。ここからは2編の削除が明白となるのに、検閲のお目こぼしに預かったのだった。

19編の中には、飲食店のウェイトレスを装いながら売春に従事する女性の独白「テーブルの下の足たち」（1977、ミャッ1970―）や、売春少女と喫茶店で同席した女性作家の独白「草たち」（1997、ケッセインキン）など、首都における売買春を扱う作品がある。とりわけ前者は、98年に某編集者が短編集に収録すべく検閲に出したが、削除されている。これらが再検閲で通ったのは、人身売買が小説の世界を遥かに超えて、日常化しているためではないかと思われた。

未完の長編を遺して

5月19日の医師作家ウィンウィンラッの交通事故死は、文学界に衝撃を与えた。彼女は、軍人の父の転勤で国内各地の学校に通い、ヤンゴン第一医科大学を卒業した。95年まで、公務員として国内各地で保健医療機関に勤務した。その後97年から、国連の人間開発やNGOの家族計画プログラムに携わっていた。

医大在学中の73年、雑誌に短編を書き始めた。「心が知る夢」（1974）、「疑惑」「爺も交代で漕ぐぞ」（1985）、「かつては娘の母」（1992）、「小さな二つの役所」（1995）など、医療現場の日常の断片を、医師やその周辺人物の視点で語る佳作を遺した。

短編のうち、「切葉丸扇を傘にして」（1982拙訳）が『12のルビー』（段々社1989）に収められる。若い女性医師が数々の困難を経て、地域の貧しい人々と目線を共有し、民衆の一員として医療活動を続ける決意をするまでが綴られる。原田正美さんの巻末インタビューによれば、邦訳されたことに力を得て、彼女は中断していた執筆を再開した。さらに彼女は、日本の医師たちの間にはどんな問題があるのかと、関心を寄せたという。

筆を折る作家が少なくない中で、寡作でも息長く執筆を続けた彼女は貴重な存在だった。さらに長編不振の現在、彼女は初の長編『愛の続編のページ』を月刊誌に1年5ヶ月連載し、出版もした。この作品で彼女は、夫の裏切りで離婚し、二人の息子を育てながら真摯に仕事に取り組む有能な女性外科医に、年下の青年医師との新しい愛を成就させる。「二夫にまみえず」などの社会規範が根強いミャンマーで、女性を縛る見えない鎖に挑んだのだ。短編で控えめに語られた医療現場の過酷な現実や貧困は、長編では強調されない。現実描写の甘さは、現代ビルマ語長編の限界を物語るだろう。しかしというべきか、ゆえにというべきか、それは97年度国民文学賞を長編部門で受賞した。筆力、構成力、そして崇高な主人公像も評価されたのだった。

２００５年８月から月刊誌に、ＮＧＯプロジェクトに従事する青年医師を主人公とした『人生と仕事と愛の構築』の連載が始まっていた。愛の予感を暗示した06年７月号掲載分が絶筆となった。未完の長編と、映画監督の夫と、三人の息子を遺し、まさに仕事と愛を構築しながら、ウィンウィンラッは54年の人生を駈け抜けたのだ。自分が翻訳した作品の作者には必ず会うことにしているわたしも、彼女とはタイミングが合わず、一度も言葉を交わす機会がなかったのが悔やまれる。

マンダレーへの道

8月にヤンゴン―マンダレー間の幹線道路を往復して、例年とは異なる風景に出会った。事前の情報では、ヤンゴンから2時間のバゴウを過ぎた地点に、テロを警戒して警官が多数配備され、鉄道沿線に見張り小屋が建ち、近隣住民が交替で動員されている筈だった。しかし、警官の数はさほどでもなく、見張り小屋も無人だった。

さらに5時間北上したタウングー付近では、軍用トラックが6台停車していた。各車両の幌の中には、銃を手に疲弊したビルマ兵が25―30名。その一人と目が合った。タウングー西方のカレン族が強制移住させられ、国内難民となって大挙して雨の中をタイへ向かっていた時期だ。兵士たちはこの件とかかわっていたのだろうか。

この幹線道路で、あんな表情の実戦部隊と出遭ったのは初めてだ。帰りも同じ地点で、新兵らしき人々を乗せた10台ばかりのトラックとすれ違った。国軍は、通常外国人の目に触れる場所から姿を隠している。逆に言えば、軍の跋扈する地域は外国人立ち入り禁止だ。実戦部隊の姿を隠蔽しきれない情勢の変化があったと思われる。

猛スピードで走る60台もの軍用トラックにも遭遇した。無蓋車もある。積荷は椅子やテーブルなどの家財だ。民間人の姿も見える。早朝ヤンゴンを出発し、ピンマナー近くにある新首都へ向かう移転組だ。最後尾はランドクルーザーが数台。この種の車が乗り回せるのは、秘密警察か、軍高官の家族関係者だ。道路脇に点在する通行料金徴収所の係員が、「首都移転組は、びた一文払わない」とこぼしていた。道路補修目的で、徴収する料金は1台20―30チャットだ。1ドルは1300チャット、紅茶1杯は150チャットなのだった。

長蛇の列が立ち去った夕闇の中、鉄材を積んだ大型トラックが幹線道路に出ようとして、木材を積んだ別の大型トラックと衝突した現場を横目に走りぬけた。その一ヶ月前には付近で、トラックから落下した大木が長距離バスを直撃した。乗客の女性大学教員とその夫の将校が即死だったという。

日中は路面が熱く車両が故障しやすいので、長距離バスは夜間走行する。外灯はなく、対向車のライトが目を射る。道路は穴だらけだ。そこへ雨でも降れば、運転は手探りとなる。闇、悪路、雨の三重苦の中で、事故が起こらないのが不思議なほどだ。首都移転でヤンゴン―ピンマナー間の通行量は増え、道路はますます傷む。それでも路面は一向に改善されない。道路補修目的で徴収された通行料金の行方も気になってくる。マンダレーへの道は、往路16時間、復路17時間半を要した。

王都

ヤンゴンから車で10時間。ピンマナーは交通の要衝でもある。東はシャン州へ向かう幹線道路、西はバゴウ山地を横断してマグェー管区に出る幹線道路や鉄道との分岐点だ。ビルマ共産党がバゴウ山地を拠点としていた1960年代、武装路線に共鳴した多くの若者がピンマナーから山地へ入った。70年代半ば、共産党は劣勢に転じ、東に進路をとってシャン州に向かった。99年に地元の詩人にそのルートを案内してもらった。今回も一方ならぬ世話になった。

2005年まで一泊20ドルだった市内の宿が、外国人受け入れ禁止になっていた。市内から車で1時間の新首都のホテル・ゾーンには80ドルの軍事政権幹部親族経営のホテルがあるというが、夜間走行は避けたい。やむなく詩人氏の厚意にすがった。ちなみにこの国で民家に宿泊する場合は、事前に当局に届けねばならない。無届の宿泊者を検挙する夜間の抜き打ち捜査もしばしばある。同氏が届けたか否か、敢えて尋ねずに置いた。

同氏宅で見せられた見取り図では、新首都は7つのゾーンから成る。一般人は立ち入り禁止だ。首都を撮影したジャーナリストも逮捕されている。新首都の名称「ネーピードー」は、地名ではなく「王都」を意味する。軍事政権首脳は、自らをビルマ王に擬しているのだった。整備不全のまま2月には、王朝時代の慣行に則り、彼らは開城式典を挙行していた。巷ではこのような首脳は「狂王」だと囁かれる。

地元の人びとは新首都を「チャッピェー」と呼ぶ。これは元来の地名だが、「チャッ」は「窮する」、「ピェー」には「逃げる」という意味がある。偶然ながら、「窮して」内陸部に「逃げた」軍事政権首脳にぴったりだと人びとは笑う。ヤンゴンから核物理学者3名が派遣されたとか、将軍の子どもたちの教育のために優秀な教員が派遣されたという噂もある。

ピンマナーの町は、その佇まいも人びとの装いも、ヤンゴンとは20年分くらいの遅れがある。ただ、日曜日は首都から買出しに来る公務員で溢れていた。そして翌月曜の朝は、首都へ作業に出る労働者がたまり場に溢れ、彼らを満載した多数のバスが町を走り抜けていった。

サンダーマーラー

日本占領期の1942年12月発発行の作家協会機関誌『作家』第一号に、マンダレーのチーブワーイェー（発展）社の出版広告が掲載される。そこでは、モーリス・コリス（1889—1973）が植民地ビルマに官僚として勤務した頃の経験をもとに書いた小説『サンダーマーラー』が75銭で、訳者マ・アマーは同出版社主の妻のドー・アマーだ。日本占領期の初版か確認するため、訳者のもとを訪れた。

11月で91歳になるアマーは、海外ラジオ局からの電話インタビューで、ビルマ民主化を促す発言を重ねている。7月に骨折して、車椅子で現れた。4月に出版した短編集『ミャミズー』を進呈された。ミャミズーのペンネームで、彼女が1935年から53年までに発表した22編を収める。大半が30年代の作品だ。表紙は、古風な結い髪に花を挿し、りんとした美しい女性。ミャミズーその人のセピア色の写真である。彼女は36年のヤンゴン大学学生ストライキに参加した10名の女子学生の一人でもある。「ひょっとして、この髪型でストライキに?」と問うと、「もちろんよ」という答え。体面を重視する親たちは、スト参加娘を無理やり帰省させた。だが、進取の気風に富むマンダレー商人だった彼女の親は、娘の意思を尊重したという。

『サンダーマーラー』は、日本占領期の出版物ではなかった。在庫があったので広告に掲載したらしい。作品は、ビルマ南部の港湾都市ベイを舞台に、英国人画家とシャン族藩主の血筋の娘との愛を描く。娘の母サンダーマーラーは、深窓にありながら世界情勢に通じ、流暢に英語を話し、深い教養を備え、仏教教義を究め、易学にも長ける。娘の結婚を見届けた彼女が沙弥尼となって、作品は閉じられる。作者の分身らしき、ビルマ文化に造詣の深い行政官も脇役として登場する。オーウェルの『ビルマの日々』と異なり、作者は醜いビルマ人を登場させない。英国人実業家夫妻に悪徳の役割を与え、サンダーマーラーの神聖さと崇高さを際立たせる。サンダーマーラー像は、アウンサンスーチーをも髣髴とさせる。訳者ミャミズーの写真もまた、サンダーマーラーが実在したらこんな姿ではと、想像を逞しくさせる。

この地は、このような賢女を輩出する伝統がある。

南部海岸地帯

『サンダーマーラー』の舞台となった南部海岸一帯は豪雨地帯だ。8月を避け、乾期の12月末にヤンゴンから空路1時間のベイに飛んだ。多数の島影が目に入ったとたん、飛行機は着地した。ベイの西に広がるアンダマン海には、100を越える島々が点在する。名前がない島もある。2005年末の津波では、この群島が防波堤の役割を果たした。海水がベイの海岸通りを浸した程度で済んだらしい。海洋業が盛んで、町は活気があった。海岸は埋め立て工事中で、作品舞台の面影はない。海の汚染や漁獲量減少を心配する地元の詩人マウン・ユパイン（1981—）は、この町の人びとが金儲けに血眼だと嘆いていた。

ベイ北方のダウェー（タボイ）に向かうため、港で「スピード・ボート」なる船を待った。エンジンの故障で到着が遅れていた。詩人は、時間待ちにと近くの映画館に案内してくれた。土曜日のためか、若者で溢れている。予告編が終わると画面に国旗が現れ、国歌が鳴り響いた。ヤンゴンなら全員が起立する。だが、起立しているのは2名の係員だけだ。この豊かな地方都市には、軍事政権のコントロールの盲点が存在するらしい。

4時間遅れで船が着いた。大きな荷物を抱えた乗客たちが船に押し寄せる。船員が怒鳴りながら彼らを船底やデッキに追いやる。収容人員を明らかに超過している。外国人、僧侶、軍人など一等船客30名は、最上階の冷房の効いた船室に詰め込まれた。日没時の群島風景は絶景だが、お笑いや歌謡ショーのビデオが騒々しい。救命具は見当たらない。事故が起これば ひとたまりもない。身動きもできない4時間40分の船旅も、板子一枚下は地獄のこの国の縮図であるかに思われた。

　ダウェー港から市中までおんぼろバスで一時間だった。緑豊かな佇まいは、ベイより落ち着きがある。バイク後部に座席を取り付けた三輪バイク・タクシーを利用して郊外に出た。町外れで検問があった。囚人の労働風景も見かけた。西方へ山道を2時間ほど走ると、突然風光明媚なマウンマガン海岸が現れた。地方特有の満艦飾の旗をつけた漁船が並び、沖で漁をする舟もある。しかし漁村は貧しく、男たちの眼差しも荒んでいた。

　一方、町の東方へ山道を2時間走ると、桃源郷のような森の泉の滝壷や川が現れる。その先にある鉱山に向けて、男女労働者を積んだトラックが走り去る。カレン族の集落が多く、廃屋も少なくない。外国人の通行が許されてまだ一年だという。この一帯の陸路の移動は危険が多い。06年に入ってからも、ダウェー郊外で大学のバスが襲撃され、学生と教員が死亡している。

　三輪バイク・タクシーで、穴だらけの山道を合計8時間走ったことになる。振動も悩ましいが、無帽の二人乗りバイクが多数、悪路を物ともせず駈け抜ける様にも肝を冷やした。バイク・タクシー運転手の若者は、この一帯を観光地として開発する夢を語った。地元に仕事はなく、若者の多くは陸路タイに出て働く。山の東はタイのカンチャナブリーで、山越えは簡単らしい。

ダウェーからヤンゴンへ向かう飛行機の出発も3時間ほど遅れた。ヤンゴン―ダウェー往復便が定員に満たず、ベイとの往復便に合流させられたためだ。この路線の利用者の大半は観光客でなく地元の人間だ。乗客満載の船と対照的に、航空機利用者の少なさからも経済危機の一端がうかがえた。

都市の困難

8月はことのほか豪雨続きだった。一旦降り出すと水墨画のように霞んで、周囲が何も見えない。雨は子連れの物乞い女性にも、路上で客を探す売春少女にも容赦なく降り注ぎ、商売上がったりにさせる。豪雨は乾燥地帯のマンダレーにも及んだ。ピンウールィンからマンダレーに下ると、明け方の大雨のせいで、腰まで水に浸かって歩く人々や、水遊びに興じる子どもたちや、水中を飛ばす恐れ知らずのバイクたちが目を射た。排水設備もないらしい。その後訪れるかもしれない疫病や物価高に思いを馳せない人びとの屈託なさが、頼もしくも空恐ろしい。

一方ヤンゴン郊外では、水捌けをよくするために排水口が開けられる。吸い込まれたまま行方不明になる者も出る。子どもが学校から戻るまで心配でたまらないと、ある女性作家は語った。

市街地では軍人や警官の姿が増えた。写真撮影中、気が付くと傍に銃を持つ兵士がいたこともある。交通警官も増員された。横断歩道を渡らず、車の間を縫って行く人々に、常々驚異を感じていたところ、彼らが日中渋滞の激しい通りで逮捕されるのを目にした。逮捕者は警察の乗合自動車に集められ、満席になるのを待つ。車掌よろしく警官が車両後部に乗り、護送車が出発する。罰金を払えば釈放され、払えなければ拘留だ。警官の低賃金の新手の打開策らしい。

8月は停電が多く、宿もしばし闇に包まれた。自家発電機が活躍し、市街地の夜は轟音に包まれる。公務員給料は引き上げられたが、物価も上がった。中国国境の閉鎖も響いてさらに物価が上がり、不満が日常化していた。

アウンサンスーチー邸前道路は、1月に両面通行が可能になった。傷みがひどい塀も修理されたというが、8月には板塀のペンキがはげ、掲げられた国民民主連盟旗も色褪せていた。12月に突然、ペンキ塗り替えが許可され、旗も新調された。塀は黄色で、門の扉一面に、旗と同じ赤地に黄色の星と闘う孔雀が描かれた。費用は国民民主連盟持ちで、ペンキ職人は連盟に無関係な者を雇用させられたという。

敷地内には国民民主連盟員の母娘2名が寝泊りする。住まいを訪問できるのは、医師だけだ。それも、毎日の訪問が週2回となり、やがて週1回となり、月1回となって、8月の情報では、1ヶ月以上も訪問が許可されていなかった。その後許可されたものの、アウンサンスーチーのような年輩の手術経験者が、定期的に診断が受けられないのは非人道的だと、関係者は嘆いていた。

以前は敷地に乗り入れ可能だった医師の車も、検問所に預けねばならない。所持品検査に時間がかかった場合、診察時間が短縮されるという。支援者が自宅で作って届ける食事も入念に検査される。支援者が門で食事を中の女性に渡すと、翌日の食事メニューの希望や、蝋燭、石鹸など日用品の補充希望品のリストが返ってくる。リストは点検され、リストにない物を差し入れると没収される。締め付けは依然厳しい。

時の流れ

12月末、最大の反政府武装勢力であるカレン民族同盟指導者が病死した。一方軍事政権最高責任者氏は、病気治療のためシンガポールに飛んだ。世代は交代しつつある。今しばらくは、犠牲を最小限にとどめつつ、時の流れの狭間で、変化を模索する日々が続く。

8月にわたしが某誌で受けたロングインタビューが11月号に掲載された。同誌の12月号は出版を差し止められた。インタビューのせいではなかったかと気がかりだった。しかし、編集者によれば、12月号掲載の8編が問題になったらしい。同時期に複数の雑誌が出版を差し止められたようだ。インタビューとは無関係だと知り、胸をなでおろした。編集者の話では、わたしへのインタビューの中で、「日本軍は、第二次大戦中ビルマにファシズムの種をまき、今それは大木となった」「日本の民主主義はまだ本物ではない」などと話したのが好評だったという。検閲者は、これをガイジンの発言として見過ごしたのだろうか。「検閲者にも良心と勇気があったからよ」と言って、編集者はにっこりした。緩やかな世代交代と、微かな時代の変化が出版の最前線からも匂ってくる。

２００６年の8月と12月の訪問で、出発まで気になったのが、ビザの問題だった。というのも、軍事政権のブラックリストに載って、ビザが出なくなった複数のケースを耳にしたからだ。例えば、英国人ビルマ文学研究者の場合、ヤンゴンの空港で入国を拒否され、乗ってきた飛行機でバンコクに送還されている。ロンドンのビルマ大使館が、ブラックリストのことを知らずにビザを出してしまったらしい。

いずれにせよ、軍事政権の憎悪の対象となる栄誉に預かることになれば、それはそれで、ビザを気にせず発表する自由は手にしたことになる。ただ、現地に赴けないのは痛手だ。暫くは、ビザが出るまで気をもみ、現地では極力目立たぬよう行動し、帰国後はビルマ作家の知恵に学びながら、軍事政権に注目されぬよう心がけながら執筆するしかない。

4. 9月事件のあとさき　2007

二極分解する文学

1月4日の独立記念日のヤンゴンでは、国旗を付けた路線バスや乗合自動車が走り、例年通り車両立ち入り禁止の横丁で、子どもたちがサッカーに汗を流していた。ただこの日、首都で開催の記念式典に軍事政権最高責任者氏が欠席したのは、異例だった。病気治療のために出かけたシンガポールから戻れなかったのだ。

限界に達した不満はささやかな運動を生み出している。2006年秋に再逮捕された88年民主化闘争学生指導者の釈放を求める署名活動、エイズ対策啓蒙キャンペーン、白いシャツを着て町に出る運動に続き、2月には市街地でも市民デモがあった。逮捕者を出しながら抵抗が息を吹き返すところに、一条の光が見える。

一方06年末に開催予定だった情報省主催05年度国民文学賞授与式は、07年1月31日新首都のネーピードーで行われた。長編受賞作は長老作家スィンビューヂュン・アウンテイン（1928—）の『千の太陽』だった。王朝時代から1962年までを背景に、ビルマ文化と民族の特性を鮮明に描き出し、愛国心昂揚に貢献すると評価された。一方短編集は女性作家インインヌ〈マンダレー〉（1954—）[5]の『ねぐらへ戻る喜悦の鳥たち』が受賞した。ビルマ人の様々な人生をリアルに描く中で、孝養や徳性の重要性を訴える点が評価された。

たしかに愛国心や孝養や徳性は、軍事政権が目指す「近代的大国家」建設の重要な要素なのだろう。しかし文学界は二極分解の様相を呈して久しい。読書人口の圧倒的多数は、一冊一晩100から200チャットの貸し本屋を利用する。というのも、雑誌や単行本の公式発行部数は500から千部で、書籍価格は1200から2000チャット。一方中堅公務員の月給が4万チャットで、紅茶一杯が200チャットだ。国民の書籍購買力は低い。

人気経済情報誌『ダナ（資本）』の貸し本トップテンによれば、長編はロマンス作品が多く、

5　『ミャンマー現代女性短編集』に短編所収。

作者の殆どが女性だ。覆面作家の存在も依然囁かれていて、浮き沈みは激しい。男性は10名中1、2名だ。例えば、7月号では六位の『たくさんの旗を立てた手』、8月号では八位の『彼女の玩具を僕は返さない』のみが、男性作家ターヤー・ミンウェーの手になる。

彼は作家として三つの顔を持った。第一は、個性的な主人公たちが活躍する人気ロマンス小説作家の顔だ。第二は、ポストモダン擁護の論陣を張る文芸批評家の顔だ。第三は、実験的な短編小説や詩に挑戦する純文学作家の顔だ。愛国心や孝徳とは無関係に、内なる衝動の命ずるまま、検閲の網の目をくぐり、ジャンルを越え、縦横無尽に筆を走らせる彼は、言論統制下で二極分解するビルマ文学の一方の極の旗手だった。

そんな彼の死を、8月5日の国営新聞が報じた。衝撃は文学界を駈け抜けた。しかし、その死に言及する国内ジャーナリズムは、彼の今ひとつの顔への言及を避けた。それは、88年民主化闘争学生指導者という顔だった。

死に急ぐ人びと

8月の月刊誌が一斉に、42歳の俳優ドゥエーの急死を悼む特集を組んだばかりだった。彼は、雑誌広告やテレビコマーシャルにも登場する国民的人気俳優だ。特集によれば、7月11日午後5時に死亡が確認された。通常ヤンゴンでは、死亡の翌日か翌々日の11時から14時の間に荼毘に付し、人びとは火葬場で最後の別れをする。しかし、参集を怖れる当局は野辺送りすら警戒した。国営新聞は、火葬の日時を改めて告知する旨通達した。告知はないまま、

13日午前9時に火葬との噂が流れた。しかし、実際の火葬は同日午前6時だった。にもかかわらず、「何処で聞いたのか、多数の人びとが火葬場に押し寄せた」という。死因は「心臓病」とされるが、薬物過剰摂取との声も聞く。薬物撲滅キャンペーンの裏で、国境地帯ではヘロインや覚せい剤が製造される。芸能人の薬物依存は珍しくないが、ドゥエーの死は大きな衝撃を呼んだ。

その衝撃も覚めやらぬ8月5日、41歳の人気作家ターヤー・ミンウェーが入院先の病院で動脈破裂で急死したのだ。彼とは2001年に会っている。88年民主化闘争の学生指導者だった彼は、運よくタイに逃れ、民主化を求める詩を書いていた。ビルマ領内に戻った時逮捕され、二度と書けないようにと、拷問で手を痛めつけられた。その時彼は、チリの軍事政権に虐殺されたシンガー・ソングライターのビクトル・ハラ（1932―73）を思って耐えたという。当局の意に反して、彼は出獄後文学界に舞い戻り、雑誌を編集出版し、口述筆記で様々な作品を世に出した。01年当時は邸宅に住み、妻や幼い息子や弟子たちに囲まれ、何不自由ない筈なのに、不機嫌だった。あとで聞けば、前夜の酒が抜けていなかったらしい。作家仲間の話では、家に高級酒があっても、密造酒や安酒を好んだという。04年の離婚後は、さらに酒量が増えていた。その短編には、自らの死を暗示するものも少なくない。飲酒や薬物の過剰摂取による死は、ゆるやかな自死というほかない。

8月7日、出版社の集中する市街地33番通りに、郊外の火葬場に向かうバスを待つ学生運動関係者、出版者、読者など300名以上が集結した。ところが、借り上げた4台のバスが給油に行ったまま戻らない。またしても、火葬場の「騒乱」を怖れた当局の妨害だ。激怒した人びとは、釈放後間もない88年学生指導者2名を呼び寄せ、当局と交渉させた。彼らは「車を提供せよ、さもなくば、我々は火葬場まで行進する」と主張した。当局が軍用トラックを提供して、事なきを得たという。

「生前は傲岸不遜で、敵が多く、自滅的だった息子が、死後これほど仲間に愛されるとは」と、彼の両親が洩らしたという。当局は、両親宅に初七日の集まりで誰を招いたかをも、聞き込みに来たらしい。

国際空港新ターミナル8月

台風直撃のため、12時間遅れでヤンゴン国際空港にたどりついた。6月に新ターミナルが完成していた。航空機のドアに通路が直結し、長いエスカレータで荷物受取り場に降り立つと、どこの国にいるのか忘れそうになる。しかし、荷を手にした直後から、この国の現実が迫ってきた。

スーツケースに白墨で×印がついている。これは要検査を意味する。ここ何年も、検査は手荷物程度で済んできた。スーツケースの×印は98年以来だ。何重にも施錠した50キロ近いスーツケースは、開けるのもひと苦労だったが、何とか事なきを得た。中身の殆どが、厳重に梱包した英語やビルマ語の書籍や冊子だ。国外で出版されたそれらを作家たちに進呈するのだ。手荷物にしている私物も、持ち運びには体力を要する。新ターミナルは、飛行機のタラップやバスのステップをよたよた昇降するわたしの苦労を解消してくれた。ただ、恩恵にあずかるのは「飽食」の国の還暦近い女であって、この国の民衆ではない。98年にアウンサンスーチーが次のような発言をしていたのが思い出された。

「日本政府はつい最近、ラングーンの国際空港の補修のためにかなりの額の資金を供与する決定を行った。この額は88年の騒乱以前にビルマに対して供与が決まっていた当初総額のごく一部に過ぎず、予定されている補修は着陸する航空機の基本的な安全を確保するために不可欠なものであると説明された。だが私の聞くところでは、ICAO（国際民間航空機関）は日本の資金が使われる安全装置は必要不可欠なものでないという見解であるという。だとすれば、日本政府の決定は理解に苦しむ。ビルマへの援助は88年以後、軍事政権が人権を侵害しているとの理由で停止された。援助の再開はいかなる形態のものであれ、ビルマの人権の成績が向上したとする主張を裏付けるものとして、既得権益占有集団に利用されるのは疑いなかろう」[6]

新首都ネーピードー

マンダレーへの途上、中間地点の新首都で一泊を試みた。ヤンゴンからバゴウまでの道路周辺は国軍の施設が多い。国際空港を過ぎたミンガラードン一帯は、軍の病院や軍の大規模

6 「ビルマからの手紙」14（アウンサンスーチー　土佐桂子／永井浩訳　毎日新聞朝刊　1998年4月6日）

市場や兵士の居住区がある。朝、弁当箱を下げ、子どもを学校へ送る兵士も見かける。地図や標識には示されないが、拘束者の収容・尋問施設も点在する。それらは、ミンガラードン駅北方のイエーチーアイン、レーグーを通過した辺りのイエームン、バゴウ管区に入ってすぐのインダインなどだ。

バゴウの町は渋滞中だった。6月末に3日間大雨が降り、バゴウ川にかかる二本の鉄橋のうち、英領時代に架設された1本が折れたのだ。渋滞に付き物は物売りと物乞いだ。物乞いは、子ども、老人、偽坊主、乳飲み子を抱えた女性など、至る所で年々増加の一途をたどる。物乞いに遭わなかったのは、新首都くらいだったろうか。

新首都は、巨大なビルマ式「未来都市」だった。生活の匂いは希薄だ。ホテル・ゾーンの6件のホテルでは、広大な敷地内にコテージが建つ。建設中のコテージも多い。わたしが利用したホテルは他に客がいなかった。広々した道路も走行車が殆どない。通行人は近くの町ピンマナーから通う建設労働者くらいだ。夜間は無人の道路を煌々と外灯が照らす。多数の人間がいるのは、小高い丘のマーケット・ゾーンだ。広場の物売りたちも通いらしく、乗合自動車がピンマナーへ戻る客を呼び込んでいた。ヤンゴンから出店した飲食店では、公務員や若干の外国人がビールを飲んでいた。眼下には、公務員団地の灯が煌めく。新首都の電力消費のせいで、大都市では停電が増えている。蝋燭の使用による火災も頻発しているらしい。

噴水のあるロータリーや、パンテオンのような郵便局がそびえる地点を北上すると、官庁ゾーンに入る。内務省、外務省、警視庁など、38の省庁が点在する。パスポート申請にヤンゴンから日帰りバスで来た大学教員は、バスターミナルから役所まで徒歩50分かかったと語った。生活の匂いの希薄さは、秘密の匂いの濃厚さと表裏一体だ。新首都はその存在を隠蔽したいらしい。ピンマナー付近でも、首都への道路標示がない。前年は、首都に通じる分岐点に検問所があった。今回はそれも撤去されている。翌日、もう一冊首都の地図を購入しようと、ピンマナーの本屋を回った。しかし、どの店にも置いていない。それどころか、地図は探さない方がよいと、本屋で忠告される始末だった。

首都への労働力供給基地となったピンマナー周辺は、前年より活気に溢れていた。交通量も増えた。ガソリン代の高騰で地方都市に馬車や自転車が増加し、長距離大型車との接触事故が多発している。ピンマナー郊外でも、大型車と輪タク（サイカー）の接触があって、野次馬がたくさん集まっていた。

マンダレー8月

乾燥地帯のマンダレー周辺でも豪雨があった。浸水寸前の道路や、水没したガソリンスタンドを眺めながら、まずピンウールィンに足を伸ばした。11月に92歳になるルードゥ・ドー・アマーに会うためだ。彼女は、VOAやBBCなど海外ビルマ語放送にしばしば電話出演し、民主化を求める発言をして国内の人びとを力づけている。国民は、国内で何が起こっているか、他人がどう考えているか、海外放送で初めて知る。ドー・アマーは前年より耳が遠くなっていたが、意気は高い。日常会話は仲介者が必要だが、受話器は耳に近いから電話インタビューにも応じられるのだと笑う。

「こんなに年を取ってしまって、もうお迎えが来てもいい筈なのに。私が生きながらえているることが、みなさんに勇気を与えているなんてねえ」

そんな彼女に、わたしはつい愚問を投げかけた。

「一体いつになったら変わるんでしょう」

彼女は笑って言った。

「仏のみぞ知るだわ」

息子の一人ポウ・タンヂャウンは北京に住み、時折ビルマ民主化についてラジオで発言している。ビルマ共産党幹部だった彼は、89年の共産党壊滅後ジャングルから中国に逃れた。軍事政権を擁護する中国が、なぜ彼の発言を許すのかと問うと、中国政府を批判しない範囲なら許されるのだと、彼女は答えた。10年近く前、彼女は中国政府のビルマ共産党への介入に不快感を示していた。しかし今回は違った。

「中国が色々やってくれて感謝している。でも、その恩恵がこの国の国民全体には届いていないのが残念だわ」

タンヂャウンの帰国は、彼女の眼の黒いうちには叶うまいというのが、大方の観測だ。彼女と亡き夫所有のルードゥ（人民）出版社は、末の息子で作家のニープレーが継いでいる。結束の強いマンダレー作家は、同社を拠点に様々な試みに挑戦する。例えば２００５年に彼らは、既に出版済みの小説を作者自身が朗読する会を寺院で催して、話題を呼んだ。06年には、未発表の小説朗読会を市内のホールで企画したが、5人以上の集会を禁じる当局の介入で朗読会も講演会も開けなくなった。それでも彼らは、私的な文学賞授与式や文学研究論文発表会など、手を替え品を替え集いを企画する。

彼らの最も新しい事業は、浄財で建設した図書館だ。高い塀に囲まれ、コンクリート3階建てのモダンな建築には、当面彼の両親の蔵書を中心に収め、新聞雑誌も書架に並ぶ。図書館の存在はまだ伏せられている。信用できる人間のみ利用が可能だ。ヤンゴンでは翼賛組織「連邦団結発展協会」が、地域図書館を開設するという名目で作家やその遺族から書籍や寄付金を集め、寄付金は使い込んで、書籍は仕舞い込むと聞いた。図書館は知性と良心の拠点だ。知も良心も嫌悪する軍事政権が、まじめに図書館を育てる筈もない。図書館を出ると、塀の前に秘密警察官らしき数名がたむろしていた。わたしの図書館訪問を伝える電話が盗聴されていた模様だ。ちなみに、MI（Military Intelligence）と呼ばれたかつての秘密警察は、04年の首相失脚事件で解体され、以後再編されてSB（Special Bureau）と呼ばれる。

9月事件

死に急いだドゥエーとターヤー・ミンウェーの野辺送りをめぐる出来事が、その後生じた一連の事件と全く無関係だったとは断定できまい。人びとの集合意識が臨界域に達した時、何かが動く。9月事件の伏線は無数に絡み合っている。わたしの帰国の2日後の8月15日、政府は石油製品の5倍の値上げを強行した。8月18日にヤンゴンで生じた市民の値上げ反対行進は、各地に波及した。9月5日の中部の町パコックで値上げ反対行進をした僧侶への軍による暴行事件を契機として、9月18日より各地で政権関係者からの布施を拒否し鉢を伏せる僧侶の覆鉢行[7]が始まった。そして、9月26日の軍による僧院襲撃、デモの隊列への銃撃、9月27日のフリー・ジャーナリスト長井健司氏銃殺へと至るのだった。

僧侶・民衆の非暴力抵抗運動への血の弾圧は、軍事政権の本質を世界に知らしめた。軍事政権下で生じた他の事件同様、犠牲者の実態は定かではない。軍事政権は、死者10名、拘束者2092名で、10月4日に692名を釈放したと発表した。しかし、外交筋や民主化勢力によれば、死者は2百名以上、拘束者は3千から6千名で、うち1300名が僧侶であり、今後も拘束者は増える見込みである。

日本のメディアがミャンマーの問題を日常的に報じることは稀だ。久しぶりに新聞が一面で報じたのが今回の事件だった。「人道的」援助で軍事政権を励まし続ける国のメディアは、犠牲者多数を出さない限りこの国に関心を向けない。ついに日本人までが犠牲者になったのだ。銃撃犯が映った長井氏遺品のカメラの返却を日本政府は軍事政権に要求した筈だが、返却されたという話は未だ聞かない。

長井氏の査証の種類が観光であったことから、観光ビザの審査が厳しくなった。有職者は

7　在家が次のいずれかを行った場合に決行される。①僧侶への布施を妨害②僧侶の福利を損なう③僧侶の住処を荒廃させる④虚偽の中傷で僧侶に汚名を着せる⑤僧侶の和合を乱す⑥仏陀を誹謗する⑦僧団を誹謗する。今回は⑥に該当したとされる。

在職証明書、学生は在学証明書、主婦や無職者は非課税証明書、経営者は営業証明書、年金受給者は年金受給証明書が必要となった。さらに、フライト、訪問地、ホテル名を明記した滞在中スケジュールの提出も義務付けられた。12月の訪問に際しわたしのビザが出たのは、出発前日だった。ヤンゴンへの便を待つバンコクの空港待合室は閑散としていた。ヤンゴン新空港では、8月同様スーツケースに×印がついていた。

ヤンゴン12月

町は、9月の流血が嘘のように賑わっていた。長井氏殺害現場に長らく置かれたSBの監視所も、撤去されていた。わたしの入国の1週間前に帰国した知人が見かけていたという、兵士たちの姿もない。ただ、SB（秘密警察官）氏が露店横にバイクを停めて、目を光らせていた。市街地で禁止されたバイクを乗り回せる者は、SB氏に他ならない。

最もしのぎ易い観光シーズンだが、外国人観光客の姿は殆ど見られない。旅行会社が敬遠して、ツアーのキャンセルが相次いだためという。外務省がミャンマーの危険度ランキングを一段階下げたのは、わたしの入国当日だった。

表面は平静でも、9月事件の爪痕は大きい。作家たちは口々に、長井氏の死に哀悼の意を表した。国境を越えてタイに亡命した詩人、逮捕された作家や俳優の話も出た。教え子が逮捕された塾講師もいた。若者の勇気とインターネットの威力を讃えつつも、見通しは暗いと悲観的な作家もいた。僧侶への弾圧で、軍事政権は国民の殆どを敵に回すことになったと述べる作家もいた。12月28日に会った女性作家は、前日のパキスタンのブット首相暗殺事件にも衝撃を受け、アウンサンスーチーの身を案じていた。

9月事件の映像を海外に発信したネット・カフェは閉鎖された。検閲はさらに厳しくなった。雑誌の新年号に掲載予定の詩が多数削除され、広告と差し替えられた。地域の顔役を風刺する「マイク親父の私生活」（1995）[8]などを書き、わたしとの交流まで小説にした作家ミンヌエーソウからは、「削除」という赤字入りの短編小説のゲラが進呈された。内容はおよそ「　」内の通りで、『　』内が削除部分だ。

「我々の地域に、ひとびとのたむろする茶店がある。『ある日、茶店の前で車が犬をはねた。さらに別の車がその犬を轢いた。路上の犬の亡骸を見てひとびとは、車が悪い、いや犬が悪い、いやカルマのせいだと、さまざまに意見を述べた。ひとりの狂人が、このままだとまた車が来て、犬がまたつぶされるぞと言って、犬の亡骸を人間の墓地まで引きずっていった。ひとびとは、狂人の行為を功徳だと讃えた』地域の暮らしは、かくも楽しい」

削除理由は明らかではない。犬の死までもが9月事件を連想させるというのだろうか。しかし、当局がいくら封印に努めても、事件の記憶を抹殺はできない。事件をカメラで撮影して、ひそかに保存している人もたくさんいた。もっともSB氏たちも撮影したから、それをもとに参加者が割り出され、逮捕は執拗に続いている。

8　『現代ミャンマー短編集2』に所収。

アウンサンスーチー邸前道路は、8月には一方通行が可能だった。重なる豪雨のため、塀の一部が壊れていたので彼女は、同居の女性2名と大工仕事がしたいと、道具差し入れを求めたという。12月の自宅前は公的には通行禁止だったが、知恵をめぐらせて走行を試みた。門の上には、「生きとし生けるものに幸いあれ」というパーリ語看板が掲げられていた。

9月以降あらゆる状況が悪化した。貴重品装飾品を狙った空き巣や、車上荒らしが増加した。町に立つ売春女性も増え、若い女性だけでなく50代までが進出しているらしい。貧富の差を問わず、エイズ死者が身近で増加しているという声も聞いた。

12月29日、ガソリン販売が一日1ガロンに制限されるという情報が駆け巡った。8月15日のガソリンの値上げ時も政府発表はなく、給油時初めて告げられたという。1月にはまたデモが起こるとか、それは4日の独立記念日だとか囁かれていた。後日、政府がガソリン販売制限を否定して、事無きを得た。

同日早朝、ざわめきで目が覚め、すわ騒動かと路上を目指した。翼賛組織「連邦団結発展協会」の「国民行進」だった。乗合自動車が並んで停車し、遠くからも動員されている模様だ。人びとは無表情だ。こうした行事は報道だけを目的として、早朝実施される。ところが、翌日の新聞に「国民行進」の記事はなく、「住んで楽しいミャンマー国」なるタイトルの論説が、いかにこの国が暮らしやすいかを力説しているだけだった。

南端の町12月

9月の僧侶のデモ行進には、国内200箇所以上の僧院が関与した。しかし、最南端の国境の町コータウンでは何事も起きなかった。それがこの町の性格と役割を物語る。ヤンゴンから南へ空路で3時間。空港に着くとイミグレーションの係官が問うた。

「目的は何ですか？　観光に違いないでしょうね。ほかの業務ではないでしょうね」

手続きが終わると、傍に立っていた男が自分の乗合自動車に案内した。一般人立ち入り禁止の空港内に運転手がいるのも奇妙だ。車には、既にインド系と思しき若い男女4人が乗っている。午後3時を少し過ぎていた。運転手は、「ちょっと急ぐもので」と断って、貧しい家屋が密集する地域へ車を乗り入れた。そして、4人を連れて路地の奥に消えた。通常外国人を先に送り届けるものだ。このような急ぎ方もまた尋常ではない。

山と遠浅の海に囲まれたこの岬の町から、対岸のタイのラノーンまで船で30分だ。この国の他の国境の町同様、ゲートは朝開き夜閉まる。他の国境の町と同じなら、国民は早朝タイ側に渡り、夜には戻らねばならない。運転手の急ぎ方は、ゲート閉鎖時間と関わるようだ。4人が夕刻にタイに渡るなら、その日のうちにこちらに戻る可能性はまずない。

日に一度しか飛ばないコータウン行き国内便は満席だった。客はほぼ全員がミャンマー国民で、若者が多い。彼らの荷物は少なくて、一見観光客に見える。しかしこの町には、ミャンマー国民が飛行機を利用してまで見物に来るに足る名所旧跡はない。外国人向けの観光産業も低調だ。海洋ツアーで有名な観光業者を訪ねたが、数ヶ月前に廃業していた。近くの領内にはカジノ・ホテルのアンダマン・リゾートがあるが、飛行機で来た若者たちはカジノで遊ぶ階層でもない。翌朝港でホテルの船から降り立ったのは、ホテル従業員やバンドマンだけで、観光客の姿もなかった。

町の北方には、シュエーチュンター海岸、温泉、マーレイン滝がある。そこに向かう道路の両脇には、油椰子やゴム園が広がる。所有者は、軍事政権と親密なクローニー企業だ。温泉は熱湯の溜め池にすぎず、不潔だった。一方滝壷は、クリスマス休暇で遊びに来た地元の十代の男女で一杯だった。飲酒グループもいる。軍事政権の伝統文化擁護キャンペーンもなんのその、ジーンズとTシャツのカジュアルな装いだ。彼らはヘルメットもかぶらず、二人乗り三人乗りで海岸へも向かう。2004年の津波では、橋の上で見物人が20名ほど犠牲になった。その木製の橋を渡ると、美しい海岸が広がる。しかし、その手前にあるマーレイン村は、小屋も傷み荒れ果てていた。

観光産業も低調で、国境貿易基地のような活気も見られない。タイ国境の町ターチーレイではタイ・バーツも普及していたが、コータウンではバーツも使えない。この国のどん底の経済状況では、高価なタイ製品に手は届かない。飛行機で来る人々は買い物目的でもなさそうだ。

町では二十代三十代の姿を余り見かけない。土産物屋で親しくなった二十代女性は、仕事がないので友達は皆タイへ「出稼ぎ」中だという。彼女自身は体が弱く、親が外国行きを許さないらしい。「出稼ぎ」とは、不法出国による不法就労を意味するようだ。この町の元気な世代の「出稼ぎ」が日常化しているとすれば、飛行機でやってきた若者たちの目的もその辺りにありそうだ。荷物を少なくして小旅行を装うのも、怪しまれないためだろう。ヤンゴンからバスを利用することも可能だが、途中宿泊が必要だ。検問もあり、交通事故の危険もある。仲介料金を勘案しても、飛行機利用の方が割に合うという仕組みらしい。

海岸線が長く、どこからでも小舟で対岸に渡れるこの町の裏の顔は、海外出稼ぎ基地だった。言い換えれば、経費を借金し、外国で働いて返済する「出稼ぎ」という名の人身売買基地だ。「出稼ぎ」先で、女性たちが性産業に従事することを免れる保障はない。1988年から92年までで、対岸ラノーンの売春宿は3倍に膨れ上がった[9]。また、2004年の津波時、タイで行方不明となった2千名の性労働従事者の大半がビルマ女性だったともいう。人身売買基地として年季が入っているらしいこの町で、寺院もある意味でのその拠り所となっている。08年2月、軍事政権は当地の某寺院に、「参拝客」宿泊を禁じる通達を出した。そこは、各地から陸路でたどりついた人々が寝起きしていた寺院なのだった。

強まる規制

長井氏の死亡は9月27日の現地時間午後1時30分（日本時間午後4時）だ。わたしは同日

9『現代の奴隷制　タイの売春宿へ人身売買されるビルマの女性たち』（1993　アジア・ウォッチ、女性の権利プロジェクト、ニューマン・ライツ・ウォッチ編著　藤目ゆき監修　古沢加奈訳、アジア現代女性史1　明石書店2006）p.35

の日本時間午後6時頃、別件で作家と電話中に「日本人が死亡したらしい」と知らされた。この国では、口コミは国営メディアよりも信頼度が高い。海外のビルマ語放送は、口コミ情報収集に電話を利用する。

軍事政権は電話の規制も強め出した。12月の滞在中、わたしの宿に家族がファックスを送ろうとした。しかし、電話口から複数の声が聞こえて送信できなかったという。帰国後も電話中に複数の声が聞こえたり、音声が割れたり、電話が突然切れる経験をした。海外放送が国内への電話実況インタビューを流す時間帯に、妨害が集中するらしい。すでに、1970年代から作家たちとのやり取りで、封書が破られ、開封され、紛失することが多々あった。慣れたことではあるが、状況は悪化している。やがてメールが届かなかったり、届くのに数日かかったりするようになった。

強まる規制の中で希望は見出せるのか。この国の弾圧と抵抗には年季が入っている。年配者にも伝統的反骨精神は健在だが、9月事件では僧侶も民衆も若い世代が中心となった。抵抗運動の世代交代が進行中なのだ。タイのNGOで6年働き、5月に帰国した作家は、創作再開の決意を固めた。9月事件中アメリカで研修中だった作家は、在米者から引き止められたが、12月に帰国した。1月からイギリスへ研修に行く作家は、もちろん帰国して民衆のために働くつもりだと語った。アメリカで勉強中の作家は、いずれ祖国に帰る、国内でしかやれないことがあると、手紙を寄越してきた。彼らは、30代から40代始めの世代だ。権力が規制を強めるのは、このような人々をも怖れるからにほかならない。彼らの心意気に希望を仄かに見出したい。蛇足ながら、彼らが全員女性であることを付け加えておく。

第五章

「民政移管」のあとさき

1. もの書く人々とサイクロンのあとさき　2008

サイクロン・ナルギス

２００７年の９月事件の衝撃から８ヶ月。08年５月２日から３日にかけ、サイクロン・ナルギスが穀倉地帯のエーヤーワディー・デルタを襲った。引き続き、それは最大の都市ヤンゴンを駈け抜けた。死者・行方不明者はおよそ14万人、被災者は２４０万にのぼる。

５月10日に憲法草案への国民投票を控えた軍事政権は、海外からの支援受け入れを渋り、被災地を除く各地で予定通り投票を行った。被災地では２週間遅れの５月24日に投票が決行された。その直後から政権は海外の支援を受け入れた。支援物資が横流しされ、デルタ被災者の４割に物資が届かないと囁かれるおりしも、６月に政権は「復興段階」に入ったと宣言し、避難所を閉鎖して、被災者の被災地への送還を開始した。

わたしは８月４日に観光ビザでヤンゴンに入り、首都ネーピードー、マンダレー、被災地を訪れた。８月の時点で、何人かの知人がビザ申請を却下されていた。わたしにビザが出たこと自体が僥倖だったと知るのは、実に後日のことだった。

ヤンゴン―マンダレー幹線道路

緑豊かなシュエーダゴン・パゴダ周辺は、倒木で緑陰が減り、昼なお暗かった公園も奥まで見通せる。残った木々も無傷ではなく、いびつに変形している。歩道では、植えられたばかりの若木と古木の切り株が対照をなす。傾いた電柱や、シートに覆われた広告塔もある。切断された倒木が積み上げられたパゴダ西側広場は、樹木の墓場のようだった。新しいトタンで補修された屋根もあるが、市街地を離れるにつれ青いビニールシートが増える。

治安警察や軍隊は増員されていた。地域によると、数メートル毎に銃を持つ兵士が配備され、風景を撮影するのも憚られる。昨年亡くなった作家で元学生運動指導者ターヤー・ミンウェーの命日の8月5日や、88年民主化闘争記念の8月8日への対策だという。

ある交差点の交番横の詰め所で、朝から飲酒する兵士の姿を見かけた。バゴウを拠点として、前年の僧侶殺戮で名を馳せた第77師団の兵士だという。警官は兵士と口もきかない。一旦ことあれば、民衆の礫(つぶて)が見舞う相手はまず兵士の方である。武器を持つ者たちの勤務中の飲酒は、武器を持たぬ者たちの怒りへの恐怖の発現かと思われた。

ヤンゴンから車で北へ9時間。検問もなく首都ネーピードーに入り、教員招聘の件で教育省を訪れた。省庁間は車でも10分はかかる。沿道には他に建物はない。夜も無人の広大な道路を煌々と外灯が照らすが、日中何回か一瞬の停電はあった。丘の上の飲食店街に前年の賑わいはなく、撤退した店もある。前年は首都建設バブルで、ブローカーや日雇い労働者に溢れたお膝元ピンマナーの町も、元の静けさに戻っていた。町の飲食店も閑古鳥が鳴き、町外れのマンダレーの有名シャン料理店の支店も撤退していた。

町村を縦断するヤンゴン―マンダレー幹線道路は生活道路でもある。牛車が行く。薪を頭に載せた農民がすたすた歩く。傍を長距離トラックや長距離バスが走る。その合間を自転車やバイクが駈け抜ける。バイクの増加は安価な中国製の流入による。その道路が下校時は、小鳥のように飛び出した子どもたちで埋まる。この国の希望となる筈の小鳥たちだ。

帰途ヤンゴンまで2時間のバゴウで、例年通り横丁の浸水が見られた。前年まだましだったバゴウ―ヤンゴン幹線道路は、片側車線が特に劣化していた。折からの豪雨に前方の視界を塞がれ、肝を冷やした。ネーピードー―ヤンゴン間に高速道路を建設中だと聞く。住民に大切な生活道路の補修を放置するところが、いかにも軍事政権らしい。

ヤンゴン市民のサイクロン体験

「あんな体験は生まれて初めてよ」

年輩者もそう語った。政府メディアも大型サイクロン接近を報じてはいたが、これほどだとは誰も予測していなかった。ある作家の話では、5月2日は昼から雨が降り、夕方から大雨になった。夜10時頃突然雨が止み、11時頃から暴風となった。12時頃停電し、翌3日午前4時頃まで街路樹や電柱の倒れる音が凄まじかった。ガラス窓の傍に眠る子どもたちも奥の間に避難させた。5時頃外に出ると、倒壊した木々や電柱が道を塞ぎ、広告看板が落下し、屋根から剥がれたトタンが風に舞っていた。風は昼12時頃止んだ。

それから2週間、停電と断水が続いた。発電機を持つ家から分けてもらう水だけでは足りず、通常の10倍近くを払い、水売りから買った。店は2、3日後に開いたが、客が殺到し、略奪も起こった。蝋燭、ガソリン、米、すべてが値上がりした。食糧を備蓄していたある研究者は炊き出しをして、隣人に振舞ったという。

出動した国軍が倒木を片付け、幹線道路は一週間で復旧した。だが各町内では、住民が道路の倒木を切断して撤去し、倒壊した電柱を移動し、通行可能にした。ある作家の遺族宅では、人を雇って庭の倒木を片付けた。出勤も出来ず、周囲から隔絶したこの期間は、海外からのラジオ放送が唯一の確かな情報源となった。

やがて電気が回復し、デルタの被災状況を撮影したＤＶＤが出回ると、ヤンゴン市民は大きな衝撃を受けた。わたしに送られてきたＤＶＤにも、崩れた寺院の下に累々と重なる遺体、色とりどりの衣服で水中に浮かぶ子どもや女性の遺体、木にしがみついて絶命したらしい両手両足を大きく広げた遺体、憔悴した表情の被災者たち、被災地に容赦なく降り続く雨、避難所のパゴダに土足で上がり、「生きているだけで運がよかったと思え」と訓示をたれる軍事政権幹部の姿が、克明に映し出されていた。

５月10日、被災地以外に外交官監視団が入り、お祭り騒ぎで憲法草案批准国民投票が実施された。ヤンゴンでは被災地同様24日に投票が実施された。わたしの知人の多くが、反対票を投じるか、棄権したというが、政府発表の投票率は98パーセント。うち賛成票が92パーセントだった。様々な操作があったというのが巷の噂である。

当初は自分たちだけが被害者だと思っていたヤンゴン市民は、より深刻なデルタの被害を知るや、家中の食糧や衣服や雑貨をかき集めて、車を連ね救援に向かった。自分の衣服まで脱ぎ与えてきた若者もいる。コメディアン・ビデオ監督のザーガナー（１９６１―）の活動グループに参加した作家や詩人もいた。一行は独自に情報を収集し、政権の支援が届かず被害甚大な村を選び、5月22日未明に支援物資と共にバス4台でヤンゴンを発った。昼過ぎにデルタの町ピャーポンに着くと、4グループに分かれ、発動機付きボートに米や物資を積み、4村で物資配布と医療活動を行った。夜ピャーポンに再集結し、翌23日未明にヤンゴンに戻った。6月4日、この時のビデオ撮影を根拠にザーガナーが逮捕され、支援活動も中断した。

またある作家は、政府の支援の届かないカレン族の村に向かった。ヤンゴンからバスで11時間。被害が最大のデルタ西部の町ラプッターに着くと、発動機付きボートで4時間北上して村に入った。村では、5月2日朝から浸水し、夜8時頃胸辺りまで水が上がって来た。9時から10時、大波が村を呑んだ。ある若い漁師は一晩中泳ぎ、漂着した場所で眠ってから目覚めた。傍で眠っていると思った集団は、遺体の山だった。頑丈な木造家屋の柱に縛り付けた妻子を水に流され、一人助かった若い夫もいた。一晩中ココヤシを抱きしめ、傷だらけで生き残った中年男性もいた。発動機付きボートで巨大な穀倉に流れ着いて助かった村人もいた。穀倉は三階建の高さで、積み上げた収穫米の上に多数が避難できた。そのほかに、煉瓦の教会に避難した者も併せ、人口８００名１３６世帯のこの村で6百名が助かった。穀倉のお蔭で、生存率が他の村より高かったのだ。２百名の死者・行方不明者の多くは子どもや女性や老人だった。

軍事政権は、被災地で食糧と引き換えに被災者に労働を強要した。彼らは土地を接収して

「新しい町」の建設に着工し、復興を新たなビジネスに利用した。軍事政権の救援者への圧力や妨害で、救援活動も徐々に下火となった。しかし、救援活動を通して発揮された人々の誠意と行動力は、未来につながる筈だった。

被災地を駈け抜けて

まず、ヤンゴンから車で南へ1時間のタニンのチャウタンに向かった。市街地を離れるにつれ、サイクロンの爪痕が現れる。バズンダウン・クリークの桟橋の一つが折れていた。避難所は撤去されたが、青いビニールシートが増えてくる。大木の切り株、傘蓋の折れたパゴダ、庭木が倒壊した屋敷もある。遥か向こうの村でも倒木が放置されていた。川べり一帯にも浸水の痕跡が窺えた。

日曜だったから、チャウタンの水中寺院には多数の参拝客がいた。小舟が客を寺院に運ぶ。飲食店では、制服姿の警官数名がビールを飲み、バイクで慌ただしく立ち去った。突如風が吹き、大雨がやって来た。小舟が運行を見合わせる。飲食店は雨戸を閉め、店内は真っ暗だ。ヤンゴン川が注ぐこの地は、強風高波を誘い込みやすい地形らしい。その間30分程だったが、サイクロン当時の恐怖はこの比ではなかったろう。

エーヤーワディー管区は、英国植民地時代に密林から水田地帯に整備された。ビルマ7州7管区中最大の人口500万人を擁し、その85パーセントが農村部に住む。海岸部は製塩業、内陸部では稲作と淡水漁業のほか、近年では野菜作りも盛んだ。デルタを網の目状に水路が走る地の利から、この地は日本占領下で抗日闘争の拠点となり、戦後も共産党やカレン族など反政府軍が活発に動いた歴史を持つ。

チャウタンへは参拝客に紛れて出かけたが、エーヤーワディー・デルタへの立ち入りは厳しい。今回もビルマ・スタイルで、デルタ出身の詩人一家とピャーポンの町を目指した。1998年8月にも彼らの協力を仰いだ。当時一夜の世話になったのは彼らの親類宅で、わたしのことはヤンゴンの「センセイ」だと紹介されただけだ。

当時はフェリーを乗り継いだが、今回は道路も開通している。南北2ルートの内、往路は検問の少ない北回りの悪路を選んだ。午前7時にヤンゴンを発ち、ニャウンドンで進路を南に取り、8時にエーヤーワディー管区に入った。泥濘の中を大型トラックが喘ぐように走る。大きな窪みで立ち往生する車もある。検問は1回だけだった。目的地を聞かれ、すぐ近くの町マウービンの名を告げる。マウービンをさらに南下し、11時半にチャイラッに到着した。

ここからピャーポンに近づくにつれ、サイクロンの爪痕がおびただしくなる。5月、この一本道は救援の車列と物乞いする被災者で埋まった。今は人影もなく、道路脇には切り株やいびつな木々が並ぶだけだ。屋根はビニールシートも少なく、大半が葺き直されていた。借金をして私費で直したものだという。その陰に、建材で儲けたブローカーの存在も見え隠れする。

ピャーポンはラプッターのように大水に呑まれなかった。しかし、暴風の被害が大きく、浸水の痕跡も見られた。ピャーポン川を発動機付きボートで走行した98年当時、沿岸に高床式の水産物加工所や、水路の奥にも家々を見かけた。それは最早跡形もない。今回立ち寄った飲食店も、5月にはビルマ人ボランティアで溢れていたという。今や閑散として、個室で酒盛りする客が一組いるだけだった。個室から出てきた面々を見ると、地元役人とブローカーらしき人びとだった。

詩人ミントゥウンとともに「キッサン」文学を牽引した高名な作家・詩人・図書館学者ゾーギーはピャーポン出身だ。彼にちなんで設立された図書館は、国軍の詰め所となっていた。町を訪れた救援者はまずここに立ち寄り、救援物資を置いて帰るか、訪問先を告げて許可を得る必要がある。この町に長居するのは危険だ。そう判断して13時半帰途についた。

進路を東に取り、14時半にデエダイエーを経てヤンゴン管区に入った。15時半、被害が大きかった町クンヂャンゴンを通過する。国軍の統制がより厳しいこの町で、興味深い光景が車窓越しに広がった。多数の兵士が道に出て土を起こし、木を植えている。揃いのTシャツ姿のボランティアも初めて見かけた。国際機関の支援物資である白のビニールシートをようやく目にした。それまで見てきた青いビニールシートは、国軍が与えたものだ。外国からの良質の支援物資の多くは国軍に流れ、国軍は被災者に粗悪品を支給するのだ。

広場にはテントが多数見られた。被災者の姿はない。避難所ではなく、国軍の放出物資販売所だった。その隣に林立する新築木造住宅は、売り物だ。一軒が160万チャットする。一家4人の一ヶ月の食費の16倍だ。道路脇に、「車から支援物資を投げないこと。支援物資は所帯主に渡すこと」と書いた看板があった。物資を投下する救援の車列通過の名残りだった。

16時、コムーを通過する。この辺りまで、折れた木々、切り株、倒壊したパゴダなどが続いた。ヤンゴンへ向かう新しい道路で、初めて国際機関のトラックとすれ違った。帰り道で検問はなく、17時半にヤンゴンに帰着した。

出版界多事多難

国営新聞は国軍の「救援活動」や軍事政権首脳の被災地訪問を載せるが、被災地の実態は報じない。一方、民間のジャーナル記者は救援者と共に被災地に入り、写真入りで被災地の状況を可能な限り伝えようとした。サイクロン直後、ジャーナルは飛ぶように売れた。しかし6月になると、ジャーナル記者の中に逮捕者が出始めた。例えば、国軍が遺体を放置したり海に廃棄したりするのを見兼ねたジャーナル記者5名が、地域住民の埋葬を手伝ったため逮捕された。また、国際赤十字と国連開発計画事務所に窮状を訴えに訪れた被災者たちを取材中の女性を含むジャーナル記者数名も逮捕された。規制が強まるにつれ、紙面から被災地関連記事も減り、ジャーナルの売れ行きは落ちていった。

8月には、漫画家100名のチャリティー原画展が開催された。しかし、検閲局はジャーナルに記事の掲載を禁じた。9月になると検閲局はジャーナル編集長を招集し、原稿提出後の改編を禁じる旨通達した。その結果月刊誌でも、8月号には見られたサイクロンを扱う詩や記事が、9月号には僅かとなった。

書き手と権力のこのようなせめぎあいは、サイクロン以前から始まっていた。例えば、軍事政権に近いと思しき作家ミャッカインが編集長を務める『アチッ（愛）』ジャーナルが、2008年1月21日号のバレンタイン特集に掲載した詩「2月14日」が元で、関係者一同取調べを受け、作者の詩人ソーウェー（1960—）が逮捕された。彼の詩は、ビルマ詩壇を席巻する「モダン」と呼ばれる潮流に属する。それは、詩人たちの検閲に対する挑戦状ともいえる。韻律はなく、一見わかりやすい口語の羅列だが、内容は難解で、その意味は幾通りにも取れ、言葉遊びも少なくない。「2月14日」の各行の第一音節を繋ぐと、「権力狂いタンシュエー」と読める。彼は大胆にも、軍事政権・国家平和発展評議会議長タンシュエーを愚弄して、インセイン刑務所送りとなったのだった。

2月には、『クモウドゥラー（白蓮）』ジャーナルが、出版許可証所有者からの許可証貸与かなわず休刊となった。また、『ナショナル』ジャーナルは、編集長が逮捕され、記事の多くが削除されて立ち行かなくなり、廃刊に追い込まれた。

月刊総合誌『チェリー』6月号に掲載されたモダン派詩人チーマウンタン（1963—2011）の「ディーパリンガ」も、物議をかもした。詩の前段は王朝時代の栄光を讃える。後段に入ると、「この町で勇士たちが死んだ／この町で裏切り者たちが羽を伸ばした／この町でひとりの若者とバイクが消えた／この町でひとりの女が九死に一生を得た」と続ける。そして最後に、「マンダレー—イエーウー幹線道路を通り／車上からこの町を遠望するとき／過去の亡霊がわたしを脅かす」と結ぶ。ここで読者は詩のタイトルが、2003年5月のアウンサンスーチーらが襲撃されたディベイン村の古名であることに思い至る。モダン派の中にも政治的社会的メッセージを重視する派と、それにこだわらない派がある。前者に属するチーマウンタンは当局から目をつけられ、ペンネームを次々替えて書き続けてきた。今回は作者に累が及ばず、同誌編集者の詩人が解雇されるにとどまった。

しかし、以後検閲はより厳しくなった。『チェリー』8月号は、掲載詩全20点が削除された。月刊誌『バダウプィンティッ（青龍木の新しい蕾）』8月号では、表紙に使われていた作家でジャーナリストのニョウミャ（1914—85）の写真が削除された。彼はアウンサンの学生時代の盟友で、アウンサン暗殺後も一家と親交を結んでいた。

10月には、『ティッサー（誠意）』、『アクション・タイムズ』、『ヨンチーム（信念）』の3ジャーナルが2ヶ月の発行停止となった。検閲局に提出した見本と、発行した現物の間に乖離があったらしい。11月には、『ミズィマラン（天竺道）』ジャーナルが廃刊に追い込まれた。政府系編集者と非政府系編集者との軋轢によるという。

受け継がれる反骨の伝統

この国の言論統制は世界的にも注目を集めてきた。アメリカに本拠を置くフリーダム・ハウスは、2008年5月3日の「世界報道の自由の日」に向け、報道の自由なき国の第一位に北朝鮮を、第二位にミャンマーを挙げた。10月、国境なきジャーナリスト協会は、08年の報道の自由なき国として、エリトリア、北朝鮮、トルクメニスタンに続き、ミャンマーを第四位に挙げている。しかし、報道の自由なき国におけるもの書く人びとの奮闘度ランキングがあるとすれば、ミャンマーが上位に参入することは間違いない。

統制が強まろうと、彼らは規制の網の目をくぐる方法を模索し、創意工夫して作品を生み出し、新たな出版物を刊行し続ける。それは、植民地時代以来培われた反骨の伝統によるものだろう。その先達とも言うべき女性作家でジャーナリストのルードゥ・ドー・アマーが、4月7日にマンダレーで94年の生涯を閉じた。ペンを武器に反権力を貫くその姿勢は、もの書く人びとに勇気を与えてきた。二日後の葬儀には全国から人が駆けつけた。それに先立つ4月4日、ジャーナリストのチェーモン・ウー・タウン[1]が、アメリカで82年の生涯を閉じた。彼は1976年に亡命し、ビルマ民主化を支援して健筆を振るってきた。この二人とは別の立場から民主化闘争に関わった作家で、幻想小説や探偵シリーズで人気を博し、高名な占星術師でもあったミンテインカ[2]も、8月6日にヤンゴンで亡くなった。70歳で心筋梗塞だった。死の一ヶ月前に彼は、「ミャンマー情勢好転の時期が近づいた。その時まで生きていたい」と述べたという。これら3名は共に投獄経験も持つ。

片や、軍事政権派に筆力あるもの書きは育ちにくい。彼らの筆は誠意や真実から遠い。サイクロン報道を例にとれば、国営新聞は4月30日に大型サイクロン来襲を報じながら、5月1日には、「いたずらに動揺すべきではない」との気象専門家の談話を掲載した。しかし、

1　著作は『将軍と新聞』（1995ウ・タウン　水藤眞樹太訳・解説　新評論1996）
2　訳書は『マヌサーリー（女性名）』（1976高橋ゆり訳　てらいんく2004）

軍事病院で働く知人の話では、２日夕刻に患者全員を一階に避難させていたという。国軍はサイクロンで生じる事態を予測していた。にもかかわらず、国民に対して無為無策のまま被害を拡大させ、混乱に乗じて憲法草案批准国民投票を「成功」させ、復興支援をビジネスチャンスとして利用した。

もしも、報道が被災地の真実を伝え、国民の間に広範で持続的な支援ネットワークが出来れば、すでに困難の中でエイズ患者や囚人の家族の支援に取り組んできたアウンサンスーチーの国民民主連盟がさらに力を発揮する。そんな事になっては困る軍事政権は、国民を生活困難に陥れ、国民から他者を思いやるゆとりを奪い、被災者と国民の間に楔を打ち込んだ。実のところ軍事政権は、天然ガス、薬物、宝石、チーク材ビジネスで潤っている。その姑息な支配に迎合してものを書くことは、ビルマ文学界の反骨の伝統に反する恥ずべき行為だと、作家たちの多くは了解している。

ビザ申請却下

「批准」された新憲法に基づく２０１０年の選挙に向け、軍事政権はさらに統制を強めていった。規制は国外にも及んだ。わたしも、乾期の12月にデルタ奥地の被災地へ赴く予定だったが、ビザ申請が却下された。在日ミャンマー大使館は、数年前からビザ申請者の英語の著作チェックをしていたらしいが、08年から日本語をビルマ語に翻訳するスタッフを採用してチェックを強化したと聞く。わたしの申請却下の理由は、「答えられない」とのことだった。

これは、某ジャーナル編集長の話を想起させる。彼のジャーナルは発行を禁じられたが、その理由も「答えられない」だった。彼自身はその理由を、3月のガンバリ国連特使来訪時に掲載した、特使とアウンサンスーチーが並んだ写真のサイズが大きすぎたためだろうと推測していた。理由を明示しないまま措置されるという、ミャンマー・ジャーナリスト並みの待遇にあずかったことは、わたしにとって名誉なことにほかならない。当の編集長は別のジャーナルを発行し、検閲の目をくぐって記事を書き続けている。わたしも当分はミャンマー国内に立ち入らず、託送で入手した資料の精読に努め、軸足を周辺諸国に置き、異郷のミャンマー国民との交流に励みながら、書く行為を続けることとする。権力の妨害をしたたかにかわしながら、ものを書き続けるこの国のもの書く人びとと、ようやく同じ地平に立てたという思いをかみしめている。

2.「変化」の兆しを求めて　2009―2011

価値観変化の兆しか

テインペーミンの作品の復刻版は、軍事政権下でも多数出版されてきた。彼は1933年以来、小説を中心に戯曲、伝記、評論などを執筆しながら、反英独立闘争、抗日闘争、政党活動などに従事した。第二次大戦後には、抑圧される階級を解放するための文学という概念を文壇に導入し、62年からビルマ式社会主義に協力した。政治と文学のはざまを駆け抜けたが、75年に論説の筆を封じられ、以後文学に専念した。

2009年9月には、1940年代から70年代までの文芸評論を中心に収めた『テインペーミンの文学的風景』が出版された。08年10月の月刊誌が組んだ彼の特集では、現役作家たちが、彼の知られざるエピソードや作品から受けた影響を語っている。彼の政治活動を評価する声は少なく、文学に専念すればもっと作品を生み出した筈だという声が高い。

09年2月、評論家タンタイはその評論集で、テインペーミンの短編「老教師の問題」[3]（1959）の再評価を試みた。作品は初夏の早朝、人けのない路上で、前を歩く若い女性の肢体に魅惑され、自分の気持ちに戸惑う定年間近の大学講師の独白だ。発表当時、「背徳的迷妄」を描くべきでないという批判が続出し、テインペーミン自らが、「基本的人間性の描写を抑圧してはいけない」と反論して、さらに話題を呼んだ。一方タンタイは、倫理的基準で文学を評価することに異を唱える。そして、ビルマ社会の倫理的価値観がいまや変化を遂げ、巷の美人コンテストからファッションショーまで、女性の身体が衆人環視の的となる機会も日常化しているから、当時の「問題」は問題にさえならないと述べる。

なるほど、雑誌の表紙やグラビアでも、「ビルマ的伝統文化擁護」なる軍事政権のスローガンなど何処吹く風。西欧並みに肌を露出させたファッションが一昔前より増えた。月刊総

3 『テインペーミン短編集』に所収。

合誌『マヘーティー（王妃）』を例に取ると、97年12月1月合併号では、女性歌手へのインタビュー記事の写真で、上半身とジーンズのでん部と裾の幅広部分が黒塗りされていた。同誌2000年3月号では、ゴールデングローブ賞受賞記事の“SEX AND CITY”出演女優の写真で、4名中3名のソワレの上の肌部分が黒塗りされていた。04年頃から、女性歌手のジーンズ姿やふくらはぎ丈のスカート姿がそのまま掲載され始めた。そして08年から、ミニスカートにネックラインのあいた上衣の女優の写真が登場するようになった。

ただ、検閲側もさるもので、ファッションの「進化」は大目に見つつ、「解放の文学」はおろか、日常描写の小品まで、ますます緻密に「精査」するから、書き手の筆は重い。復刻版や作品再評価や「進化」する華麗なグラビアからも、純文学の呻吟が聞こえてくる。

異郷のミャンマー国民

2009年3月の日曜の午後、シンガポールの6階建てのショッピング・モールは、地下の飲食店に至るまでミャンマー色に染まっていた。条件のよい仕事を求めてコンピュータ求人情報を見る者もいれば、友人と落ち合って情報交換する者もいる。一角にある図書クラブ「導きの星」では、人々があちこちに座って読書していた。国外で出版された政治的なビルマ語書籍も見られる。クラブはボランティアによる運営で、土日の全日と水曜の夜だけ開く。会費は6ヶ月10ドルだ。2年前の発足時に400名だった会員が、今は2000名になっている。ただし、政治活動とは関わっていないという。

シンガポールのミャンマー国民は、学生ビザ、短期滞在ビザ、一時就労ビザ、永住ビザなどで入国する。不法滞在者はいないらしい。郊外のコンドミニアムに住む貿易業、会社経理、マネージャー、水先案内者として就労する人びとを訪ねた。広々したフロアには間借りの同国人も置く。残業の多い彼らは、家と職場の往復でせいー杯だという。近所づきあいもなく、友人との交流も少ない。食べていける仕事さえあれば、親や親戚や友人に囲まれたミャンマー国内で暮らしたいと、その一人は漏らした。

シンガポールのミャンマー人の多くが高学歴者とすれば、09年8月に訪れたチェンマイには、不法滞在の底辺労働者が少なくなかった。彼らはタイ人からも差別され、ミャンマー国民だと悟られないようひっそり働く。ミャンマー国民同士も分断され、助け合うこともあまりないようだ。それでも、ミャンマー国内より収入は多い。ビルマ仏教寺院の若い僧侶や郊外のビルマ料理店の女性店主が、無権利の労働者の支援組織や葬儀支援組織で活動していた。彼らも、それが政治活動ではないと強調した。

チェンマイのシャン族仏教寺院では、若者たちがシャン語を学習していた。その裏手のシャンそば屋で働くシャン族女性は、数ヶ月前に国境を越えてやってきたばかりだった。ここは楽しくない、早く故郷に帰りたいと語った。チェンマイからバスで6時間ほどの、国境の町メーサイに向かう途中、検問があった。乗り込んできた警官が身分証明書の提示を求め、ミャンマー国民らしい女性が連行されていった。

シンガポールほど高学歴者は多くないが、チェンマイより不法滞在者が少なさそうなマレーシア。クアラルンプールの屋台、デパート地下食料品売り場、飲食店などでは、ミャンマー国民だけでなく、フィリピン人、インドネシア人、ネパール人労働者も見かけた。

2010年3月の日曜の朝、クアラルンプールのミャンマー街のビルの二階の飲食店で、1983年生まれの元公務員と合流した。彼はブローカーに金を払って出国し、タイ経由でマレーシアに入ったが、不法滞在で3ヵ月拘留された。その後、正式の滞在許可で働きながら、政治活動もしている。彼の案内で、郊外のカジャン近くにある日系工場の労働者住宅を訪れた。3LDKに10人ほどのミャンマー女性が共同生活する。その中の元小学校教員に話を聞いた。職場では中国人上司が厳しい。病欠すると減給される。故郷の親に辛い生活を伝えると連れ戻されるので、黙っている。日曜はビデオを見るしか楽しみがないが、親に仕送りできるのが喜びだと彼女は語った。

ペナンのジョージ・タウンで出会ったのは、1987年に出国した男性だ。10年間ビルマ語も話さずミャンマー国民と接触せず、頑張った。現在は手広く事業を営む。彼の案内で、対岸のミャンマー・コミュニティーを訪れた。貸し本屋、貸しビデオ屋も多い。ビルマ語ジャーナルも複数発行されている。紙面には、作家たちが文芸講演会にやってきた記事や、政治的主張も多数掲載されていた。

しかし、概ね異郷のミャンマー国民は文学との距離が遠い。書き手が育っている様子もない。一方、アメリカにはビルマ文学の書き手たちも暮らす。彼らがどのような発信をしているのか興味が湧いた。

ミャンマーふたたび

アメリカを目指すかに見えた我が異郷への旅は、マレーシアでひとまず中断となった。2010年5月、再び観光ビザが出たので、ヤンゴンに飛んだのだった。ビルマ文学の書き手は、国内でこそ力が発揮できる。彼らの肉声を聞く「ビルマの日々」が再開した。

アウンサンスーチーの国民民主連盟は、2008年憲法にもとづく11月の総選挙のボイコットを決定した。軍事政権翼賛団体の連邦団結発展協会を継承した連邦団結発展党の圧勝が予想されていた。5月のヤンゴンでは、政権による得票目当ての道路工事があちこちで行われていた。

猛暑の4月は、中央部の乾燥地帯を中心に、熱中症による死者が多数出たらしい。ヤンゴンも停電で、クーラーも扇風機も止まり、眠れぬ夜を過ごしたと語る作家もいた。そして、乾期には火災が付き物だ。5月28日午前8時半から、市街地近くの薬や日用品や布地を扱う店が入る集合ビルが燃え出した。夕刻現場を通ると、2、3台の消防車が放水中だった。鎮火は翌日未明だったという。

1年9ヵ月振りのヤンゴンでは、若者のロンヂー姿が減少した。テレビの報道番組のアナウンサーも洋服姿に変わった。女性のパンツ着用が禁じられていたシュエーダゴン・パゴダ境内でも、パンツ姿の若い女性を見かけた。また、従業員は男性と決まっていた喫茶店や飲食店でも、制服姿の女性が登場した。

一方、裏通りの側溝にはゴミの投げ捨てが多い。「ゴミを捨てるな」の看板が目立った。

ゴミ収集が円滑でないらしい。雨季の先駆けの豪雨が訪れると、道路も溝も水が溢れる。しかし、猛暑を厭悪していた人びとの表情は和む。作家宅で一緒になった国民民主連盟幹部は、「今後何が起こるか予測できない。内部に様々な意見があってね」と語った。

総選挙は11月に実施され、予想通り連邦団結発展党の圧勝だった。不正投票がまかり通ったという噂もある。たとえばある作家の近隣の村は、読み書きの出来ない人が多い。小学教員がまとめて連邦団結発展党候補の名を書き、投票を済ませたという。選挙終了後、予想通りアウンサンスーチーは自宅軟禁を解かれ、自宅前の道路封鎖も解除された。

12月には、中断していたサイクロン被災地訪問を試みた。デルタ西部のラプッターから舟で2時間のカレン族の村を目指した。ヤンゴンから車で7時間半。道のりの半分は、雨季の豪雨による陥没が放置された悪路だった。ラプッターでは、宿の多くが秘密警察を恐れ、NGOなどの団体に所属しない外国人の受け入れを拒否した。幸い勇気ある華人が宿を提供してくれた。しかし、それ以上の迷惑はかけられない。村行きは諦め、町を見学するにとどめた。

ラプッターは都市で最大の被害を受けた。復興した町の佇まいは、一般の地方都市とは異なっていた。家屋は一様に新築で、道路は区画整理され、郊外には立派な官庁地区もある。町の中心のパゴダだけは、サイクロン直後密かに出回ったDVDで見た時のままだ。当時カメラは、境内で被災者を前に訓示を垂れる軍服姿の二人の足元を映し出した。境内は土足厳禁だが、二人は靴のままだった。植民地時代、土足でパゴダに入った英国人が、ビルマ人の憎悪の的となった。現代の土足の一人は管区知事で、いま一人は当時の首相であり、２０１１年1月招集の国会で大統領に任命されたテインセインだった。

12月のヤンゴンでは、24時間電気が来ていた。一方ガソリンは一度に5ガロンしか売られず、ガソリンスタンドは常に車が列をなしていた。また、チャットの価値が上がり出し、海外の送金に支えられた家庭では両替額の減少で、困っていた。「アウンサンスーチーの『解放』は嬉しいけれど、暮らし向きは向上しない」という呟きが多かった。

短編の書き手支える

長編小説の低迷を補うかのように、短編集の出版は盛んだ。複数作家の雑誌掲載短編を再録した選集のほかに、年代別選集も目に付く。たとえば「セイクーチョウヂョウ（甘い空想）」社は、『ミャンマー短編集２００６』を２００８年に出版し、以後毎年選集を出している。これと並行して、１９６５年から２００５年の雑誌掲載短編も、三冊に分けて出版した。

さかのぼれば90年代初頭、著名な女性作家モウモウ〈インヤー〉の遺族が営む「サーペーローカ（文学の世界）」社が、『ミャンマー最良短編集』を出した。北部のカチン州州都ミッチーナーの文学愛好グループ「オウッタラーラミン（北の月）」も、月刊誌から厳選した『鑑賞者好みの雑誌短編小説集１９９６』以来、粘り強く年代別選集を出し続けている。

「北の月」の選集からは、この15年余の短編の書き手の隆替の激しさもうかがえる。例えば、96年版と２０１０年版にともに登場する作家は、いわゆる「モダン」的な作品が多いミンカイソウザン（1972―）一人だ。息長く質の高い作品を書き続けるには困難が存在するためか、優れた書き手たちの小説離れも取りざたされて久しい[4]。選集の発行は、小説を愛する出版社から短編の書き手に送られるエールといえるのかもしれない。

05年以降、「北の月」社や「甘い空想」社の選集によく登場するのが、医師作家ナッムー（1952―）だ。短編の執筆開始は1980年と古いが、昨今の作品は、宇宙人が男を妊娠させる「無比の城砦」（2007）、犬たちが会議をする「人生の値打ち」（2008）、宇宙人が監察医に乗り移る「スシ」（2010）[5]などモダン的なものから、「草履物語」（2009）や「赤と白」（2010）のような日本占領期のエピソードを題材にしたものまで幅広い。

一方、2010年末に首都で、09年度国民文学賞授与式が行われた。短編小説集部門受賞作は『漁師は度胸があるか』で、デルタ地帯の漁労従事者の生活感慨などの巧みな描写が評価された。作者マウン・チェイン（1950―）は、国防省定年退職の06年から短編集を出し始めたようだが、前述のどの選集にも彼の作品は掲載されていない。選集掲載作品の選出基準は、国家的文学賞のそれとは異なるらしい。その意味では、今回の軍部主導の「民政移管」の波が文学界にどのように及んでいくのかにも注目したい。

---

4 「ビルマ文学の最前線」（南田みどり『EX ORIENTE』Vol.17 2010）
5 『二十一世紀ミャンマー作品集』に所収。

「民政下」2011年8月

雨季には3年振りのマンダレーを目指した。バゴウ川が記録的水位となり、鉄道線路も腰まで浸水していた。そこで、新しく出来たヤンゴン―ネーピードー自動車専用道路を利用してみた。風景が単調で、居眠り運転やスピードの出しすぎによる事故が多発する悪名高い道路だ。ネーピードーまで6時間半。3時間走った地点に、初の近代的パーキング・エリアが現れた。

ネーピードーではホテル代が上昇し、ドルよりチャット払いが好まれた。シュエーダゴン・パゴダに似せて、本物より少し低く造ったパゴダに出かけた。境内は服装規制が厳しく、同行の短パン公務員氏は下で待機し、わたしだけがパンツの上に借用したロンヂーで上がった。日曜なのに閑散とした境内には、近郊の農民らしき参拝者がわずかにいるだけだった。ネーピードーを出るといつもの道路風景だ。馬車、牛車、自転車、バイク、重量オーバーの荷を積むトラック、乗客満載の乗合自動車が入り乱れて走る。飲食店の裏手のトイレは、ゴミが一杯だった。

3年前と変わらないマンダレーで、作家たちと旧交を温めた。2007年のジャーナリスト長井氏射殺事件も話題になった。長井氏の遺品が全て戻ったわけでもないのに、日本政府がこの件で沈黙しているのが解せないと、彼らは語った。

11年振りにビルマ族の古都バガンにも足を伸ばした。道路は整備され、遺跡のパゴダ群にも新しい煉瓦がはめこまれている。ヤンゴンで読んだジャーナルは観光客が多いと報じていたが、閑散としている。11年前には、有名なパゴダの前で多くの子どもが物をねだった。今は物売りがいるだけだ。客が少ないせいか、物売りの執拗さは度が過ぎる。「助けると思って買ってよ」と、女たちに取りすがられた。

さらに油田地帯のチャウに向かい、医師作家ナッムーの診療所兼自宅でしばし懇談した。その後6年振りに乾燥地帯を南下した。マグエーからアウンランに向かう道路は昔と変わらない。陥没が多く、岩や砂利が埋まり、赤土部分もある。通行車両は少ない。時折大型トラックが身をよじるように走る。牛車とバイクの衝突現場も目にした。

ピーからヤンゴンへ南下する道は舗装されていた。しかし、ヤンゴン付近で再び陥没が増えた。幹線道路でしばしば見かけるのが、補修を名目とした料金徴収所だ。そのひとつで乗合自動車の運転手が、「道が悪いのに金をとるのかい!」と、抗議していた。

ヤンゴンに戻ると、エイズ患者支援組織を主催するピューピューティン(1971―)を自宅に訪ねた。組織は2002年に発足した。彼女は大学で歴史学を専攻後、家業を手伝った。家族ぐるみで国民民主連盟に加わり、彼女も1999年と06年に逮捕された。エイズの感染源は、昔は注射針で、今は性交が多いという。患者は女性が多く、子どももいる。患者は増加中で、ヤンゴンより地方が深刻らしい。組織の運営は寄付に頼り、患者の通院や治療費を支援する。その日は日曜で、近くの医師宅で受診する患者が彼女宅で待機していた。次々訪れる患者たちで足の踏み場もない。家業のミシンを踏む者もいれば、弁当を広げる者もいる。平日は事務所で1日200名ほど受け入れる。患者同士の情報交換が、死に直面する彼らのメンタルケアになっているようだった。

チャットの価値はさらに上がり、ドルからの両替額が減り、「民政移管」で何も変わらないという声が溢れる。少数民族反政府軍との停戦交渉も難航中らしい。国軍の中でも、将校は優遇されるが、兵卒は生活が苦しい。脱走兵も多い。もはや政権は、アウンサンスーチーをさらに引っ張り出すしかないだろうと、巷では囁かれていた。

「民政下」2011年12月

アウンサンスーチーの登場場面は急速に増加した。彼女のぶれない発言と粘り強いたたかいもさることながら、その行動の規制緩和は、政権が窮地を乗り越える苦肉の策だった面が否めない。しかしそのお蔭で、従来見られなかった光景も目の当りにした。

12月31日午後4時から6時、市街地に近いショッピング・モール最上階のホールで、「芸術の自由フィルム・フェスティバル」が開催された。12月20日締め切りで、応募作品から53点が選ばれ、その中から入賞作を1月4日に発表するという。応募者の詩人と出かけてみた。アウンサンスーチーを讃えるロック、フォーク、ヒップホップ、伝統歌謡などの演奏の後、実行委員長アウンサンスーチーが現れた。ざわめきが起こり、満員の聴衆が立ち上がった。全世界の真の自由、責任ある自由の大切さを強調する彼女の挨拶が終わると、3分間フィルムが2本上映された。

規制が徐々に緩和されるかに見えたおりしも、12月28日深夜、市街地北方で倉庫が大爆発して市民を驚かせた。死傷者と被災者が多数に及んだらしい。翌日近くを通ると、現場に通じる道は閉鎖され、警官が検問していた。原因は不明だが、事故でないとしたら、大規模な爆発物を扱えるのは国軍しかないと、人びとは囁いていた。

「変化」の波は、一部の人びとの経済感覚に揺さぶりをかけている。持てる者は、家や車や携帯電話を転買する。流れに乗り遅れまいと、浮き足立つ人びとが現れる。国軍の実質的支配の永続化の仕掛けが何重にも施された２００８年憲法を変えない限り、流れが逆行しない保障はない。ファッションの変化や、目先の利益に目を奪われ、人々が憲法問題や真の民主化を切実に求めなくなることを危惧する声もある。そして、物価上昇傾向の中で、２０１２年１月１日からガソリン代、電気代、電話代の値上がりが報じられた。１月２日、季節外れの大雨の中ヤンゴンを後にした。

「民政移管」と言論出版

もの書く人びとは、概して金儲けに関心がないが、社会の動きには敏感だ。彼らは社会現象を人びとの心の営為と併せて深く観察し、心の底から溢れる思いを読者と共有しようと、ペンを取る。彼らは今回の「変化」の実態に迫る貴重な情報源といえる。再開した「ビルマの日々」も、彼らと語る中で、新たな発見があった。

ある作家に、彼の短編（２００９）の中の私に理解できない箇所について質問した。すると彼は、検閲を慮（おもんばか）ったのだと、その裏にあるものを説明してくれた。さらに彼は、日本占領期を背景にした短編（２０１０）が、実は現在の出来事を題材にしており、ビルマ兵を日本兵に置き換えたのだと語った。ある作家は、２００７年の9月事件で密かに配布した文書を、記念にとくれた。また、ある作家になぜ作品がこんなに少ないのかと問うと、ビルマ共産党で地下活動をして１９８９年から07年まで獄中にあったと、淡々と語った。同様の罪で88年から08年まで獄中にあった別の作家は、ビルマ式社会主義という名の軍事官僚独裁政権下の地下活動と鉄の規律について語った。ビルマ共産党は89年に壊滅し、幹部は北京に住むが、彼ら二人は意気軒昂で、無宗教であることも明かしてくれた。共産主義者の仏教徒はこの国に少なくない。しかし、この国で無宗教だと明かすには勇気がいる。これら初対面の作家たちが見せた率直さは、驚異的だった。

言論統制の様子は、メディア状況からも窺える。10年12月にアウンサンスーチーの写真を一面に載せたいくつかのジャーナルが休刊処分を受けたが、11年8月頃から彼女の姿がジャーナルの一面を飾るようになった。ロング・インタビューも登場するようになった。中でも、『Snap Shot』ジャーナル11年9月16日号では、言論統制について有名編集長ミャッカインと彼女との微妙なやりとりが次のように展開する。

ミャッ「あなたが以前から言及しておられる言論出版の権利は、少しは拡大しているとご覧になりますか？」

スー「以前よりも拡大していませんの？」

ミャッ「少しは拡大していますが……」

スー「もっと拡大しなければいけませんわね。権利を獲得しようとしなければなりませんわ。努力しなければなりませんわね」

このやりとりは、検閲が十分機能していることを仄めかす。11年12月の時点である作家は、メディアでは2割を派手に解禁して見せるが8割は統制中だと、語った。またある編集長によれば、小説と詩はまだ厳しい検閲を受けているという。さらにある作家は、ごく最近も短編が検閲で削除されたと語った。

10年5月にも、11年12月にも、いくつかの雑誌編集部で、自己紹介せず紹介もされない人物が、にこりともせず我々の傍で会話を聞いていた。お目付け役が常駐するらしい。「変化」の中で出版関係者の呻吟は続く。小説や詩が依然として厳しい統制の対象であるのは、権力がその書き手を脅威と認識しているためか。それとも、彼らの小品の中に、権力を震撼させる何かが存在しているためか。それは定かではないにせよ、この国に限って言えば、ペンの持つ力はいまだ過小評価できないようだ。

「観光」ビザ

親しい人びとは口々に、アウンサンスーチーに会ってはいけないとわたしに言う。「変化」に懐疑的な彼らは、わたしのビザが再び出なくなることを怖れていた。わたしの観光ビザは、2010年5月に念書を提出して、12月には念書なしで発行された。しかし、「民主化」が進む筈の11年8月と12月は、英語とビルマ語の念書と滞在中の詳細なスケジュールの提出が求められた。

観光ビザ申請書には、「申請者はミャンマー連邦の法律を遵守し、同国の内政に干渉しない」「ミャンマー連邦の現存する法律ならびに規則に抵触あるいは違反した者に対しては、法的措置が執行される」との2項が記される。そして、「私は上述の事項を十分理解している。上述の事項は正当であり、ここに述べる入国の目的に合致しない行動を一切とらないことを宣誓する」という文の下に、申請者は書名しなければならない。

わたしは念書には、「申請者はジャーナリストではない」「旅行中の見聞や撮影した写真はジャーナリズムで公開しない」「申請者はいかなる政治団体ともかかわらない」「旅行中に政治団体と接触することはない」と、2007―08年当時に準じた文言を記した。

わたしの発表の場は主として学術的な媒体で、メディアに求められて執筆する場合も文学関係に限定してきた。未確認情報では、東京のミャンマー大使館に日本のメディア記事をチェックする日本人スタッフが増員されたとか。わたしに念書や詳細な滞在スケジュールを求める根拠は不明だが、ビルマ文学関係者と親交を結ぶ外国人の入国に権力が規制をかける事実は、この国の水面下の言論統制の状況に呼応するかのようだった。

3. 検閲廃止のあとさき　2012―2015

検閲廃止

２０１２年に入って、従来なら検閲で不許可となったような、逮捕、投獄、脱出、闘争などを描く長編の出版が相次いだ。例えば、12年1月に出た『ラミンピューの空』（ミョウコウミョウ１９６７―）は、88年民主化闘争で投獄され行方不明になった学生と、彼を探す女性大学教員ラミンピューの恋愛を描き、『インセイン日記』（シュエーグー・メーニン１９６７―）は、自らのインセイン刑務所体験をもとに女性監房の一日を活写した。6月に出た『偽りの世界偽りの空』（モウテッハン１９８２―）は、脱出できない町に住む人びとの不条理を、7月出版の『バックミラー』（ミンコウナイン）は、88年民主化闘争で潜伏中の学生指導者と地方の少女の交流を描いた。ミンコウナインのような、長期投獄体験を持つ88年民主化闘争指導者の作品が出版されることも、これまでにないことだった。

従来、書籍の見返しには、検閲に通ったことを示す原稿出版許可番号と表紙出版許可番号が印刷されていた。6月の出版書籍には番号が見られ、事前検閲は機能していたようだが、7月からは番号が消えた。事前検閲廃止が正式に報道されたのは、12年8月20日だった。

検閲廃止後もわたしは年に二回ミャンマーを訪れた。13年9月、ムスリムと仏教徒の衝突事件直後の中部メイティーラでムスリム料理店主は、国軍が近隣の村の仏教徒を無線で動員するのを目撃したと語った。一方、カチン州ではカチン軍と国軍の戦闘が続き、多くの人々が居住地を追われて、避難所暮らしを余儀なくされた。企業による土地の強制買収で立ち退きを強いられた人々のデモや、外資系企業における労働者の賃上げ要求デモも生じ、「民政下」で問題が噴出していた。

訪問のたびに物乞いが増え、貧富の差の拡大も窺えた。14年2月、公務員風中年男性が喫茶店に入ってきて、金額を口にしながら堂々と物乞いして回り、我々を驚かせた。その一方、乗用車の増加でヤンゴンの渋滞が加速した。特にタクシーの増加が目立った。富裕層が購入した車をタクシー用に貸して食べているらしい。持てる者が、家や土地を転がしてさらに豊かになり、持たざる者が転落する様が見て取れた。

文学をめぐる状況

「自由」に書けるようになった作家たちは、さまざまな活動を展開し始めた。前軍事政権時代の翼賛組織「文学ジャーナリズム連盟」を継承した「作家協会」以外にも、「作家同盟」「詩人同盟」「ペン・ミャンマー」「ジャーナリスト協会」などが結成された。

彼らの最も活発な動きは文芸講演会に見られる。その起源は日本占領期にさかのぼる。戦後もそれは12月の「文学者の日」を中心に各地で開催され、言論統制が厳しくなるにつれ下火になっていた。復活した文芸講演会は、地元の文学愛好者が主催し、弁士に3、4人の作家を招く。開催地では、彼らの来訪を知らせる宣伝看板が掲げられ、宣伝車が走る。講演内容は文学を離れ、多岐にわたる。満員の聴衆は文学愛好者に限らない。むしろ、弁士の作品を読んだことのない者が大半だ。博識な作家の、機知に富み歯に衣着せぬ肉声は、情報に飢えた人びとには十分魅力的らしい。講演料も原稿料を遥かに凌ぐ。

作家や詩人による自作朗読会も、都市部で行われる。その走りは前軍事政権時代にも見られた。しかし、監視がつき、主催者が事情聴取されるなど、実施には困難が伴った。新しい朗読会は、喫茶店などに作家や詩人や文学愛好家が集まって、こじんまり行われる。中には、演奏をバックに複数で朗読する朗読劇風のものもある。

さらに、フェイスブックなどに短編や詩を発表する若手が増加した。ネット上で発信すると即刻反応があるのが嬉しいと、彼らは語る。この動きを歓迎するベテラン作家や詩人も少なくない。世界各地に点在する若手ブロガーの発表作品をまとめた『ブロガー短編集』も、2012年と2013年に各1冊出版された。

一方、若者の書籍離れを懸念する声も聞かれる。かつてどの町にも見られた貸し本屋が、次第に姿を消している。新刊書でも、ノンフィクションはよく売れるが、文学作品を掲載した雑誌の売れ行きは悪いと、編集者が嘆いていた。

新刊書店には、アウンサンスーチー関係の書籍や、民主化運動活動家の獄中記や獄死者の追悼集が並ぶ。失われた時間を取り戻そうとするかのように、人びとはこの国の歴史的事実を記した書物や、生活向上の方策を授ける実用書を手に取る。台頭するノンフィクションの一例を挙げよう。

ビルマ共産党関係者の著作

ビルマ共産党は、独立直後の1948年3月に地下活動に入り、89年4月に崩壊するまで41年間反政府武装闘争を展開した。その41年間に、投降者による手記や、投降者を主要人物とする小説は多数出版された。ただ、共産党側の肉声が世に出ることはタブーだった。

2014年2月、わたしは二人の女性作家と会った。二人はビルマ共産党員として、中国国境近くシャン州のワ族居住地域の「解放区」に暮らした。ワ族党員の突然の造反で党が崩壊すると、彼らはカチン軍支配地域に身柄を移された。95年に国軍とカチン軍がひとたび停戦すると、政府側に身柄が引き渡され、彼らは合法社会の一員となった。

その一人ニーモー（1955―）は、77年の学生時代に「解放区」に逃れた。党中央の「解放」放送アナウンサーを務め、結婚して二児をもうけた。党崩壊時の体験を雑誌に連載して『平和なき活気なき幾多の人民たち』（2014）を出版した。

一方、77年から雑誌に詩や短編を掲載していたマ・イ（1948―）[6]は、5人の子どもを親に託して82年に「解放区」に入り、前線近くの基地に配属された。『我等が互いに知る事実』（2013）で彼女は、中国の庇護を受け、中国女性と結婚し、王侯の如く暮らす党幹部一族、自由に発言できない党会議など、負の側面も綴る。同志たちの思い出を書いた『我等が互いに流した涙』（2013）は、マンダレーに本拠を置くタンイエイニョウ（椰子の木陰）・エ

6　彼女の詩は『二十一世紀ミャンマー作品集』に所収。

ッセー賞を受賞した。彼女たちとは別々に会ったのだが、わたしが「投降は1995年でしたよね」と確認すると、「投降なんてしてないわ」と異口同音に述べたのが印象的だった。マ・イはまた、「私たちは、カチン軍から政府軍へ貢物として差し出されたのよ」と付け加えた。

13年に出版された共産党関係の書籍では、チョーゾー元准将関連書籍が注目される。彼は41年、アウンサンとともに日本軍特務機関の武装訓練を受けてビルマ独立軍指導者となった。その後は、抗日闘争、独立闘争を闘い、57年に退役した。76年、57歳の彼は家族を伴って「解放区」に入り、共産党軍指導者となって世間を驚かせた[7]。インタビュー『真犯人は誰か』、娘による追悼『哀悼の花かご』、一周忌追悼集『彼らの胸の中のチョーゾー准将（ウー・ティン）』は入手できたが、彼の伝記は売り切れだった。

党崩壊の引き金は、前述のようにワ族党員の造反だ。ニーモーの話では、都市から「解放区」に入った共産党員は150名。その大半がビルマ族だった。彼らは「未開の」ワ族に様々な教育を施したという。チョーゾー追悼集にも、戦地ポーターを務めるワ族女性党員に彼が言葉をかける場面がある。都市出身の共産党員には、民族差別の意識が希薄だったようだ。しかし、危険な前線で活動するのはワ族党員だった。この待遇の差はワ族にとっては民族差別ととらえられ、造反の一因をなした。

ただ、この造反には民族問題以外の側面もある。「解放区」は、世界的に有名なケシの産

7　彼はすでに1945年に共産党員だったが、48年の党の武装蜂起時に合法社会にとどまった。76年の学生闘争に息子が参加したため、逮捕を逃れ一家で「解放区」入りした。

地であるゴールデン・トライアングル内にあった。中国共産党の財政的支援が減じていく過程で、ビルマ共産党はヘロイン交易に手を染めたと囁かれる。造反の背景に党内の両勢力の権益闘争があったようだ。しかし、ビルマ共産党関係者の著書はこの件に言及しない。ヘロイン問題は過去の問題ではない。全ての事実が日の目を見るには暫くの時を要するだろう。とはいえ次々と明かされる歴史的事実は、読者の目を釘付けにする。小説より奇なる事実の洪水の中で、フィクションの影は薄くならざるを得ない。

ノンフィクションの活躍を第一の変化とすれば、第二の変化は、発禁小説の再版だろう。抗日統一戦線を支えた社共両党の対立の激化と歩み寄りの兆しを骨子に45年6月からの2年間デルタで闘う民衆像を描いた『ビルマ１９４６』（１９４９、テインペーミン）が、50年の封印を解いて２０１３年に出版された。同年、ナインウィンスエーが列車車掌の視点から闇屋の娘との悲恋を描いた『マ・テインシンのところへ届けてください』（１９７０）も、43年の封印を解いて出版された。長編作家として名声を博していたナインウィンスエーは、地下組織との接触の疑いによる逮捕を逃れ、78年頃「解放区」に入った。彼はワ族女性と結婚して一児をもうけた。党崩壊後もワ族地域にとどまったが、やがて心身を病んだ。最後は、国境のカレン族支配地域の小村でただひとり生涯を終えた。マ・イの前述の『我等が互いに流した涙』によれば、解放区入りした彼女に彼は、「一緒に働けるのは嬉しいが、あなたが作品を書けなくなるのは残念だ」という手紙を送ったという。「解放区」においても、執筆の自由は万全ではなかったのだった。

短編の今

言論統制の厳しかった時代、ジャーナリズムは民衆の日常の困難を報道できなかった。一方フィクションの世界では、検閲の間隙をついて、民衆の日常の細部を描くビルマ式リアリズム「人生描写」小説が主流となり、とりわけ短編が健闘した。「99パーセントは事実、1パーセントは作り事」と、短編作家たちはわたしに語ったものである。

例えば、入念な取材を元に多数の短編や長編を書いたヌヌイー〈インワ〉は、「甘い接吻」（1988）で、契約愛人業の女子大生にその生活と意見を語らせた。作品は物議をかもし、再版は禁じられた。2012年、ようやくそれは彼女の短編集に再録された。「人生描写」短編が扱ったそのような貧困の諸相は、今やジャーナルで報じられるに至っている。例えば、14年2月14日付け『アディパティ（総統）』ジャーナルでは、親の借金返済のため、カラオケ・ストアで接客業を表向きの仕事とする高学歴性労働従事女性の肉声を、女性記者が報じている。

では、「人生描写」短編はその役割を終えたのか。そうでもなさそうだ。新たな書き手が現れている。注目される書き手に、ミンウェーヒン（1978—）とグェーズィンヨーウー〈モウゴウ〉（1983—）[8]がいる。前者は「ペットボトル」（2011）で、ペットボトル回収を生業とする少女を、後者は「満潮時」（2013）で、鳩を捕獲して酒屋に売る少年を、

8　両名の別の作品が『二十一世紀ミャンマー作品集』に所収。

たまたま行き合わせた知識人の視点から描いて高く評価された。そこには、児童労働を目の当たりにしながら、なすすべもない知識人の苛立ちや焦りが投影される。当事者に語らせるのではなく、傍観者に感慨として貧困を語らせる手法が選ばれたのだった。

近年、作家や詩人たちになぜ書くのかと問うと、「書かずにはいられないから」との答えが多くなった。かつては、「植民地解放」や「非抑圧階級解放」やはたまた「ビルマ式社会主義建設」のために書くべしと叫ばれたものだが、今や大義名分を離れ、内なる声のままに彼らは書く。中には、検閲が厳しかった時は比喩や象徴を用いて工夫して書いたが、今はどこまでストレートに書けばいいか戸惑うと語る者もいる。しかし多くが、自らの魂の救済の突破口を求めるかのように書き続けている。

その中にはある程度年齢を重ね、２０００年代に入って書き出した作家もいる。たとえば「小さな四つ角」（２０１０）[9]で、偽の交通警官に翻弄される地域の民衆の一日を活写したモウティッウェー（１９６７―）は、勤務医の傍ら42歳から書き出した。一家を背負う老女性が物乞いに間違われるもプライドを立て直す「輝ける黄昏」（２０１２）[10]のウェー〈スィーブワーイエー・テッカトウ〉（１９７０―）は、飲食店経営の傍ら37歳で書き始めた。月刊誌の不振やノンフィクションの台頭も意に介せず、短編の書き手は後を絶たない。

9　『二十一世紀ミャンマー作品集』に所収。
10　同書に所収。収録短編集で２０１３年度国民文学賞を受賞。

挑戦する長編

かつて文学界の花形であり、ビルマ式社会主義政権下の70年代から低迷の度を増した長編も、手探りで動き出している。２００８年のサイクロン・ナルギスで両親を亡くし、人身売買業者に連れ去られかけた子どもを、その父親の元恋人が救出する『息苦しくさせるケオラの花』（２０１２ミャナウンニョウ）や、シャン州の織物産業復興を願う地方首長と女性実業家の恋物語『ラミンサンダー（女性名）のインレー湖』（２０１２、ジミー１９６９―）など、ロマンスをからめて世相に切り込む長編も登場している。後者の作者ジミーは、前述のミンコウナイン同様88年民主化闘争の学生指導者で、長期投獄経験も持つ。

結婚制度の枠外で愛の真実を追求する辛口恋愛小説の旗手ジューも、久々の恋愛長編『出会いながらも恋しき』（２０１３）で、フランスへ研究発表に出かけた女性と行方不明だった年下の恋人との再会ストーリーに、88年民主化闘争で逮捕された男友達や、逮捕を逃れて潜伏後国外に亡命した主人公の父親のエピソードを織り交ぜている。

鳴りを潜めていた長編が息を吹き返しつつあるのは頼もしいが、議会制民主主義時代に多数登場したような、激動に正面から切り込む骨太の長編は、まだ現れそうにない。ただ、これは書き手の側だけでなく、出版する側にも起因する問題だろう。注目される若手作家の一人で詩人でもあるミェモンルィン（１９８６―）[11]は、出版社も経営する。医師作家マ・ティ

11　その短編は『二十一世紀ミャンマー作品集』に所収。

ーダー〈サンヂャウン〉の獄中体験を含む半生記『サンヂャウン・インセイン・ハーバード』（2013）[12]の出版も手がけた。彼は、近年の出版業界が書籍の質より売れゆきを重視することに危機感を抱いている。彼の短編「ヤンゴン動物園からカワウソ逃走」（2011）からも、作者を投影した主人公の出版者の苦悩が読み取れる。

彼は、長編『二分の一』（2011）で、自分の作品の登場人物たちに支配される売れない作家を、『グー』（2011）で、フェイスブックを駆使する個性的な女性の愛を獲得する誠実な若者を、『影を見つめて』（2012）で、自分の影に悩まされる中年公務員を描いた。それらは、内容形式とも多様で実験的ながら、細部に深刻な現実をちりばめる。中でも、政治に無関心な遊び人学生が07年の9月事件で偶然投獄され、政治的に目覚める『碑文を消しゴムでは消せない』（2012）は爆発的な人気を呼んだ。周辺の学生群像を通して、孤独、飲酒、セックス、妊娠など衝撃の十代の生態も暴かれる。作者はまた主人公に獄中で、独立・抗日闘争を一人の若者の心の軌跡から描く長編『東より日出ずるが如く』（1958テインペーミン）を読ませて開眼させる。

ミェモンルィンは、影響を受けた作家の一人に村上春樹（1949―）を挙げる。彼同様村上作品を愛する若手に、モウテッハン（1982―）がいる。彼の『偽りの世界　偽りの空』

12　大津典子著　毎日新聞社2012

（2012）は、村上の『世界の終りとハードボイルド・ワンダーランド』（1985）の影響が濃い。さらに彼は、12年に村上の『ノルウェイの森』（1987）を、13年にミシェル・ウェルベック（1956—）の『ランサローテ島』（2000）を翻訳出版した。この二点に対して文学界は、性の描写が露骨でビルマ文化になじまないという反対派と、表現の自由の観点から歓迎する賛成派との激論に沸いた。ちなみに、ミャンマーはベルヌ条約に加盟せず、著作権料抜きで海外作品が多数翻訳されている。

モウテッハンはミェモンルィン同様、実験的な短編も多数書く。彼の「空洞のままのその町」（2014）[13]では、他人の心臓を移植された大量の人間が、船に乗せられ、無人の町に漂着して、新しい町を造る。激烈な権力闘争の果てに勝利した「約束するだけで何も実行できない」市長の姿は、現職大統領を髣髴とさせ、新たな話題を呼んだ。モウテッハンは文学界の批評など我関せずで、村上の『ねじまき鳥クロニクル』（1994・1995）を14年に、『海辺のカフカ』（2002）を15年に翻訳出版した。

さらに、多数の女性と関係を持つサイボーグを主人公とした『ロマン・ボウズの世界』（2012、アウンインニェイン1973—）も性描写の大胆さで賛否両論に湧いた。一方、カチン族難民キャンプで異母妹の行方を捜索する女性の視点から、民族共存と和平を訴えた『北端の切ない季節』（2014、ザベーピューヌ1980—）は国民文学賞を受賞した。権力と

13 『二十一世紀ミャンマー作品集』に所収。

左からマ・サンダー、ミャナウンニョウ　2012.8.11

ミャナウンニョウの『息苦しくさせるケオラの花』 出版記念サイン会のあとで。なお、マ・サンダーは軍事政権下４度目の国民文学賞を2006年度青少年文学部門で受賞している。

対峙して寓意的辛口短編を書いてきたナッムーも、初の長編『揺るがぬ土地　死なぬ河』（２０１４）で、13世紀のビルマ族王朝バガン朝最後の王族の周辺に時代を重ね合わせた。

立ち込める暗雲

冬の時代をビルマ流モダニズムで生き延びた詩人たちは、単刀直入に書けるようになったのは嬉しいと口々に語った。しかし、もの書く人びとの前途には暗雲も立ち込め始めている。例えば、２０１４年1月23日、『ユニティー』ジャーナルが、ビルマ中部に秘密の化学兵器工場が存在するという記事を掲載した。この記事が国家機密法に抵触したとして、編集長以下5名が逮捕され、早々と14年の懲役の判決を受けた。事の真偽については大統領談話として報道官が、問題の工場は「秘密化学兵器工場ではなく、武器製造工場である」と発表しただけで、納得のゆく詳細な説明はなかった。ジャーナリズムの多くが、政府のこの措置を批判した。

この事件は、与えられた「言論・表現の自由」が危ういものであることを示唆している。「民政化」は外資導入の呼び水に過ぎず、実権は国軍が握っている。この事件を国軍からの警告と見る向きも多い。「2015年に実施される選挙は見せかけだ。選挙で国軍が勝利すれば、再び言論弾圧の時代が到来する」と言う作家もいる。

15年選挙に向けて、国軍の支配を永久化する2008年憲法改正を求める動きも盛んである。しかし政権は、国会議員の定数の四分の一を軍人が占める条項の是正には応じる気配もない。「アウンサンスーチーが権力の座についても、国軍の支配は揺るがないから、彼女は何も出来ず、恥をかくだけになる」という声も聞いた。とはいえ、彼女は後に引くわけにもいくまい。

長い冬の時代を越えてようやくゼロ地点に達したビルマ文学は、長年にわたる抵抗の系譜を発展的に継承し、真の民主主義実現と民族分断の修復に向けて、その役割を果たしていくことができるのか。いましばし時間が必要だろう。

4．彼らはなぜロヒンギャを語らない　2016―2020

「アウンサンスーチー政権」下の文学

国民民主連盟は2015年秋の総選挙に勝利し、16年3月に彼らの政権が発足した。アウンサンスーチーは国家最高顧問兼外務大臣となった。軍事政権の負の遺産を抱えた新政権の第一の課題は、少数民族武装勢力諸組織との和平であり、第二の課題は、2008年憲法の改正だった。同憲法は、議員枠の四分の一を軍人が占め、国軍司令官が重要閣僚の指名権を持つなど、国軍の権限を大幅に認めている。しかも改正は議員の四分の三以上の賛成を必要とするから、道は困難を極める。一国に二政府が存在しているような有様だ。

言論出版状況も不安定で流動的だ。例えば、16年12月の情報省主催「現代史に関する文学シンポジウム」では、事前に提出された発表原稿のうち5点が排除される事態が生じた。5名の発表者の一人は、フェイスブックで、48年以来今日に至る内戦を概観した排除論文を公開し、この措置を「現代のケンペイタイ・検閲の復活」だと、激しく批判した。

たしかに、国民文学賞授与者の顔ぶれには変化も見られる。選考委員会は以前のように軍事政権派の作家だけでなく、国民民主連盟派と席を仲良く分け合っている。そのため、前政権時代なら授与されるべくもない作家や作品が受賞するようになった。例えば17年末に発表された16年度受賞作品は、長編部門がナガ族医師の生涯を語る『鋭い刀の刃の上の甘い蜂蜜』

（ニープレー）、短編集部門が『月影の下の雲』（ミンウェーヒン）、詩部門は『ヤンゴンに隙を与えるなとダリアの詩』（コウ・ユエー１９５８―）だった。短編集部門の受賞者はしばしば下馬評に登場していたが、長編部門受賞者は長期投獄経験者であり、詩部門に至っては、従来授与の対象とならなかったモダン派が初の受賞を果たした。

18年末に発表された17年度受賞作は、長編部門がマレーシアへの移住労働者の過酷な生態を暴いた『ミャンマー国の外側』（ルーカー１９８３―）、短編集部門が『味の異なる林檎たち』（ティンノー１９４２―）、詩部門は『インワにときめき』（マ・ニーター１９５９―）だった。長編受賞者ルーカーは現在日本で働き、次作『サクラより美しくあれ』（２０１９）も在日ビルマ人労働者の闇に切り込んだ野心作だ。詩部門は初の女性の受賞となった。

19年末に発表された18年度受賞作は、長編部門が滅び行くビルマ手織り綿の世界を女三代にわたって描く『虹で織り恋人たちが纏う』（ジュー）、短編集部門は『希望を釣った夕方』（ミッチョウイン１９８１―）、詩部門は『夜物語る人』（コウ・タントゥン１９５３―）だった。長編受賞者は30年来人気作家だったが、初の受賞となった。一方短編受賞者は、ブロガーとして短編を書き始め、ブログ・アカデミー賞やシュエーアミューテー（黄金の精髄）誌主催の文学賞を長編で受賞した期待の新人でもある。

このほか進境著しい作家に、心を病む女性の苦境を扱う『明日微笑するだろう』（２０１８）や自伝的な『終りの川』（２０１９）などのトーダーエーレ（１９８４―）がいる。詩人でもある「モダン」作家チョウペインナウン（１９８８―）も、初の書き下ろし短編集『開いてさせない傘』（２０１６）で、様々な視点から都市の閉塞を描いて、若い世代を中心に人気を呼んでいる。

このようなおりしも、18年12月、19年7月、同年8月と三度にわたって、ヤンゴン、マンダレー、ネーピードー各市で、アウンサンスーチー主催の作家や詩人や出版関係者との夕食懇談会が開かれた。出席者総数は２００名を下るまい。招待者人選は情報省が行ったという。しかし選出基準は実力ではなく、情報大臣の意にかなう者が招かれたとの批判もある。フェイスブックは、招待作家たちとアウンサンスーチーとのツーショットで賑わった。全員がまんざらでもない表情だ。招待者の一人に聞くと、彼女が各自と一言ずつ話すので、ずらり並んで待つのが疲れたとのこと。費用はアウンサンスーチー持ちかと問うと、国費だという。日本で首相の「桜を見る会」が大問題になっていると告げたが、そういった問題意識を持ち合わせる作家は少ないらしい。彼女の党が政権につく前にも作家との懇談会がマンダレーであったが、飲食は伴わなかった。政権党の「権力者」による文学関係者招待晩餐会は、国費はもちろんのこと、私費であっても、あらまほしきものではない。

ロヒンギャ報道の温度差

海外メディアのロヒンギャ報道と、ミャンマー国内のメディアのそれとの温度差は大きい。２０１７年９月来のロヒンギャ70万の流出後、国内のロヒンギャ報道はさらに減った。国民は、国外に拠点を置くビルマ語メディアの報道から経緯を推測するしかない。なぜこのようなことになるのだろう。

周知の如く、２００８年憲法は国軍の権限を大幅に認め、アウンサンスーチー政権も、国軍を統御できない。例えば、17年１月29日、憲法改正に熱心な政権顧問のムスリム弁護士が、帰国後空港前で車を待っていた時に射殺された。白昼衆人環視の中の出来事だ。下手人は即刻逮捕された。警察は２月25日、国軍情報部元将校２名を逮捕し、１名の行方を捜索中だと発表した。失踪した男は首都で姿を消した。

事件は、国軍の行動を批判し憲法改正に熱意を持つ者には容赦しないという、国軍からの警告と取れる。この状況下で、国家最高顧問アウンサンスーチーの身も危ういと考える向きは多い。また、憲法改正には国軍の協力が必要だ。それを考慮しない西欧メディアは、彼女の沈黙にも容赦ない。

彼女の沈黙はまだしも、メディアまでがロヒンギャ問題に沈黙するのはなぜだろう。ミャンマーを訪れるたびに、わたしは作家たちに問い続けた。政権に近い作家の一人によれば、メディアを統括する情報省では前政権時代の陣容の支配が続き、作家出身の大臣は非力だという。国軍は自らの行動が報じられることを嫌う。事前検閲廃止後も、情報省は国軍の意向を忖度し、メディアはそうした情報省の意向を忖度するらしい。したがってロヒンギャ大量流出に関する事実を国内メディアは報じない。国民は無明の中に置き去られている。

ロヒンギャに関して多くの作家は口が重い。中には、不法に侵入した集団だから放逐は当然だと豪語する古老もいる。「不法越境者」への憎悪はないが、海外への発言は控えていると語る中国系作家もいる。ロヒンギャに無関心な国民も多い。物価上昇の中で生活防衛に追われ、社会問題への関心が薄れてきたためだとも言われる。

シャン州やカチン州での国軍の人権侵害を挙げて、ロヒンギャへの侵害のみを特別視できないという声も聞いた。三児の母で善良な大学教員は、ロヒンギャを「恐ろしい人たち。嘘つきで、金にも汚い」と語り、わたしを絶句させた。彼らにわたしは、英語百科事典のロヒンギャ項目のコピーを黙々と手渡してきた。

事実報道の不在と生活破壊が差別と偏見を助長する。その底流に見え隠れするビルマ式ナショナリズム（ビルマ族仏教文化至上主義）に言及する作家も、わずかに存在する。だが、この件を深追いすることは難しい。「愛国心欠如」の烙印を押されかねないからだ。それは、国民民主連盟側にとっても死刑判決を受けたに等しい。国を愛する心は錦の御旗であり、信仰の敬虔度とセットで扱われることが多い。軍事政権時代に政権幹部が高僧に額ずく姿を紙上でしばしば目にしたが、今もそれは変わらない。宗教行事で高僧に額ずくアウンサンスーチーら政権幹部の姿が新聞の一面に掲載されるからである。新聞購読者が激減している事実は別としてもだ。宗教も国家も超えた個としての人権意識の確立には、むしろ文学の世界から烽火を上げるしかなさそうだ。

ロヒンギャ・ムスリムたち

ロヒンギャ・ムスリム[14]はベンガル語のチッタゴン方言を話すムスリム集団で、流出前の推定人口は110万だ。パキスタン、マレーシア、サウジアラビアなどにも住むが、いずれの国籍も認められていない。バングラデシュのチッタゴン丘陵やそれと地続きの西部ラカイン（アラカン）地方では、ラカイン族仏教徒がアラカン王国を興隆させていた。記録の残る十五世紀には、ロヒンギャの居住の痕跡も認められるという。十九世紀の英領化後も、彼らの移住は続いた。1948年の独立時には市民権も与えられたという。バングラデシュ独立戦争期も多数が流入した。ロヒンギャなる呼称は、1950年に彼らがビルマ首相に当てた手紙の中に初めて見出されるともいう。バングラデシュとの国境策定は66年だから、それまでは往来も自由だったのだ。

だが、62年登場の社会主義を標榜する軍事官僚独裁政権は、ロヒンギャへの差別的扱いを強めた。82年施行の国籍法は、1823年以前からビルマの領土に住む民族の子孫のみを土着民族・正規国民とし、ロヒンギャを非土着民族で、「不法移民集団」とみなした。

88年登場の軍事政権下でも流入は続いたが、賄賂を取って黙認した当局の責任も大きい。ラカインはミャンマーの最貧州で、本州への出稼ぎ民も多い。貧しさや訛りの強さでビルマ族から軽蔑されがちなラカイン族とロヒンギャの対立を、当局が巧みに利用した節もある。

14　近刊『ロヒンギャ　差別の深層』（宇田有三　高文研2020）が大変参考になる。

90年代には、同州西北部の2郡でロヒンギャの他地域への移動が許可制となった。州都スィットゥエーでは、2012年にロヒンギャとラカイン族の衝突が起こり、ロヒンギャが特定区域に収容された。政府はロヒンギャという呼称を認めず、国内メディアはベンガリーなる呼称を使用してきた。ロヒンギャは、権力に最も貶められた集団に見える。

頓挫した解決への道

2016年8月、アウンサンスーチーは国軍の反対を押し切り、コフィ・アナン元国連事務総長を委員長とするラカイン問題調査委員会を発足させた。委員会は、ラカインとバングラデシュで調査を実施した。17年8月24日公表の答申は、ロヒンギャの国内移動の自由を認め、一定期間以上の居住者に国籍付与の方向を検討し、1982年国籍法を再検討するよう勧めた。ロヒンギャの要求は、「ロヒンギャ」なる「民族」呼称の認定と、ミャンマー国籍の付与だという。彼らを「土着民族」と認めることは、国軍のみか、民主化派の国民にも抵抗がある。まず、第二の要求への対応を優先した答申は、事態収拾への現実的方策であるかに見えた。

ところが公表の翌25日、前年10月に引き続き「アラカン・ロヒンギャ救世軍（ARSA）」を名乗る武装組織が警察施設を襲撃し、国軍が「反撃」に出て、70万「難民」のバングラデシュへの流出が始まる。答申の実現を妨げる事件が絶妙のタイミングで生じたのだ。偶然といえようか。

国内メディアは、ARSAがヒンドゥー教徒やその他少数民族の集落をも襲撃し、殺戮し、住民が避難する模様を報道した。しかしメディアは、ロヒンギャの大量流出や、国軍の「反撃」の内容への言及を避けた。また、国民の4パーセントを占めるといわれるイスラム教徒の指導者は、いかなる暴力も許さない旨言明した他は、沈黙を守った。

近年、内陸部でのイスラム教徒と仏教徒のいくつかの「衝突」の背後に、国軍の存在が垣間見えた。しかし、ロヒンギャ周辺では、宗教対立や民族抗争では片付けられない問題が複雑に絡み合う。ラカイン州では、人身売買業者の暗躍や麻薬密売経路も認められるほか、17年4月には、中国の投資で雲南まで石油パイプラインも開通した。国軍に襲撃された村の焼け跡地の再開発・経済特区化も囁かれる。

事実報道者に国家機密法違反罪

２０１７年12月、ロイター通信のミャンマー人記者2名が、ヤンゴンの飲食店で警官から書類を受領直後に逮捕された。当の警官は、囮捜査である事を認めた。記者は、9月にラカイン州インディン村で国軍がロヒンギャ10名を殺害した事件を取材していた。18年2月、ロイターは次のような取材内容を公表した。

17年9月1日、国軍は同村で、漁師、魚売り、雑貨屋、学生、ムスリム教師などをARSAのテロリストとして逮捕し、殺害した。その後、国軍、警察、村落自警団がロヒンギャ所有の家畜やバイクを没収して売却し、家屋に火を放った。国軍は当初、失踪したラカイン族村民をARSAが殺害したと主張した。しかし村人たちは、村民の失踪と10名は無関係だと証言した。村人たちは、二度とこんな事件を起こさせたくないと述べて、自ら撮影した殺害現場の写真を記者に渡した。ロヒンギャへの人権侵害の証言が、加害者側のラカイン族仏教徒から得られたことは重要だといえる。国軍は、18年4月に実行犯の将兵7名を処罰した。

18年8月27日、国連人権理事会調査団報告は、国軍の行動を「人道に対する罪」と認め、アウンサンスーチーの非力を批判した。9月3日、記者に国家機密法違反罪で7年の実刑判決が下った。政府は、司法制度の不完全さを指摘しつつも、判決への言及を避けた。9月28日同理事会はミャンマー非難決議を採択し、国軍への国際的な批判も高まった。

なお、ロイター記者は19年5月に恩赦で釈放された。

国際法廷と「声」

2019年11月、西アフリカのガンビアが原告となって、ロヒンギャに対するジェノサイドの疑いで、ミャンマー政府を国際司法裁判所に提訴した。12月、アウンサンスーチーは周囲の反対を押し切ってハーグの口頭弁論に出廷し、国際人権法を無視した過剰な武力行使があったことは排除できないが、ジェノサイドがあったと断定すべきでないと強調した。

国民の多くがこの提訴を外圧ととらえ、メディアはこぞってアウンサンスーチーを支援する論調に終始した。個人としての彼女の胸中に去来したものは推し量るべくもないが、立場上これ以上の発言は不可能だということを彼女は明らかにしたにすぎない。この出廷は武力行使の当事者たる国軍に「貸し」を作り、20年11月の総選挙勝利の布石を打った。すなわち彼女は人道より議席を選んだ。いいかえれば彼女は、議席を獲得することによって、国軍の支配を永続化する2008年憲法の改正を優先したといえる。

20年3月、わたしは久しく会いたかった詩人マウン・サウンカ（1993―）とようやくヤンゴンの事務所で会えた。言論の自由を求める人権組織「アタン（声）」を18年1月立ち上げた彼は、ロヒンギャへの人権侵害に対して声を上げた数少ないビルマ族仏教徒だ。彼は国民民主連盟員だったが、アウンサンスーチーが前述の特派員の逮捕は法律に則ったものだと述べたことに納得できず、離党した。憲法改正もさることながら、国家機密法違反罪のような悪法の撤廃も焦眉の問題ではないか。彼は今もアウンサンスーチーの著書から人権概念を学んでいるが、彼女はもはやパワーポリティックスの渦中に身を投じたと感じている。彼はビルマ中部の出身で、子どもの頃は近所のインド系住民が虐げられているのを目撃したという。それでもなお、彼らを恐ろしい人たちだと思っていた。今は話し合うことが大切だと考えて、ラカイン州まででかけて、十分ではないがロヒンギャたちと話す努力もしている。

アウンサンスーチーが遠くハーグの国際司法裁判所まで出かけて国軍に「貸し」を作ったことを、国軍が恩義に感じている節はない。戦闘はむしろ拡大している。2019年1月以来、ラカイン州で仏教徒ラカイン族のアラカン・アーミー（AA）と国軍の戦闘が激化した。住民はむしろAAに好意的であるため、村人がAA戦闘員の疑いで国軍に拉致され、拷問され、殺害されるケースも多発している。政府はAAをテロリストと規定して、戦場となっているラカイン州とチン州のインターネットを19年6月に切断した。「声」はこれに強く抗議して、自由に通信ができるよう要求した。20年6月の切断1周年抗議行動で、マウン・サウンカは提訴され、9月に罰金3万チャットの判決が下った。9月にはまた、ラカインやマンダレーの大学生がネット切断に抗議して反戦を訴え、逮捕された。公正な見方が出来る若い世代の成長は希望だが、壁はどこまでも厚い。アウンサンスーチーを個人崇拝し、11月の総選挙勝利に熱狂する国民民主連盟活動家の中に、彼らに批判的な潮流もあるからだ。

5. おわりにかえて 『ビルマの竪琴』またもや

『ビルマの竪琴』受容状況

２０２０年2月9日に行われた「ジャパン・ミャンマー祭」で、アウンサンスーチーが「ミャンマー映画誕生１００周年記念事業として映画『ビルマの竪琴』をみたび製作してはどうか」とビデオメッセージで述べた。これまでの二度の製作では、ミャンマーでロケが行われず、現地人俳優も出演しなかったため、新たな映画ではそれを実現して欲しいという。彼女の発言は以下の事実を踏まえてのことだろうか。

『ビルマの竪琴』（竹山道雄１９０３―８４）は、１９４７年から48年に子供雑誌『赤とんぼ』に連載された。それは、48年に毎日出版文化賞を、49年に文部大臣賞をも受賞し、以来今日まで版を重ねている。またそれは、「反戦・平和」の児童文学教材として教育現場で活用される一方で、作者竹山の思想のありように関するさまざまな論議も呼び起こしてきた。それらの論議に、作品の舞台とされたビルマ側の受容への言及は皆無に近い。

ビルマでは、ビルマ語版出版以前に英語版が知識人に読まれていた。たとえば竹山によれば、52年に英語版を読んだビルマ人記者が来日し、同書は「宗教関係にまちがったところがあるから」ビルマで紹介する場合は気をつけねばならないと語った。また、ビルマ式社会主義時代の72年、国営英語日刊紙では、英語版を読んだ論説委員による抗議の論説が掲載された。

さらに、英語版に関しては、２００９年に国語学者マウン・キンミン〈ダヌピュー〉がその著書で読後感を記している。彼は、英語版『ビルマの竪琴』にミャンマー人を貶める記述が存在すると述べ、その具体例として、第一にミャンマーの僧侶が竪琴を弾くこと、第二にビルマ人が享楽的で、努力をすることに欠けるとされること、第三にミャンマーの山上に野蛮な人食い人種が棲むとされることをあげた。

１９７５年、英語版からのビルマ語訳『戦闘のさなかの竪琴の音』（ニャンウィン訳）が出版された。同書巻末には、次のような訳者の断り書きがある。

「水島が負傷して意識を失ってから治癒するまでの部分は、ある余儀なき事情でそのまま訳出できなかった。その部分にはビルマ文化にそれなりにふさわしい修正を加えた」

「余儀なき事情」には、この時期に強化された検閲の存在が匂わせられる。さらに、軍事政権下の2002年には、原著からのビルマ語版『ミャンマーの竪琴』（イエーミャルィン訳）が出版された。07年には、そのコミック版も出版された。これらでは、前出と同じ部分が、修正ではなく削除されている。また75年版、02年版とも、他にも少なからぬ削除や改変、修正・加筆が見られる。日本映画『ビルマの竪琴』も問題の部分は削除されている。

改変ビルマ語版で水島が救出されるのは、「蛮族」の村でなく、山奥の僧院とされる。一人の寺男を伴に、孤独で厳しい修行に勤しむ僧の姿に打たれた水島が、ここで得度式を受け、頭を丸め、黄衣を授かり、沙弥として再生する物語に改変されるのである。改変部分は、その他にもミャンマー人読者を刺激しないよう、あちこちに訳者の苦心の改変の痕跡が見受けられる[15]。

そこまでして『ビルマの竪琴』ビルマ語版を出版する必要が、彼らには存在したのだろうか。日本は軍事官僚独裁政権にとって最大の援助国だった。そして日本から、遺骨収集団や参拝団が訪れ、外貨を落としてきた。竪琴のミニチュアも土産物として商品化されている。アウンサンスーチーの発言がこの延長線上にあるとすれば、それはいかがなものかと問わざるを得ない。

15　改変部分の詳細は「ビルマ語版『ビルマの竪琴』は何を語る?」（南田みどり『世界文学』No.113世界文学会2011）参照。

竪琴・僧侶・「人食い人種」

「ビルマの竪琴」は、ビルマ族の宮廷で使用された室内楽器・弓形ハープだ。楽器の製造には数ヶ月を要する。青龍木の小舟型の共鳴箱の上部を鹿か水牛の皮でふさぐ。弦は現在ナイロンも用いられるが、かつては絹糸の一種を用いた。調弦部分は赤く染色した木綿糸で、腕の部分はアセンヤクの木を用いる。全体が緩まないよう成型は雨季に行う。熟達した弾き手になるにも、長い年月を要する。

作者竹山は、主人公の水島上等兵を一種の音楽の天才となし、当初は竹と針金で作った手製の竪琴を、後には僧院で入手したビルマの竪琴を、縦横無尽に操らせた。ビルマ仏教では、出家による音曲の鑑賞、演奏は破戒だ。僧団で正式の比丘となるにも、複雑な手続きが必要だ。すなわち、まず得度式を受けて沙弥となる。沙弥は剃髪し、黄衣をつけ、仏法僧への帰依を誓い、十戒を守り、師僧を定めて、僧院で仏教教義を学び実践する。十戒は、殺生戒、偸盗戒、淫戒、妄語戒、飲酒戒、非時食戒、歌舞観聴戒、香油塗身戒、高広臥床戒、金銀受領戒からなる。沙弥は20歳に至ると、具足戒式（出家式）を受けて正式の比丘となり、227戒を遵守する。律蔵の定める比丘の持ち物は、三衣（重衣・上衣・内衣）、鉢、帯、剃刀、針と糸、水漉しの八種類の聖具であり、竪琴はおろか、作中重要な役割を果たすインコの所有や宝石の所持も、破戒だ。破戒僧の主人公が創造された事は、出家中心主義・戒律至上主義の南伝上座仏教にたいする作者の認識の欠落を物語る。

原作で水島に僧衣を与えたのは、「人食い人種」である。僧衣によって、水島の収容所への旅の安全は確保され、戦友の屍を葬る姿も、ビルマ人から不審を抱かれずに済んだ。他にも作者は、ビルマ人登場人物として、部隊が投降するきっかけを作る村の人々、村への案内人、収容所の料理人、僧院の少年、関西弁を操る不思議な物売りの老女性などを登場させる。しかし、作品の展開上で不可欠かつ重要な役割が与えられたビルマ人は、「人食い人種」にほかならない。

ミャンマーには公称135の民族が居住するとされる。いずれの民族も、多様な風土のもとで、固有の言語と文化を形成してきた。豊饒の観念と結合した首狩りの風習を持った民族には、ナガ族とワ族がいる。ナガ族は、ビルマ北西部山岳地帯とインド領内にかけて居住し、ワ族はビルマ東北のシャン州北部から中国領内にかけて居住する。ただし、首狩りの風習が確認されるのは、大戦前までだ。

水島が、終戦を知らず闘い続ける部隊へ投降の説得に赴き、負傷して意識を失った「三角山」は、タイ国境付近とされる。「人食い人種」が彼を救い、部落に住まわせ、太らせて生贄として食す直前、水島が奏でる竪琴で神風が吹き、儀礼は中断される。酋長は「念力」を持つ水島を娘の婿にしようとするが、水島が今まで首を狩ったことがないと知り、再び水島を殺そうとして、酋長の娘が命乞いするのである。彼らは、居住地的にはワ族を連想させる。しかしその裸体に近いいでたちからは、ナガ族が連想される。だがナガ族は、作者が描くような「目が三角につりあがり唇は厚くつきでている」「真っ黒でこわい顔」ではなく、チベット系の整った風貌だ。初版では、「人食い人種」にカチン族という具体的名称が与えられ、後に削除された。カチン（ジンポー）族は、ビルマ北部のカチン州とシャン州北部から中国領内に居住する。彼らは、生贄を捧げる宗教儀礼を持つが、美しい細工の衣装を身につけ、風貌は整っている。過去のいかなる時代にも、ビルマに「人食い人種」が生息した記録はない。首狩り儀礼や生贄儀礼が「人食い」と同列視されたことからもまた、作者のビルマ認識の欠落、とりわけその未開イメージの増幅がうかがえる。

「鎮魂」という情意

ビルマ経験のない竹山は、出版後いくつも間違いがあることを知る。そして、「何も知らないで書いたのですから、まちがっているほうが当然なくらいです」と、あとがきで述べる。当時でも「南方仏教」やビルマの歴史文化を調べようと思えば、調べられた筈だ。大東亜共栄圏関係で急遽出版された書物を、わたしは学生時代に古書店回りで入手している。

いっそ「何も知らない」のならば、作品タイトルから「ビルマ」を外して、架空の国名を用いることもできただろう。しかし、竹山はそうはしなかった。彼は、芸術の人間への影響力を重視し、敵と味方に共通の歌を合唱することによる和解場面を描くために、英国の戦場となった「ビルマ」を必要とした。

東大のドイツ語教授だった竹山は、教え子を戦場で死なせた慙愧の念にかられていた。戦後「日本軍のことは悪口を言うのが流行で正義派」であるとして、戦死者の冥福を祈ることをはばかる風潮を、彼は「軽薄」とみなした。彼の関心は、「義務を守って命を落とした人たちのせめてもの鎮魂」にあった。この作品で語られる鎮魂の対象は、日本軍将兵と「敵」である連合軍将兵にとどまる。竹山の鎮魂への性急な情意は、同胞の鎮魂のためにビルマに骨を埋める水島の決意を通して、復員者や遺族の心情を共振させ、これを不朽の名作となした。

この児童小説は、作者個人の意識もさることながら、あの戦争に対して我々の側に内在する普遍的問題をも垣間見させる。竹山はその後小説というものを書いていない。それは「間違い」を彼が認識したことを物語るのだろうか。

ミャンマーへのまなざし　ミャンマーからのまなざし

「民政化」以来、「最後のフロンティア」としてミャンマーに熱い視線を注ぐ向きは少なくない。ミャンマー在住日本人もここ数年で急増した。ヤンゴンの日本食店も急増中だ。しかし、両国の過去と現在を意識して、「進出」する日本人がどれほどいるだろう。

１９４２年1月、日本軍は援蒋ルート封鎖を名目として、ビルマ侵入を開始した。最終的に投入された日本人将兵30万３０００余名のうち、18万5千１００名余が再び祖国の地を踏むことがなかった。中でも、インド侵攻を目的として１９４４年3月に始まったインパール作戦では、作戦に従事した8万５６００名のうち3万名が命を落とした。

戦後、「無謀な作戦の犠牲者」としての元日本軍将兵の視点から、多数の戦記が出版された。『ビルマの竪琴』は、そうした「鎮魂の情意」に拍車をかけた。しかし、竹山の鎮魂の対象にビルマ人は含まれない。そこにはビルマ文化への敬意も存在しない。このように、日本側の記述にビルマ人へのまなざしは欠落しがちだった。

この戦争におけるビルマ人犠牲者数は、資料によって5万から27万5千と開きがある。このことも重大な問題をはらむ。それはさておくとしても、ビルマ人にとって日本人は戦争の「犠牲者」ではなく、侵略者だ。「ファシスト日本軍の蛮行」は、ビルマの学校教育で歴史教科書に記載されるのみならず、おびただしいフィクションやノンフィクションで扱われてきた。「ケンペイタイ」と言う語も前述のようにビルマ語化して現代に生きている。

なるほど、国軍の前身・ビルマ独立軍が日本軍の特務機関によって育成されたことから、特務機関関係者と軍幹部の特別な関係を根拠に、ビルマの「親日性」を強調する見方も存在してきた。しかし、加害者としての意識を欠如させたまま、ビルマ人の「親日性」という曖昧な言説に乗じて、わが国が戦後ビルマにODAを供与し、社会主義という名の軍事官僚独裁政権の延命に寄与してきた事実を忘れてはならない。新たな交流の可能性が生まれている今、過去の愚行を繰り返すことは避けたいものである。

現代日本の不穏の中を生きる我々にとって、両国の過去の歴史を認識し、日本軍特務機関が設立したビルマ独立軍の末裔による長期にわたる未曾有の言論弾圧の証言録としてのビルマ文学から学ぶこともまた、両国の真の友好に寄与することとなるはずだろうから。

あとがき

まず、本書に最後までお付き合いくださったみなさまに、心から感謝を捧げたい。

ビルマ文学の軍事政権下への道程を90年代までたどった第一章は、ビルマ文学ガイドでもあり、第二章以下への序章でもある。ただ、第二章が始まる１９９３年の時点で、わたしが把握していた事項はさほど多くはなかった。もの書く人々に寄り添ってたどった軍事政権下の渦動と稽留と臨界域の日々が、第一章を生んだともいえる。

第一章には作家名が多数登場するが、邦訳作品がある作家を優先的に入れている。文学を理解するには、作品そのものを読んでいただくに限るからだ。第二章から「民政移管」あたりまでは、実名を出すことを控えた作家が少なくない。わたしを助けてくれたおびただしい文学関係者には、感謝して余りあるが、情勢はまだまだ安堵に程遠い。当分は、彼らの実像を風景の奥に紛れ込ませておきたい。

なお第二章以下は、帰国直後の発信をベースにした。今思えば、言及しなかった重要事項や、訪れながら言及しなかった作品舞台も多々存在する。また、現代にそぐわない用語も登場する。たとえば、「飽食の国」なる語もいまや死語といえる。食を取り巻く我々の現状は、あらゆる面ではるかに凄愴なものと化した。しかし、あえて帰国当時の感慨を優先している。

本書は、わたしの二冊目の単著だ。一冊目は2018年にビルマ名のマ・パンケッで出版したビルマ語エッセー集『国境なき孤独』（モウドゥイン出版）だ。日本軍国主義下の言論統制、小林多喜二の虐殺、日本の詩の発展など、日本の文学状況を中心に書き下ろして、2004年ごろからビルマ語メディアに掲載されたものをまとめた。同社からの出版は、それに先立つ2016年に始まる。日本でわたしが編集・翻訳した3冊の作品集のビルマ語版を出してきた。うち2点は、2000年代に削除箇所多数のまま出したもので、序文とあとがきを新たにしたうえ、原著通り復元した。最後の訪問時も、大部の原稿を預けてきた。

ミャンマー国内でビルマ文学について発表することは、極力避けている。検閲解除後某作家が、わたしの日本占領期のビルマ文学に関する英語論文をビルマ訳して雑誌に連載し始めたが、打ち切りとなった。ビルマ軍による検閲に言及したので、忖度がなされたのだろうか。本書のビルマ語版も出すつもりはない。

本書の旅の風景はおよそ2013年で終わっているが、旅はその後も続いた。タンビューザヤッ・ビルー島（モン州）、モウゴウ（モゴック）（マンダレー地域（2010年以前は管区））、バモー（カチン州）、ロイコー（カヤー州）、タムー（ザガイン地域）、ティーデイン・チーカー（チン州）、インデイン・カロー（シャン州）、パアン・ミャワディー・パヤートンズー（カレン州）に足を伸ばし、新たな出会いと経験を重ねた。

訪問の用向きはさらに増えた。1997年からわたしは表現者として大阪でソング&トーク・ライブを実施しているが、2008年のサイクロン以来、会場で浄財を募り、外国の支援が入りにくい地方に、特定の集団との関係の固定化を避けながら、届けてきた。

さらに近年は、日本軍が歩んだ道もたどっている。２０１９年2月はインパールへの道を目指した。チン州北端で小川の向こう側にインド領を眺める辺りでは、ケシが栽培されていると囁かれていた。反政府軍の力の及ばないこの地域で、そんな行為に及べる勢力は言わずと知れている。日本軍が阿片を扱っていた話も思い起こされた。また、チン丘陵のつづら折りの道で夜な夜な「日本兵」が歩く姿も目撃されている。「日本兵」出没のうわさは各地で耳にした。彷徨える魂たちにぜひお目にかかって話がしたいが、まだその機会は訪れない。日本軍国主義の申し子たる生身の国軍のほうがよほど恐ろしい。レイプ被害も後を絶たない。親の顔がつい見たくなる。

渡航の見通しのない昨今は、ＲＦＡ Burmese などが日々の情報源だ。帰国せず、アメリカで番組制作にかかわるビルマ作家たちの声も懐かしい。8月以来、コロナ感染急増で生活手段を奪われた国民が呻吟する中、11月に予定通り5年ぶりの総選挙が行われ、与党国民民主連盟が圧勝した。投票が行われなかったラカイン州では、選挙実施に向け国軍とアラカン・アーミーとの停戦協議が始まったが、選挙管理委員会の腰は重いらしい。同様に投票が行われなかったシャン州北部では、不穏な動きが絶えない。カレン州でも12月以降国軍の攻撃によって多くの避難民が出ていると聞く。さらにフリーダム・ハウスによれば、２０２０年の報道の自由ランキングは、日本が66位でミャンマーは１３８位だった。12月にミャンマー各地の弁護士団体が合同で、人権状況悪化を憂慮する声明も出した。

日本の民主主義の劣化も著しい中、軍国主義の種を撒き「援助」の名において軍事官僚独裁政権延命にも寄与した側の一員としては、自分流のかかわりを重ねていくのみだ。わたしをビルマと日本の文学的架け橋と呼ぶビルマ作家もいる。だが、どう呼ばれるかよりむしろわたしの関心は、生活者・研究者・表現者してどこに軸足を置いて、この不穏の時代に風雨の礫の中を歩き続けるかに向かっている。その道連れは無数のモザイク鏡たちだろう。

物質面で便利になったヤンゴンやマンダレーでは、金さえ出せば大抵のものは揃うようになった。だが、こちらはその恩恵にはあずかる暇もない。グルメ情報も知らない。読むか、書くか、話すか、聞くか、移動するかで時が過ぎてきた。だから、作家たちと会っても、「ごめん。時間がないから御馳走しないで」と、まるで愛想というものを知らない。わたしのこうしたビルマとのかかわりも、「変わって」いるのかもしれない。ビルマ体験の豊かな方々は、また異なる風景をご覧だろう。ビルマ風景が一通りである必要はない。ビルマという他者を語るわたしは、実は自己を語っているにすぎない。

このようなわたしを、これまで長きにわたり支えてくださった内外の膨大な数にのぼる方々、ならびに渡航禁止の衝撃冷めやらぬコロナな日々に本づくりという思いがけぬ愉楽をくださった本の泉社のみなさんに、この場を借りて厚くお礼申し上げ、本書を閉じることとしよう。なお、本書のベースとなった研究がＪＰＳ科学研究費１７Ｋ０２６００の助成を受けていることを申し添えておく。

２０２１年１月

追記

1958年、62年、88年と、クーデターはビルマの歴史の流れを逆行させ、民衆を困苦に陥れてきた。しかし、コロナ渦中の2021年2月1日に起こった4度目のクーデターほど世界を唖然とさせた暴挙はなかろう。

2020年の11月選挙で国民民主連盟が圧勝したが、19年8月に訪れた時には、選挙結果は予測不能だった。行政機関責任者の作家も、部下たちが浮足立って仕事が進まないとこぼしていた。潮目が変わったのは、アウンサンスーチーが国際司法裁判所に出廷した19年12月だった。

11月選挙における「不正」の指摘が認められず、その「非民主的」な対応に「抗議」して、「民主的」な再選挙実施のために、民主主義と対極にある暴力的手段に訴えて権力を奪取するとは、いかにも国軍らしい。「抗議」は暴挙の口実にすぎなかったのか。

市民の対応は実に開明的だった。フェイスブックに不服従のハッシュタグを入れる、夜8時に地域で鍋釜を叩いて悪疫退散を願う、赤リボンをシンボルに職場離脱を呼びかける、6日に始まったデモでは、軍隊や警官の配置状況アプリを提供する、国軍支持派の挑発的策動も事前に迂回するなど、縦横無尽の非暴力的知恵が飛び交った。とくにヤンゴンでは、1997年以降生まれのいわゆるZ世代（ズィージェネレーション）が多種多様なデモ形態を駆使し、10日にはコスプレまで登場した。2007年の惨事以来デモに懐疑的だったオトナたちも路上に出た。デモは地域と民族を超えて波及し、労働者や公務員の職場離脱にも拍車がかかっている。一部では警官の離脱も報じられる。

現時点で名前と所属が判明している拘束者は、閣僚、政党幹部、地方自治体首長、僧侶、作家、レポーターなど２１８名。一般市民の拘束も始まった。９日には首都で、「放水」を回避中の若い女性が銃撃され重体となった。12日もデモは拡大し、モーラミャインでは学生が拘束されたが、市民多数の抗議で即日解放された。

「恐ろしくないかって？　恐ろしいです。人間ですもの。でも私たちの未来を築く子供たちの教育や生活水準や権利が劣化するほうが怖い。だから参加します」とは、ある若者のフェイスブック投稿だ。そのフェイスブックも再び閉鎖される恐れがある。

少数の暴力的愚者と大多数の非暴力的賢者のせめぎあいを、世界中が固唾を飲んで見守っている。そして、小さな賢者たちは世界の人々の支援を求めている。89年以来国軍は、アウンサンスーチーの拘束と「解放」を繰り返してきた。最長の「解放」期間が、２０１０年11月から今回のクーデターまでの10年余だったことになる。「北風より太陽」を標榜してきた日本政府は、「解放」のたびに彼らに援助を供与した。そろそろ太陽の効力の真価を検証する時ではないか。もはや愚行を重ねさせてはならない。

このような時期に本書が出版されるのは、運命というほかない。本書を市民的不服従へのオマージュとしたい。クーデターなんかに負けられない！

２０２１年２月12日

南田 みどり（みなみだ・みどり）

1948年兵庫県生まれ。1976年大阪外国語大学外国語研究科南アジア語学専攻修了。
大阪大学名誉教授。同外国語学部非常勤講師としてビルマ文学講義も担当中。

ビルマ文学の風景——軍事政権下をゆく

二〇二一年三月二二日　初版　第一刷発行

南田 みどり　著

発行者　新舩 海三郎

発行所　株式会社 本の泉社
〒113-0033
東京都文京区本郷二-二五-六
TEL. 03（5800）8494
FAX. 03（5800）5353
http://www.honnoizumi.co.jp

印刷／製本　中央精版印刷株式会社

DTP　河岡 隆（株式会社 西崎印刷）

乱丁本・落丁本はお取り替えいたします。

定価はカバーに表示しています。

ISBN978-4-7807-1987-1　C0098

ビルマ人名索引

・ビルマ語の人名については23ページ注5を参照されたい。
・冠称等は名前の後ろの「、」以降に記載した。
・女性名には下線を施した。
・（　）内はいま一つの冠称。

ア行

カ行

サ行

タ行

ナ行

ハ行

マ行

ヤ行

ラ行

ワ行